DIANE ACKERMAN

A Slender Thread

纤细一线

放下绝望，重拾希望

［美］

戴安娜·阿克曼 著

张定绮 译

中信出版集团 · 北京

图书在版编目（CIP）数据

　　纤细一线：放下绝望，重拾希望 /（美）戴安娜·
阿克曼著；张定绮译. --北京：中信出版社，2017.4
　　书名原文：A Slender Thread
　　ISBN 978-7-5086-7063-8

　　I. ①纤⋯　　II. ①戴⋯ ② 张⋯　　III. ① 随笔－作品集
－美国－现代　　IV. ① I712.65

　　中国版本图书馆 CIP 数据核字〔2016〕第 290470 号

纤细一线：放下绝望，重拾希望

著　　者：[美] 戴安娜·阿克曼
译　　者：张定绮
出版发行：中信出版集团股份有限公司
　　　　　（北京市朝阳区惠新东街甲 4 号富盛大厦 2 座　邮编　100029）
承　印　者：北京诚信伟业印刷有限公司

开　　本：880mm×1230mm　1/32　　　　　印　　张：9.5　　　字　　数：199 千字
版　　次：2017 年 4 月第 1 版　　　　　　印　　次：2017 年 4 月第 1 次印刷
京权图字：01–2014–0953　　　　　　　　　广告经营许可证：京朝工商广字第 8087 号
书　　号：ISBN 978-7-5086-7063-8
定　　价：48.00 元

版权所有 · 侵权必究
如有印刷、装订问题，本公司负责调换。
服务热线：400–600–8099
投稿邮箱：author@citicpub.com

目　录

前　言　走访希望的角落

我住的小镇边上，有家车站改装的餐厅，店名就叫"车站"。它让人缅怀当年那一长列的火车，摇摇摆摆慢吞吞驶往曼哈顿的情景。餐厅外的挂钟，时间停在 6 点 22 分，是最后一列火车离镇的时刻，但川流不息的人生列车却从来没有停歇过。

小镇就像火车站，任何时刻都有几百个人生在此交会——拎着一小包忧虑或不信任的人，匆匆跑过容易滑倒的青春长廊的人，慢慢拖着一大皮箱伤痛的人，刚从充满希望的郊区赶来的人，看着列车时刻表发愁的人，急于到站的人，心灵像一张小餐垫的人，衰老的面孔像日暮的人——在无边无际的虚无中登上子弹列车，不顾一切奔向海角天涯的绝望孤单的人。逐渐地，每个人都遇到了每个人，不论闻名或见面。在他们最害怕、最绝望、最孤单的时候，有时他们会打电话到"自杀防治和危机救援中心"（Suicide Prevention and Crisis Service，简称"生命线"）。

神秘建筑物

那儿的电话在电话簿或张贴在小镇各关键地点的海报上，都很容易找到，但它的位置却是个严加保守的秘密。仿佛在那儿工作的人隶属于某个神秘教派。他们的名字不能说，他们的年龄恕难奉告，他们的职业连暗示都不可以，因为他们接触的都是绝望的人，间或也有陷于绝望中的正常人。那栋建筑物的地址不可透露，辅导员出入都小心翼翼，有时甚至鬼鬼祟祟。但在那栋建筑物里，人生的血肉脏腑、小小的哀伤、触目惊心的灾难，轮番上演。一幕幕扩张与收缩交替的情绪风景快速变换：前一刻它膨胀到规模一如记忆犹新的刚果战争，下一刻它可能瑟缩在宿舍房间的角落里悄无声息。来电者与辅导员的面孔必须用面具遮盖，但我可以跟你说说他们的挣扎。那栋建筑物也是如此，我不能描述它的外貌，但我可以跟你谈谈它内在的生活。

接下来的故事来自我个人的亲身体验。为了让来电者保有隐私权，我改变了他们的名字、行踪以及生活的一些相关细节。"生命线"的同事也善解人意地帮我检视原稿，确保来电者个人资料的机密性。如有任何雷同，主要来自人类经验与情感的共通性。既然报章媒体已报道过，我就不打算掩饰他们的故事。

戴安娜·阿克曼上
1996 年 8 月 1 日

第一章

借来的心

帮助危机中的人，

你不需要比他们更强壮、更健康、

更有道德、更无忧无虑。

你只要把自己的问题暂且搁置一旁，

全心全意地倾听，

不乱下断言，

用心去关怀对方的需求。

电话室位于这栋盘根错节的老屋顶楼，不论怎么放轻脚步，木头楼梯总要嘎吱嘎吱地响。一度是乳白色的墙壁、楼梯、窗框、门户、木头嵌板，都在岁月中消退成一种暗沉沉的浅褐色。所有这些嘎吱声、透风的走廊、曲折的楼梯，都予人一种安详、古老的感觉。楼下是行政办公室和辅导员的会议室；楼上有一间厨房，一间带淋浴设备的浴室、辅导室以及另外三间办公室。

一天黄昏，我爬上楼，耸着肩膀卸下背包。"生命线"所在的房间有两张上光橡木板拼成的书桌，摆成"L"形。墙壁是淡褐的底色，手持鸡毛掸蘸油漆，洒上绿色和白色的碎点。定睛望着它们，时间久了就觉得仿佛看到雪花落在茂密的蒿草中。一道阴影或许是兔子疾奔过干草丛，这里仿佛是旷野，不是市区里的房间。一张铺着绿色棉床罩的长靠椅，白天充当沙发，夜间就是值夜人睡觉的地方。我把背包放在床上，挥手向新来的辅导员弗里达打招呼，她正沉静地跟一位来电者对话。她六十多岁，身材瘦削，是位音乐教师，泛灰的金发梳一个马尾，蓄着刘海儿。

从很多方面来看，这房间都很平凡。满铺着一条棕白相间的机器制斜纹地毯，毛都已经磨光了，靠近门口处有块奇形怪状的污渍（像一个狮子鼻的男人往左边看的侧脸）。角落摆一张绿绒布的小沙发。另一个角落里有条金黄色的厚脚凳，边上绽了线，填充物都冒了出来。黑色钢制档案柜装着"本月记录"（每次通话的摘要记录）、转介信息、紧急电话号码、剪报资料。每张桌子正中央各摆一部电话，旁边有盏黑色的弯颈台灯提供额外的照明。桌子后面有更多的档案与卷宗，一个褐色盒子里装着"辅导员联络卡"（万一工作人员对辅导员接到的电话有所建议），一个黑底红字的收音机数字时钟，几个小碗装满各色巧克力，一支银、红两色的手电筒，桌上放着一个从来不开的空气净化器，一本《美国传统大词典》——书末附录有印欧词根表的版本。一本经常翻阅的绿皮记事簿摊开着，等待下一笔记录——所有来电记录都依照日期、时间、辅导员姓名排列。一本红色封皮的"紧急救援资源大全"档案夹，指点辅导员有关急救程序，乃至附近桥梁等地理位置等各方面的信息。一个本来好像放电动工具的开放式钢制书柜上，有成捆过期的《自杀与危及生命行为》（*Suicide and Life-Threatening Behavior*）杂志堆置在各种书籍杂志之间。有个黑色的老式收录音机蹲在地板上沉默不语，积了一层薄薄的灰，旁边就是一把鸡毛掸子。门柱上挂着一个灰色的标准型削铅笔机。不远处的门上钉了一个大型挂历，供辅导员签名排班。

该我上场！

"哦，累死人了。"弗里达放下电话说。她用手揉揉前额，把刘海儿向后拢了拢。"玛丽·乔今天不好过。我们谈了大约一小时，我都快麻痹了。"她用双手撑在桌上，慢慢站起身。"快结束时，我就快把记录写好了。"她把一张纸塞进档案夹，脸上浮现出一抹微笑，用疲倦的声音说："再见。"

"再见。"我应声在桌前坐下。椅子犹有余温，我坐上去时它发出海豚似的吱吱声。

黑暗刚刚开始笼罩全镇，在我的头上方，一个有叶状蚀刻图案的碟形玻璃灯罩遮住了两个灯泡，柔和泛黄的光线洒满室内。天花板一角挂着一个银色的平衡吊饰，17 只海鸥静止不动。我用力吹了口气，鸟儿就开始在空中滑翔。

一扇很高的窗户面对着车道，另一扇则开在书桌后面，可眺望隔壁的院子。两扇窗都挂着薄薄的纱帘，但已经脏得暗淡无光。东侧墙上的软木告示板上有"下班后时间段紧急联络人"，也就是临时需要咨询或遇有紧急状况，可以打呼叫器找到的人。西侧墙上有张白色海报，列出重要场所及其电话：被殴打妇女特别救援小组、医院的急诊室、毒品管制中心、心理保健诊所、家庭与儿童服务中心等。两部电话中间摆了最重要的一个档案柜，收藏有辛苦搜集、经过研究整理的资料，包括公立与私立的各种特殊支援团体，以便把来电者介绍到各种团体，如喜穿异性服饰的支援团体，帮助遭受性虐待的儿童寻求协助，告知来电者到哪儿可以找到工作、食物、安全的住所以及境遇类似的朋友。业务电话的铃声与正常相同，但"生命线"的铃声却是突兀而响亮的，每次响两声，令人不由得心头一紧，它不像电话铃声，倒像火灾警报。

担心女儿的父亲

七点四十五分。第一个电话。一位离异男性打来电话谈及他十六岁的女儿。她野性难驯，不听管教，即使没有课的日子也很晚才回家，跟朋友喝很多酒、吸毒。劝她戒酒戒毒，她都当耳边风。昨晚她带着黑眼圈回家，却不肯说发生了什么事。见她肉体受伤，这位父亲真是伤心。我们谈了约一个小时，他坦陈深埋心底的沮丧与恐惧、愤怒与罪恶感。当他平静下来，能够计划未来时，我们讨论让他加入匿名戒酒协会之类的支援团体，他会在那儿找到其他面临心爱的人酗酒吸毒的同伴。我无法帮助他的女儿，因为她没有打电话来。我的职责是帮助这位受苦的父亲。

他问："你认为这样能改善我跟女儿的关系吗？"

我答："我不知道。但你会碰到相同处境的人，他们或许能给你一些关于他们如何成功，或如何失败的经验。最起码，你不必再一个人孤独地面对这个问题。"

他说："他们的电话号码？"他的声音从我们开始通话以来，第一次变得坚强。我给了他电话号码，告诉他，如果支援团体不奏效，或只是需要找人谈谈，都欢迎他再次来电。他谢了我，我们互道再见。

倾听是任务

除了建议一个可能对他有帮助的机构，在长达一小时的通话中，我几乎没说什么话。"生命线"的辅导员不是心理治疗师。我们的工作不是探索心灵，挑出问题，解释它的起源与模式。我们不对求助者有问必答或提供忠告，我们只是倾听。有时听觉也像一支笔，我在心中描绘出来电者的面孔，阅读他们的表情。有时像使用回声定位，我发出侦察的声波——可能是个诱导性的问题——等着听它从什么地方反射回来，扭曲成什么模样。我还不能熟练掌握听音辨物的技巧，有时会经过漫长的沉默，来电者或许会问："你还在吗？"我答："是的，我只是在思考你刚才说的话。"

我们不只像听演讲那样被动地聆听。我们不像正常交谈时那么容易因个人的意念而分心——边听边想下一句要说什么，或许谈谈自己的相关经验。我们全心全意倾听，这非常耗体力，就像近身搏击一样累人。

倾听像运动，你用全部注意力听见字句、叹息、哽咽、大声喘息、在难以启齿或禁忌的字眼前比正常语速多一拍的停顿、因担心而压低的声音、苦闷中的憔悴、承载许多忧伤的拉长的母音、酒醉的大舌头、一小块一小块堆积成山的罪恶感、因心底自责而沉默的挣扎声、喘不过气的恐惧、活火山般不断爆发的恐慌、如瘴疠之气蒸腾的怒火、沮丧痉挛的断音、说"没错，但是"的人避免短兵相接的怨毒、心智发展停顿者紊乱的观念、狂想者的魔幻剧、精神错乱者的意念碎片、受虐妇女的凄惶音调、绝望者萧瑟空洞的表情、举棋不定的脚步、钻进牛角尖里心情低落的郁闷、寂寞的偏远角落、紧紧绞缠双手的焦虑。

你也听见字与字间的沉默与空隙，它们自有一种独特的节奏与形状。你还听见许多无生命的物品发出的声音——玻璃杯里冰块的撞击声、吸一根烟的唇鼻音、附近房里电视机的嘈杂声、来电者窗外的车鸣声。

或许完全透过声音接触别人的生活、分析他们的处境会有点奇怪，但很多动物都以这种方式聆听，隔着远距离沟通；鲸鱼、青蛙、狼、鸟，都是如此。正如同医生把耳朵贴着病人胸膛，或使用听诊器听诊，我们也把一只耳朵贴紧热烘烘的电话听筒，聆听字句间的心跳。字句是忧伤之海的洋面，听起来可能平静无风，也可能像一阵疾风或一场台风；我们聆听隐藏在海面下的洋流。

八点四十七分。一个有智障的妇人打电话来，一字一顿慢慢地诉说。她很生气今天有些孩子嘲弄她。我们谈了半小时，她决定该上床睡觉了。

九点二十二分，电话铃响了。我立刻拿起话筒，但没有人在线上。"挂断了。"我在日志上写道。我们常接到挂断的电话——并非每个人都准备好接触他人，但他们要确定当他们准备好时有人在这儿。

接电话之间的空当，我翻阅剪报簿，发现一名我姑且叫他"艾伦"的青年男子的讣闻，他为绝望与寂寞所困，曾向"生命线"求助长达三年之久。我的手指接触到忽然变得像象形文字一般陌生、像墓碑一样平坦的印刷文字，我们没能救他。但也许，在我们扮演他的生命线的那三年里，我们救过他一段时间。这让我想起有几次我值班到周日清晨八点，然后开车回家的情景。街道空空如也，但在距一座桥不远的街上，我看到救护车。

毫无疑问是有人跳河。我想，这人为什么不打电话给我们呢？我们整夜都在那儿！他为什么不来电？让人痛苦的真相是，下定决心去死的人通常都不会来电。我们的存在是为了那些还跟残余的生机纠葛不清的人。他们打电话来，我们就谈这些事。我们不告诉他们不可自杀，自杀当然是他们的一种选择——我们尊重他们选择何时生何时死的权利，但那并非唯一的选择。我们常说，自杀是对暂时存在的问题做一永恒的了断。他们心中对生命尚留依恋的那部分促使他们打电话给我们，于是我们来探讨做其他选择的可能。

九点十五分。一位中年妇人来电。她烦乱不安，说话口齿不清，也许是喝了酒。她以前也常打电话来，我记得她的声音。

她问："我是梅丽莎……我跟你谈过吗？"

"是的，梅丽莎。你今天觉得怎么样？"

"不大好。"

上次我跟梅丽莎交谈是两星期前，当时是大清早，她沮丧得要命。我替她担心了好一阵子，因为她似乎非常脆弱，我担心我们会失去她。她四十出头，人很聪明，口才流利。她带着两个年幼的子女；再婚，丈夫酗酒，有时变得很暴力；她跟自己的父母关系不好。她现在返校读书，攻读学位。她极为敏感，对自己非常苛求，备受自信缺乏和寂寞的煎熬。她面临来自各方的压力，只有当打击超乎忍受时，才会给我们打电话。毕竟我们是一个危机救援机构，但"危机"是个相对的字眼，每个人的情绪控温计设定方式都不一样。

危机是常态

根据定义，危机会阻挠生活的正常行程，它呈现的方式可能像离婚般公开，像药物过量般属于生理层次，像一件放不下的心事般不足为外人道。我们总把危机等同于不称心、逆境或命运受挫，但若观察野生动物，就会发现危机无处不在。对动物而言，危机根本就是生活的一部分，既不稀奇也不特别，再怎么逃避危机，还是会碰到更多的危机。危机是常态，只不过仍然会造成痛苦与干扰。在这层意义上，危机救援机构反而是反常的，就像冬天住在装有暖气的房子里，希望帮助别人保持温暖一样反常。

处于危机中的人打电话来，我要帮助他们恢复平静。从前这是亲戚、邻居、同辈、长辈扮演的角色，为受困者提供安慰与体谅。一般人总能从各种辈分的亲戚朋友中，找到可以谈心或征询意见的对象。危机是人类生活不可能完全消除的一部分，家庭就是一张危机的安全网。根据演化的观点，危机带来转折点，使必要的改变得以实现。我们一厢情愿地说"人是习惯的动物"时，很少停下来考虑这句话在生物学上是否站得住脚。顽固的习惯确保过去管用的行事方式可以继续发挥作用，它是一种求生的好技巧。它会说，吃那棵树上的果子，因为从前人吃了都不曾中毒，但习惯逐渐导致厌倦与沮丧，两者都是求变的诱因。

心满意足的生物除非碰到为生存不得不变的情况，否则他们是一动不如一静的。只要生活没有遭遇威胁，下一代能安全成长，那厌恶危机，让生活过得平静，这种心态乃人之常情。因此之故，尽管危机的存在是正常现象，但危机毕竟意味着痛苦与恐惧，更何况人类是一种具有慈悲心的动物。

梅丽莎打电话来，我无法消弭她身处的危机。我充其量就是让她喘口气，给她一个暂时性的安全空间，让她能探索自己的感受，重新检视手头的资源与选择。在烦恼膨胀得有如恶魔的长夜中，我与她做伴。在诸般压力如同雪崩即将迸发，她连床都不愿下的清晨，我陪着她。在冬日中午的公共电话亭里，她刚刚得知被辞退，新工作没有半点儿着落，一家人嗷嗷待哺时，我与她同在。她的丈夫刚发完脾气出门买醉，她在他暴怒的余波中颤抖，有我为伴。她考试不及格，觉得在失望的未来死是最好的出路时，我在旁聆听。我只能在电话上跟她做伴。我倾听，有时我鼓励她打电话给镇上某个提供支援的团体，或长期提供法律咨询的机构。

只有在极为罕见的情况下，当我认为她可能伤害自己或遭受他人伤害时，我才会介入，通知其他人施以援手。但我的目标不是干预，而是帮助她到达一个心灵或肉体都安全的场所，让她尽可能掌握自己的生活。我不提供忠告，有时我甚至直截了当地这么告诉她。

同行而非引路

今晚梅丽莎哭着说："我不知道该怎么办。"她丈夫喝醉酒回家，在小孩面前毒打她。她害怕跟他同住，更怕万一离开后又被他找到。更糟的是，她自己没有钱，没有正式工作，没法子养小孩。她害怕万一离开就会失业，小孩的监护权就会落到他手中。"我该怎么办？"我诚心诚意地想告诉她：离开他！带着孩子，马上就走！不要等他再回来。走得越快越好！但我绝不可能是第一个建议她这么做的人。

"我不能告诉你该怎么做，"我说，"但也许我们可以一块儿来找一条出路。咱们来看看你今晚有哪些选择。"然后我们检讨了她想到的几个办法，还有我想到的几个办法。她虽然仍感到恐惧，但逐渐能掌握重点，她决定至少跟受虐妇女特别工作小组的人谈谈，他们有收留她和孩子的安全处所，也能帮助她整顿生活。

十点十五分。我说："这里是'生命线'，我能帮你什么忙？"

"你不能，"一个男人的声音。

"你今晚有什么心事？"

他忽然生气了："充满偏见的社会。邪恶、腐败、缺乏爱心、白刀子进红刀子出的社会。你们一点儿用也没有！不爱我的人就是不爱上帝。美国爵士小喇叭手、歌星路易斯·阿姆斯特朗说的。如果我生性邪恶，就会懂他在说什么，可是我不邪恶。仇恨我的人心里就没有耶稣的爱，你们都有偏见！"电话挂断了。

十点十七分。同一位来电者："还有一件事。女人是社会最邪恶的分子。"

"你接触过邪恶的女人？"我用毫不带情绪的声音问。

"不，只是一般的观察。她们甚至不配被称为人类。"

"她们做了什么事那么邪恶？"

来电者挂断了电话。

十点十九分。同一位来电者："我做承受者已经够久了。"

"做什么？"

"承受者。"一声长长的尖叫，像闪电一样突兀而响亮。

十点二十二分。同一位来电者："你是恶魔。你们都是恶魔！你们是——恶魔！"

"听起来你似乎很痛苦。"我说。

"痛苦？痛苦？你根本不在乎我痛苦，你这臭婊子。你们都是恶魔！"他挂断了电话。

又是"剪刀手爱德华"

十点二十五分。挂断了。可能是同一位来电者。他经常打电话来，把辅导员辱骂一顿，然后就好几天、好几个星期不打电话来。有的辅导员很怕接到他的电话，被他搞得心神不宁；有些却盼望接到他的电话，把它视为一种挑战，有一两个人甚至设法跟他聊得久了一些，才发掘出了一点儿他古怪的身世。他似乎是个越战退伍军人，中了落叶剂的毒，目前在一家工厂当守夜员，住在一个农业社区的小木屋里。他有四名子女，我们很担心他们，尤其是两个女孩。他声称自己脸上有刺青，一只手是机械义肢。我们不知道他的名字，但一位辅导员在记录中为他取了"剪刀手爱德华"的绰号，大家就都这么称呼他。我将"爱德华"写在日志中，在通话记录栏填上："照常。"

　　十点三十分。我听见有人开了前门，楼梯吱呀作响。不久，一个满头红发剪得短短的女人出现在门口，准备接班。我们互道"你好"，她进厨房给自己倒了杯咖啡。目前有七十五位辅导员固定来轮班，每班是五小时——除了大夜班是从晚上十点到翌晨八点。我们的出身背景、教育程度、家庭环境、宗教信仰、个性、收入，各不相同。很多人经历过重大创痛或困难的煎熬，发下宏愿要帮助别人。我们都了解痛苦、心碎、羞辱、震惊、愤怒，以及无法言喻的事。谁不是如此？

　　也许有人以为辅导员的生活会比来电求助者稳定、没那么多困扰，其实不见得。我一开始也觉得非常意外，心境受到很大的影响。例如，跟我同班受训的一位年轻男士带着不寒而栗的表情，谈到他有天下课回到宿舍，只见室友躺在血泊中已经死亡，桌上还留了封遗书。他与室友感情深厚，也一直知道他心情沮丧，但以为还不致到寻死的程度。他怎么可能没注意到种种危险的迹象，对求助的讯号置若罔闻呢？回想起来，一切都那么显而易见。他花了好多年才平息内心的恐惧和罪恶感。

　　同一个训练班上，一位成熟的妇人叙述她毕生都要适应一位酗酒的母亲，粗暴、乖戾、大部分时间比孩子更需要母爱。训练结束后很久，一位表现优异的辅导员私下透露，她许多年来一直在跟抑郁症搏斗，靠吃药维持坚强和愉快的心境。虽然她志愿加入"生命线"时，精神状态没有问题，但训练课程开始不久，她就陷入一辈子都没那么糟的抑郁情绪之中，整日沉浸在血液几乎都要凝固的低潮里。但上课那几个密集而充满变化的小时里，她却能抛开抑郁。我跟她同班受训，从来不曾察觉她内心的痛苦。事实上，所有的人都毫无察觉。她总是表现得愉快而热心。面对别人的痛苦时，她能把私人的沮丧搁到一旁，把烦恼腾空，拿出自己慷慨助人的一面，提供协助。沮丧在家里等她，但只要"生命线"的电话铃一响，它就消失得无影无踪。如此过了几个月，度过了低潮期，她的心情好转。她是在沮丧之中仍能成功胜任辅导工作的极端例子。

为善不欲人知

我从这个事例学到重要的一课：帮助危机中的人，你不需要比他们更强壮、更健康、更有道德、更无忧无虑。你只要把自己的问题暂且搁置一旁，全心全意地倾听，不乱下断言，用心去关怀对方的需求。事实上，在咨询中把自己的问题暂时抛开，可说是一种解脱，其本身就是一种难得的报酬。很多善心人士在众目睽睽下参与社会服务工作，但"生命线"的义工却倾向于为善不欲人知，他们不想出名。也正因为没有人鼓掌，甚至也没有人窃听，所以你就是唯一的裁判，你必须自己给自己打分。

大多数辅导员志愿加入，只因为这份工作给他们一种好的感觉。这种感觉包括哪些成分？对每个人都不尽相同，就我而言，它可以平分成四份：慈悲、成就感、觉得自己是个好人，还有一种奇特的心灵魔术——借着帮助别人改变他们目前的处境，更新了自己的过去。我们常常企图透过别人的生活修订自己的过去。曾经有位辅导员告诉我，虽然她天性并非特别富于慈悲心，但在电话上她表现的同理心连自己都佩服。

虽然我在本书中尽可能坦诚以告，但为了尊重可能因此受伤的亲人，有些私人的细节我不能透露。来电求助的人享有匿名的奢侈，我却没有。你看得见我的脸。所以就这么说吧，我经历过很多痛苦，有些我毕生难忘，甚至可能永远无法忘怀，这就够了。人生早期的创痛都用不褪色的墨水写就，后期的创痛也同样不易磨灭。我的人生也包括欢乐、爱、冒险、满足、发现，但它绝不无聊，更不会构成单调无聊的酷刑。

但我也曾目击足够多的黑暗面，可以认同各式各样来电者的心情。他们大多被困在我好不容易才熬过来的噩梦中。他们从小镇电话线流进来的故事，既复杂又不可思议。人类会使自己落入怎样的困境，简直难以置信。所以我认为"生命线"的工作再怎么令人痛心、恐惧、压力大，仍然很值得去做。担任"生命线"辅导员可能是人类为同类做的事当中最耗神的，但以救护人员和消防员为例，他们与死神赛跑的奋斗会得到公开的颂扬，我的辅导员同事却必须秘密行事。我们永远在参演私密的戏剧，获得替代性的解脱，胜利只存在于内心。

我们所有辅导员都没有自杀的经验，虽然有人为了其他原因而志愿参加这份工作，但大部分人都感觉到死亡的沉重压力，有必要面对这种感觉。如果它没有杀死你，从自己的死亡或别人的死亡中生存下来，可能是一种提神醒脑的补品，一种含有金属成分的药物，能使这个世界散发的光辉更灿烂，自己的心跳更有力，并知道自己能以威力更强大的工具严词苛责死亡。

爱值大夜班的天文学家

弗兰克·德里克是位典型的辅导员。已婚，有两个孩子，是大学教授，时间平分在教书和做研究上。他有自制珠宝、潜水等嗜好。身材高而瘦削，平易近人，是一位知名的天文学家，寻找外星文明，用无线天文望远镜当作巨人的耳朵，在外太空广漠的寂静中找寻生命迹象。如果你坐在天文台穹顶下的黑暗中，聆听有关天体的演说，演讲者通常都会提到，用以计算其他行星有多少生物居住可能性的"德里克方程式"（Drake equation）。

他不时奉派到世界各地的天文台，偏远得令人精神崩溃却背景完美的海角天涯。他遇见离群索居的孤独者，他们独自承受极大的压力，处理艰巨的难题。少数企图自杀，或考虑要这么做。他早生华发，和蔼可亲，看起来就像个失意人可以寻求安慰的对象，他们也真的都找他求助。这种事经常发生在他身上，他由此想到，正式训练可能有帮助，所以他加入了"生命线"。头一日开始接电话，他就融入了这份工作，一口气就做了九年。他喜欢值大夜班，直到早上八点，来电者往往是最危险、最沮丧的人。

来电者都不知道他的名字。邻居和亲友也都不知道他在"生命线"担任义工。他跟所有辅导员一样，发过保密的誓言。热线电话要发挥作用，必须让来电者觉得安全有保障，他们希望跟一个绝对不会碰面的人谈（这是我更改所有来电者姓名和一切可资辨识身份细节的部分原因）。尽管我已认识德里克十年，也是直到他转往加州圣克鲁斯大学，举家迁离后，才得知他值大夜班的事。有一年八月，我们刚好在下加利福尼亚沿岸乘坐同一艘船，准备观赏日全食。这次日食历时七分钟，是 20 世纪为时最长的一次日食。德里克正处于事业的巅峰，不久他的声音就从扩音机里传出来，引导全船五百名乘客体验一幕千百年来的壮阔奇景，这种现象曾经使文明骚动，改变历史。但当时他的心中却搁着在"生命线"接听的一位来电者，那个逐渐失去生命光彩的灵魂。在渐渐变得暗淡的光线下，他回顾前尘往事。

旁敲侧击

他说："有些电话真是让人捏一把冷汗。他们已经吞食了致命剂量的药物，或扬言要用带进电话亭的步枪射杀十数人，我就用心地想：我可以问什么问题，耍什么花招，让这个人说出他身在何处？"一切只能靠声音时，侦探工作殊为不易，但有时电话背景的杂音会提供线索。有次，跟一个有暴力倾向的醉鬼通话，德里克听到过往汽车都更换至低速挡行驶，如同一拨一拨的琶音，就猜出这人在哪个十字路口打电话。不消说，警察果然在那儿找到他，并解除了他的武装。还有一次，一名妇人自杀到半途打电话给他。虽然她求死的决心动摇到动手打电话，却不肯说出她在什么地方。好像再也没有引起她兴趣的话题，她诉苦诉了很久。德里克仓皇之中，脱口而出他第一件想到的事："天文怎么样？天文学很有趣呀。"她表示同意，他们就谈星星谈了好一会儿。当她提到对面街上有月洞形的圆窗时，德里克的记忆被触动了，他曾经开车经过那样的窗户。警察及时赶到，把她送往医院。一个月后，她的心情恢复平静，寄了一封诚挚的谢函给"生命线"，向当天晚上值班的人道谢。

我问德里克："你值完一个伤心事层出不穷的班之后怎么办？你怎么可能平静地回去过自己的生活？"

"你或许以为，经过八九年，心肠会变硬，被别人的艰难困苦磨出老茧，所以它就不会再影响你，但对我却正好相反。回家试着入睡，我常为了那些人又难过起来，那不是好事。为棘手的问题忙了一整夜，第二天几乎什么事也不能做，所以我终于撑不下去了。"他顿了一下："但是我跟很多人分享他们毕生最重要的时刻，我常觉得那也是我毕生最重要的时刻。"

与"生命线"之缘

回到家，我对德里克所说的这个机构——一方面默默耕耘英雄的善举，一方面也改变了志愿工作者的人生——充满好奇，无法忘却。这些人是谁？一个秋天的早晨，我打电话问"生命线"，他们是否需要一台对我已无用的笔记本电脑。当时的主管玛丽安·范·苏丝特声称这个电话有如及时雨，因为"生命线"急需一台电脑，她很高兴接受我的电脑，并令我大吃一惊地提出一个条件：我必须答应在他们的年度大会中演讲。我想，这真是个奇怪的接受人家捐献的方式，有点儿大胆，有点儿得寸进尺，可是还真可爱，所以我同意在"生命线"义工、职员、董事会的愉快聚会上，以"利他主义"为题讲些话。他们有种轻松而怪异的幽默感，玩得很卖力，对世间忧患特别坦然。我喜欢他们的精神。此后，事情一件接一件地发生，最后我就进了训练班。

"生命线"每年会办两到三次训练班，我是冬季受训的。每周二、周四晚间和周六上午，为期六周，我们在湖边一栋市政府的大楼里上课。建筑物外面停有大巴和小型巴士，整栋建筑就只有一间由十五把椅子围成圆圈的会议室亮着灯。跟我一块儿受训的人包括一位前殡仪馆老板、一位社工人员、一位曾参加波斯湾战争的战地摄影记者、一位音乐家、一位医学院预科生、一位正在读心理学学位的前电台播音员、一位志愿消防队队员、一位基因学家、一位有文学学士学位的木匠、一位机场塔台管制员、一个亲手为自己的三名子女接生的男人。他们年龄和种族背景各不相同。年纪最大的五十八岁，最小的只有二十二岁。凯蒂、弗瑞德（他多半值大夜班），还有另外四位辅导员和职员轮番上阵，给我们讲课。第一次上课，我们做听力练习，其中一次练习，我们围成两个圆圈，一圈人面朝外坐，一圈人面朝内坐。

凯蒂说："你们有三分钟，我给你们的一个话题，内圈的人必须就这个话题不断地说，另一个人只能聆听。准备好了吗？好的……谈你的母亲。"

忆起这貌似简单的练习其实是多么重大的挑战，令我不禁摇头笑出声来。不停地讲三分钟——我如何张开口从头说起，说我母亲在哪儿出生、她的生活环境、她的感情生活可能是怎样，如何影响她对丈夫的抉择、她跟子女的关系。我记得弗瑞德如何专心聆听，他脸上满是兴趣盎然的鼓励表情。凯特大喊一声："停！"内圈的人就一律往左跨一步，这回我的职责是好好听面前这位和蔼的陌生人说话，她是一位衣着保守、五十来岁、表情愉快却相当严谨的妇人。

练习聆听和沟通

"准备好了吗？"凯蒂手中拿着秒表说："好的……谈手淫。"

我记得那名妇人的脸色一下子变得苍白，经过许久眉毛才放松下来，并且勇敢地试着谈了三分钟的手淫。我的工作是不断传达出代表鼓励、接纳、感兴趣、用心听的声音和脸部表情，不得透露一丝丝的反对或尴尬。这可不简单！当天的题目还包括自杀、寂寞、沮丧、同性恋等。这项练习有很多作用，包括帮助我们练习不用语言的微妙沟通技巧，学会传递信赖、不擅加评判的讯息。其他练习强调另一些技巧，开始几周，大多数时间都花在向别人说明我们自己。两位受训者开始约会，一位受训者（她无法控制自己不在电话中发表倾向明显的个人意见）被要求退出，还有三人自动退出。我们其他人在担任义工时，都遵守一套六步骤的危机处理模式，包括跟来电者做诉诸以情的接触（检讨和辨识各种情绪），探讨当前的难题（通过开放式问句），把难题做一总结（建立共识），如果可能则提供解决方案，探讨外在资源（讨论处理技巧及转介给其他机构），就计划或行动达成协议（或安排后续的通话）。每节课都讲一段短短的课；看两位经验丰富的辅导员背对背坐在房间正中央，模拟与当晚主题有关的通话状况；我们自己也每晚捉对儿扮演角色，由辅导员监督，提供回馈。

我们学习如何处理一个电话的各个部分，练习开场与结尾。我们练习跟沮丧的来电者、意图自杀的来电者、同性恋的来电者、喜穿异性服装的来电者、酗酒或有毒瘾的来电者、手淫的来电者、被凌虐的来电者、有强迫性行为的来电者，以及不计其数其他类型的来电者交谈。我们讨论自己的感受和偏见，如何在值班时把它们放在一旁，以及各种与来电者换位思考、赋予他们力量、扩大他们眼界的方法。我们学习如何派出救援力量，在何处找到转介及其他方面的资源。在有时气馁、有时忐忑、有时结结巴巴、有时张口结舌中，我们陆续学会了各种技巧。训练结束，大家登记见习时，没有人有十足的信心。因为现在不是练习了，有人的生命涉及其中，我们该如何做出反应？每个人都满腹疑虑。尽管如此，我还是开始每个月辅导十五小时，越来越深入地审视这个机构的灵魂。

"生命线"的历史

现在每年有九千个电话打进"生命线"，其中一千个与自杀有关。这个机构涵盖的是一个人口一万八千的小镇和一个人口九万五千的郡县。它成立于20世纪60年代末的学生自杀潮之后。有个学生惊见朋友上吊自杀，哀求当地的牧师杰克·刘易斯想想办法。刘易斯找心理医师乔治·米勒帮忙，不久就有一小群热心人士合力创办了求助热线。他们在市中心一处牧师住宅楼上的一间卧室里，装设了一部电话，轮流接听，使用大家事先同意或现编的咨询技巧。他们通常在董事会中拿顶帽子募捐，凑电话费，他们也经常约来电者当面咨询，即使凌晨三点跑到汽车旅馆，或午夜到公园去也在所不惜。

刘易斯有次跟我解释说："我们当时活在爱心和暗淡的月光下。"他已经八十高龄，还没有从牧师岗位上退休，他清楚地记得"生命线"筚路蓝缕的草创阶段。没什么六周的训练，没有辅导员支援团体（每个人都必须参加，因为人总有受不了的时候），少之又少的财力支持。"但我们分担社区的危机，这使我们团结在一起。"

这项工作对志愿者的勇气也是一项考验。例如，1971年某个星期天早晨，刘易斯被叫去处理一个可怕的场面。一名男子拿枪对着自己的家人，威胁要杀死他们、杀死自己以及所有碍事的人。刘易斯直接走到这人的家里，坐在他身旁，冷静地说："告诉我你的故事。"十个小时后，这名男子放下了枪。这一幕后的真理就是"生命线"运作的核心：每个人都有个故事，每个人都有一把上了膛的枪，瞄准着自己。经过几小时、几年的交谈，故事终于可以讲出一个全貌，枪也终于可以放下。故事有快乐的章节，也有悲伤的章节，还有些部分说不定已被遗忘，有时需要局外人帮忙回忆或澄清。故事失落，人生就变得不连续。

刘易斯还告诉我一个他目睹的令人不寒而栗的故事。一名患有癫痫的听障青年企图终结自己的生命，他把车停在桥的一端，翻越桥栏，浑身发抖地蹲在栏外狭窄的桥缘上。不久，市警就赶到了，把车停在桥的北端；校警则把车停在另一端。每当有人接近，这名男子就威胁要跳河。"生命线"接获通知后，一位辅导员急忙赶到桥上。稍晚，刘易斯也赶到了。这时天色已晚，夜幕降临，探照灯像绳索般缠绕着这名青年。辅导员千方百计一寸寸地接近他。因为他是聋人，所以她用手电筒照着自己的嘴巴，以便他在她说话时读她的唇。他非常沮丧和绝望，但还有点犹豫，他想转过身往下跳，但感觉到她的关怀，又转回身来背对深渊，但又因不同意她的话而掉转回身。好在最后她终于说动了他，他开始从桥栏外爬回来。就在那一刻——他正一条腿翻过栏杆进入安全地带——他的癫痫竟突然发作……他落入深渊摔死了。辅导员使出全身力道尖声大叫，她的叫声在全是岩石的山谷间回荡。经过数小时了不起的努力，她救了他，然后不到几秒钟，在可怕而全然无助的一瞬间，又失去了他。

黎明前的流星雨

十点四十八分。电话铃响了。"这里是'生命线'，"我用愉快的声调说，"我有什么可以帮你的吗？"几秒钟内只听见沉默，我望向窗外。黎明前会出现一片流星雨，它会靠近地球，与空气分子发生剧烈的摩擦，爆发一场狂风骤雨般的火焰。剧烈的摩擦，就只需要这样。我无意识地把耳朵凑近听筒，好像这样就能更接近打电话来的人。我想，我听见哭泣的人哽咽的呼吸声。

一个怀着伤痛的女人说："我丈夫刚……"声音顿住，找寻比较能忍受的字眼，然后选择了"……弄痛了我。"

"你的丈夫弄痛了你？"我冷静地重复，"你讲给我听听好吗？"

她一边耳语一边啜泣，告诉我她一天里最隐秘而可怕的细节，她的丈夫如何醉醺醺地回家。一句讽刺的话让他发作，他撕碎她的睡袍，把她痛打一顿。她吓得跑到街上，不断地奔跑。她身穿睡衣躲在电话亭里。这是三月一个晴朗的夜晚，气象预报说会结霜。她不要呼叫救护车或警察，她不要任何人知道，她觉得羞耻而绝望，她不肯说出自己在哪里，她害怕丈夫会追来。她的声音因寒冷、愤怒、恐惧而颤抖。

"我真高兴你打电话来，"我说，极力想透过声音和纤细的电话线传达我的关怀。我希望它变成看不见的手臂将她拥抱。"你听起来很害怕，很不安。"

"我吓死了，"她低声说，又压低声音说，"我不该说我做了什么……都是我不对，我总是这样惹他生气。"

"任何人都不该挨打，"我说，"听着，我担心你，我真的很想找人过去陪你。"

"不行，我不能面对任何人……我的人生已经乱成一团。"她哭着说，"我好困惑，我不知道该怎么办。"

"没关系，"我说，"我明白你是多么害怕和困惑。我们聊一会儿怎么样，你觉得如何？"

二十分钟后，她冷静了一点儿，同意让人护送她到安全的地方。援助者带着毛毯赶到时，发现她几乎全裸地站在电话亭里，在不远处的一盏街灯淡绿色的光线中颤抖不已。

第二章

灵魂的暗夜

沮丧就像显微镜，

　把人的视野局限在一个晦暗、痛苦的意念上。

　仿佛感官被堵塞，不再接收外界的讯息。

　　　　正常情况下，

充斥在生活中的那些不相干的感觉和无谓的念头，

　　　　全都消失了。

我在浓雾的早晨醒来，冲了一杯带着泥土味和苦味的秘鲁咖啡，忆起库斯科（Cuzco）的嘈杂街道上，足蹬三英寸高跟鞋的时髦女郎，挽着农村务工者在街上漫步。回忆在脑海里不停盘旋，我眼前出现大雨浸透的山岭和咖啡种植场，再向远方望去，就是草木茂盛的亚马孙丛林。回忆的搜集和重组能力真是了不起。

　　我端着咖啡走进温室花园，摇开窗户，呼喊松鼠，用抑扬顿挫的高低音唱道："松——鼠，松——鼠。"然后很快抓一把花生、榛子、巴西核仁、杏仁，在地上撒成一大片半圆形。坚果都没有加盐，也没有去壳，就是松鼠在自然界发现它们的样子。占地两英亩的树林深处出现了骚动，松鼠跑出温暖的树叶巢穴，奔下树干，跳过树枝和柴堆，沿着电话线和电线向屋子跑来，用尾巴保持平衡，一副走钢索的神气。

春与人心

我知道这不合时令的美食很快就会一扫而空，便径直坐下欣赏晨光。没什么比得上纽约春天的丰饶之美。枫树枝头挂着一颗颗雨滴——滴滴光辉璀璨——颤巍巍却不坠落。早晨的光线似乎完全都被囚禁在它们的小世界里，你可以嗅到春的芬芳，所有芽苞都饱含生命力；但对动物而言，这时节却不好过。春天代表要从冬季的漫长昏睡中苏醒，面对艰苦和仓促的大地。它们还没有摆脱冬季的昏沉，却发现食物不多，花也还没有开。找寻配偶是当务之急。人类在这季节也会受苦，春天"生命线"接获的求助电话比其他季节都多，没有人知道确切的原因。

有时我把他们的生活想象成复杂的情绪生态系统，就像雨林，他们的伤痛就像生长在大树下、发育不良的矮树上大把坠落的枯黄叶片。有一次，一位按摩师在一节一节替我按摩脊椎时告诉我，他工作时觉得有一股充沛的"绿色真气"在他周身游转，他想象这股真气涌进病人体内，带给她疗效与健康。但愿我也能为来电者做这种事，以一股"绿色真气"贯穿电话线；但愿我能用手替人治病，就像外科医生一样，终止体内的善恶大战，宣告和平已经来临。莎士比亚在《麦克白》中天衣无缝地用一个疑问总结了这份心愿：

> 你难道不能医治患病的心灵，
>
> 摘除深种记忆中的哀伤，
>
> 刮除脑子里写就的烦忧，

开一剂能解百毒的甜蜜遗忘，

涤清胀痛胸臆里的危险，

让它别再压着心？

取绰号之乐

　　屋顶上传来越来越响亮的鼓声，然后停下来，我觉得有什么东西在盯着我看，抬头便看见"求求"———一只体型庞大的灰毛公松鼠———正站在屋顶上观察我，观察早晨，以及突如其来的粮食。它胡�一抽一抽地，用亮晶晶的黑眼睛瞪着我。

　　"吃早饭？"我邀请它。

　　这时已有一大群松鼠围着地上的坚果。吃得最快的是"破尾巴先生"，一只尾巴耷拉着像旧毛刷的公松鼠；"小鼻子"的鼻子长得像钳子；"黑下巴"让我联想到戴头盔的英国警察；"红尾巴"是母的，尾巴上有一道红棕色的条纹；"肥肥"是我的最爱，它是这一带体型最大的母松鼠，好像总怀着孕；"白雪公主"的鼻子上有一道白色的疤；"翻倒兄"吃东西时老是站得很高，一不小心就摔个四脚朝天，因而得来这个封号；另外还有二十只没有取名字的松鼠。我承认这是一种拟人化倾向，否则我大可给它们编号，不必一个一个取名字。但我认识的博物学家大多跟动物接触到某个阶段，就决定为它们取名，不论是鲸、猩猩、狮子、土狼。这是种无法抑制的冲动。刘易斯·汤马斯（Lewis Thomas）曾经睿智地指出，现代人类的学名"直立人"其实并不完全正确；说我们是会忧虑的动物更合适，但我们更该叫"喜欢取名的动物"。

以"生命线"为例，我们为多位经常来电又不透露真实姓名的人取了绰号。除"剪刀手爱德华"之外，还有"囚犯"、"无尽的爱"、"无敌铁金刚"、"别骗我"、"十年"、"袜带兄"，以及另外十来个。要把不知姓名的来电者的个别特征一一牢记在心，需要用到一些符号。命名大概就是这样开始的。虽然我们生活的世界一片混乱，有时觉得无法应付，我们却有讲究整洁的天性。始祖亚当的工作就是为所有的生物命名。

我们为打电话来"生命线"的人取的名字，有时颇为好笑、有时反讽、有时可悲、有时就事论事，但它们使我们可以在必要时，跟职员或其他辅导员讨论来电者的疑难或病史。赋予来电者名字，也是把他们放进我们心里的社区，消除潜在的模糊感，让我们能把他们当作有独特癖好、问题、优点和需求的个体。

寻求接触

松鼠还在啃坚果，我换好衣服，打包一份午餐，前往"生命线"。我刚在办公桌前坐下，双脚搁在脚凳上（有人用银色的绝缘胶带把它补好了），电话铃就响了。一个男人的声音打来招呼，听起来像是从月球打来的。在某种意义上确实如此，他正因为满满的孤单和烦恼才会来电，所以他的声音像来自遥远的世界，但他必然也足够坚强，才会向外寻求援助。"接触而已！"文学大师E·M·福斯特曾经把人类所有的追寻、困苦、恐惧，浓缩为一种根本的需求，就是跟其他人接触。至于这位来电者呢？他的困境有千百种可能：性别认同的焦虑、孩子出了问题、心境陷于低潮、跟老板吵架、亲人离世。我的思绪整装待发，等他指出一个方向。

他说："其实我也不知道为什么要打电话……"

"你愿意告诉我，你今天想了些什么事吗？"

他慢慢透露，他是用手机在车上打的电话。他把车停在镇外一个观景台的边缘。他的妻子离开了他，并把两个孩子都带走了；他不知道她去了哪儿。四个月前他失业了，就一直找不到新工作。现在他靠救济金过活，这让他觉得很可耻。付不起汽车贷款，所以他的车朝不保夕。汽车收回通知昨天寄到，接踵而来的打击已超出他能承受的极限。丧失活动力和汽车象征的自由，打中了他的要害。现在他打算把自己、婚姻和即将被收回的车，通通送下悬崖。

"我有什么理由不这么做？"他悲愤地问。

这是辅导员的噩梦，我向上帝祈求派一名精灵来引领我，来一个经验更丰富的人，像是那些在为期六周的密集训练中，带领新手通过心理剧场、角色扮演、自我反省、讨论传授等课程的老师。我仿佛站在危险的十字路口中央，不知道该走哪条路。绝望中，我只能使出老招数。

"把你的故事告诉我吧。"我说，然后就开始等待我记忆所及最漫长的一段沉默结束。令我惊讶的是，他慢慢地开始谈了，从童年开始谈起。谈到当下，我们也讨论了镇上几个社会服务机构，这些机构或许能帮忙暂时处理一下他法律和财务方面的问题。他残破的人生无法抢救，但这对他来说多少是种帮助。过了一会儿，他的语调从慌乱转为疲惫。

"你现在觉得如何？"我问。

"累死了。"

"说不定你该回家，睡个觉。你还能开车回家吗？"我想象他开一辆蓝色的雪佛兰小车，车子开得横冲直撞，在小巷中嫌快，在公路上又嫌慢。

"是的，没问题。"

"我安排人明天早上打电话给你，看看你好不好，事情进展得如何，是否需要我们提供进一步的建议，好吗？"

他的声音哽住了："好的，这样很好……我真不想这样麻烦别人……"

"不麻烦，我们在这儿就是为了做这种事。"我尽量不让语气带有一丝一毫敷衍的意味。我要他保持冷静，我也希望他不要因打电话来而感到不安。照例，我希望能把自己的声音控制得更好，希望我能创造一种弦外之音，不论我用的是哪些字眼，但语气却能告诉来电者：你并不孤单，我们在这儿等着帮助你，即使帮不上忙，至少我们也愿意了解。我认为把这样的感情全心全意地贯注在声音里，说出充满感情的句子，应该是做得到的，就像听歌剧，动人而充满意义的音乐能承载那些费解的字句。我只是不知道怎样才能把这份工作做到最好。

"如果你待会儿觉得睡不着，尽管打电话来。这儿整晚都有人在，好吗？"

"好的。"

他声音中的隐忍使我担忧，他说不定不会再打电话来。我试着补上一句："我不放心你，我们做个约定，你在再次给我们打电话之前，绝不做任何伤害自己的事。你可以答应我吗？"

承诺的意义

漫长的沉默后，他答应了。"承诺"这回事很有趣；一般人都会遵守承诺，即使他因此得花费时间、承受尴尬或面对危险，即使明知自毁的计划会因承诺而受阻。人类得以生存至今，一部分仰仗协调和合作的能力。所以很多法律都以合约为基础，也就是写在纸上的承诺。老祖宗的生活以交换和互惠为核心，所以用合约来明确义务。人的行为可以根据合约进行预测之后，"承诺"揭露出一小部分未来的断片，这就减轻了我们一部分的焦虑。没有承诺，人生就永远摆脱不了惴惴不安。承诺让我们现在就可以解决部分未来的难题，控制未来，使未来显得不那么抽象、神秘、无法掌握。承诺代表信赖：我们把一部分预期中的快乐和幸福寄托于做出承诺的人，因此撕毁承诺必须受到惩罚和羞辱。所以我们要求来电者做出承诺，遵循的是一条古老的法则。

来电者在生活中，曾被很多人以各种不同的方式背叛，这让他们失望，生命本身也曾撕毁若干未出口的承诺。他们对未来不再抱有希望，但身处这场噩梦中的来电者通常还会对我们信守诺言。如果他们答应不在来电话之前就自杀，他们会守信。有时有自杀倾向的来电者会说："我答应先打电话，既然已经做到了，我要到桥上去了。"这只给辅导员留下微乎其微的机会。"生命线"只有几分钟的时间。有时够用，有时不够。

终于可以喘口气了。我走进厨房，用微波炉热了一个圆圈面包，并倒了一杯茶。电话铃响时，我匆匆回到辅导室，坐下，瞄一眼挂钟，记下时间，定一定神，拿起听筒。

"我是'生命线'，我能给您帮什么忙吗？"

没有人说话。

"这件事一定很不好说，慢慢来，没关系。"最后我说。

当我听见一个低得几乎听不见的哽咽的声音时，我的心开始猛烈地跳动。对方说："我再也活不下去了。"黑暗中弥漫着小小的抽噎声："我那么努力地试过。"勉强挤出来的声音，小女孩似的声音碎裂成啜泣。"我撑了好久。一定不会有人能体会到我活得这么痛苦，永远不会结束的痛苦。爱我的人都宁愿我死掉，也不愿我受这种苦。"

脆弱的小妇人来找

我从声音听出这是路易丝，一个打电话来已有数年的脆弱的小妇人。有时路易丝会在电话中介绍自己。但今晚，名字显然已不在她的思虑之中。她是个兼职的烘焙师傅，在某个合唱团里唱歌，本地剧场夏季公演时，她志愿担任道具和灯光管理，还在好几个帮助流浪汉、水灾受难者、残障儿童等的基金会当董事。她自己生活在贫穷边缘，却还设法独力扶养一个十来岁的女儿。她偶尔会写颇具洞察力、斗志昂扬的信给报社，讨论地方上的重要事务。在公开场合，她表现得信心十足、才华洋溢、富有魅力、聪明，各方面都很平衡。

很难理解，她找我们求助时，总是深陷在绝望的流沙里，安眠药丸已摆在桌上，距吞服只差一瞬。辅导员跟路易丝谈过后而做的记录，大多预测她活不过第二天早晨。虽然她每隔几星期，就打电话来宣称自己濒于自杀的临界点，这并非做作。我们判断她每次寻死都是千钧一发。她没有钱，没有固定工作，没有男友，跟一个女儿维持着剑拔弩张的关系，有一长串抗抑郁药物不管用的记录，还有些无法控制的状况——像矿物般根深蒂固的抑郁随时会出现，使她的生活停息在冰冷的地狱。她经常被送进精神病院，但对她的帮助不大，只能让她安静一段时间。她担心"精神病患"的烙印使雇主不敢雇用她。她的忧虑恐怕是正确的。

路易丝很特殊。有的来电者作风古怪，他们大多在痛苦中保持强烈的自尊，我往往基于这些原因而喜欢他们。路易丝非常体贴、有趣、通达事理、待人宽厚、进退合宜。她非常聪明、敏感，是个真正的好人。她打电话来，我怎么可能无动于衷？即使在沮丧的心情如同被黑雾笼罩得最为阴沉的时刻，仍可见到她勇敢美好的自我在焕然发光。我渴望在她悲伤的时候，敲她的门，拉她出来购物，或骑自行车或看戏。我渴望进入她的生活，治愈她，但这当然是禁忌。我只能盼望在她打电话来时我正好当值，如果失去她我会伤心欲绝。

"你受苦，我真遗憾，"我说，"今天是哪件事出错了呢？"

"每件事，每件事，"她说，"我的人生已经毁了。我在工作，我在公共电话亭打的电话。表面上我做着一个个的动作，但在内心我快死了。让内在和外在一致的时候到了。"

我长叹一声，表达悲伤的情绪："你会想要用死亡终止痛苦，这种感觉太可怕了。"

"是的，真的很可怕，"她抽泣着说，"我想象自己落入万丈深渊，想象自己撞上岩石，我不觉得痛苦。我只感激这一切终于结束了。"

心中的影像

我不由自主地想到她躺在岩石上，粉身碎骨。我讨厌来电者描述可怖的幻想事件，因为它们会停留在我的想象之中，我跟他们一起目睹，有时需要好一阵子才能忘怀。我总在心中想象来电者。根据他们讲话的声音、字句、节奏，绘出他们的外貌，让我清楚地看见他们，仿佛看电影，看见他们脸上的表情，他们如何握电话筒，他们何时望向窗外、抽烟、看表、强忍着眼泪。

在我想象中，路易丝是个美丽的女子，中等身材，卷曲的褐发披肩，面貌清秀，容易脸红。她大约三十五岁，看书需要戴眼镜，喜欢穿裙子配毛衣。她喜欢大地色调的化妆，用棕红色唇笔抹唇，再上一层淡色的亮光唇膏。她有纤细修长的手臂，走路姿势优雅。这些可能都与事实不符。声音如何持续以生动的意象呈现它自己，令人叹为观止。我们这个物种对视觉意象竟是如此敏感。

尽管我对来电者的外貌一无所知，但他们也不只是没有形体的声音或危机。一天之中，我只接触到来电者生活的一个面，但我心目中却看见一个完整的他或她，在我的理解中，我试着不只看到他们的痛苦，不只看到被沮丧压成扁平的人格。我通常能辨认出他们的声音；有些来电者是旧相识，每个新电话都会为充满挣扎、求生、执着、焦虑、忧伤的长篇叙述，增加新的章节。我说不定可以放心问路易丝："这件事你女儿有没有帮上忙？"虽然她没有提到她女儿。来电者也认识我的声音，会用对待知己的轻松态度应对，我们是亲密的陌生人。

路易丝谈到她工作处所附近有座桥，我想我知道她说的是哪一座。我是否该报警？但如果我报了，她是否会因此而失去这份迫切需要的工作；而如果我不报，她是否会失去生命？

"你有没有考虑过，亲爱的人发现你死去，会作何反应？"我温和地问。

"我女儿，我想过这会对她有什么影响，有时候，这是唯一挡在我和那些岩石中间的东西。"

"她需要母亲。"

"现在似乎不是这样，我们老是吵架。"

"她几岁？"

"十四岁。"

跟我干女儿同年。我立刻忆起她白里透红的脸蛋、亮丽的金发，她成天为头发烦恼个没完。"这种年龄的女孩是挺麻烦的。她小时候是什么样的？"

"喔，她是个很可爱的小女孩，就喜欢有人抱。那时我们很亲密，什么地方都一块儿去。"她的声音振作了一点儿。

"你想会不会这就是一个她必经的阶段，早晚会过去的？"

"有可能。"

"你想万一你自杀，她会有什么感觉？"我知道说这种话低级透顶。

路易丝也知道，她用低泣的声音说："她会很难过，但我相信她会理解。有人说过：'爱是信奉一位可能犯错的上帝的宗教。'她不会要求我在这么沉重的痛苦中活下去。"

云破天开

风吹在我的面颊上，我望向窗外，缓缓吐出一口气。没有比这更蓝的天空了，细腻交织的流云笼罩着湖面。

"你站在室外吗？"我问。

她说："是的。"

"向上看。"

过了一会儿，她发出轻声的笑，暂且忘了忧愁。我的心畅饮她低微的笑声。

她说："真不可思议。好像有人在天上写字，用云当墨水。真好看。"

全镇的草木都在绽放新芽，有些蕴藏在极其神秘、美丽的形状里。她对云有反应，也许她对树也会有反应。我问："你看到附近有树吗？是什么树？"

"银杏，有扇状的叶子。"

我们聊了几分钟银杏是多么古老，它的叶片熬成汁，每天饮三回，可以补脑，改善血液循环，提升记忆力。我还不知路易丝这么了解顺势疗法，显然这是她的一项嗜好。我想，抓住这一刻，这是你唯一的希望。她逐渐平静下来，我们一同做深呼吸。沮丧就像显微镜，把人的视野局限在一个晦暗、痛苦的意念上。仿佛感官被堵塞，不再接收外界的讯息。正常情况下，充斥在生活中的那些不相干的感觉和无谓的念头，全都消失了。重新跟这些感觉连线，有时能暂时缓和悲伤，甚至使堵塞之处豁然畅通。今天这一招对路易丝管用，她觉得好过一点儿，决定挂掉电话，回去工作。但下一次又如何？值班的后半段时间里，我一直担心她不知何时会再打电话来。不过不会是今天下午，谢谢云，谢谢银杏树。

我们总把救赎想成场面浩大的一幕戏，但沮丧中的人就靠那么微不足道的一个结攀附着生命，有时只需把结重新系好。我记得五年前的一天，一整个星期我都被沮丧主宰，它砰然关上我心底的门，关上我的未来，把无谓的小事扩大成一长串的烦恼，使我觉得被人弃绝，孤苦无依。开始时只是捉摸不定的伤感，但到了周末，我醒来就号啕大哭，无法停止，整天我的心情都很低落。尽管如此，倔强使我赶上所有的约会，对任何人都绝口不提这种心情。第二天，沮丧更加严重，我简直动弹不得，我的心思盘桓在黑色的反讽上。早在多年以前，我挚爱的朋友马丁死于飞机失事——丢下他跟牙医的约会，丢下跟我吃晚饭的约会，以及所有用来跟生命结合的牵绊。我就知道，死亡来临不会专挑你有空的日子。即使有约会，即使有新生儿，即使事情没做完，即使对所有他们丢下的人都构成最恶劣的时机，人还是非死不可。尚待履行的诺言救不了你。

找寻救赎的踪迹

我望着窗外的薄雪想到，光，我要痛饮光明。我把越野雪鞋抛上车，开车到高尔夫球场，奔向湿成一团的薄薄雪层。雪粘在雪鞋上，没办法滑行，只能靠雪靴一步步向前走。我举步维艰，蹒跚地走向树林，花了半个小时。就在这时，我听见只能说是像汽车喇叭的声音。雁的叫声。所有其他声音，自行车喇叭或成群的企鹅叫，都无法用来形容这种声音。我闭上眼睛，聆听这声音良久，脸上竟然浮现出了笑容。叫声越来越响亮，我睁开眼睛，只见一大片排成三角形的加拿大黑雁，低低飞临上空，拍着翅膀，滑过天空，一路发疯似的嘎嘎嘎叫个不停。它们通过时，我大声跟着叫："嘎，嘎，嘎。"细细品味这声音，把它纳入我的记忆。它似乎是伸缩喇叭和抽水马桶神奇而疯狂的组合。

有时最小的事物也能使你跟生命重新找到共鸣。就在那一天，纤细如缕的暴风云雨低垂在天际，我重整脚步，踏上回家的路。本以为回程会比较容易，因为我可以利用方才辟出的轨迹。但很不幸地，我发现这如意算盘落空了。我的雪鞋踏出一组新的平行线，我既不能滑行，也无法溜冰。积雪太少，我只能踮着脚前进。回程的路跟来时一样困难。我终于回到原点的马蹄形车道，上空的黑雁还在嘎嘎大叫。也许这就够了，一条小小的救生素：雁的救赎，日光照亮的积雪，绽露新芽的银杏树上空浮云的签名。但我们不知道这条救生素是哪一个，出现在何时何地，甚至会不会出现。

第三章

光明的灾难

自毁者总是说，

事后他们觉得很舒服，

可能因为痛苦会促进脑腓肽分泌。

他们说只有这样才觉得活着，

跟现实有接触，

否则只感到郁郁寡欢，跟现实脱节。

"亲爱的，我到家了！"楼下传来一个低沉的嗓音，是鲍勃来接晚班了。两组门吱呀合拢，那双十三号的大脚随即踏上嘎吱作响的楼梯。我可以从张贴在辅导室墙上的值班表知道来者是鲍勃，但他不知道下午班是谁轮值，我很想朝楼下喊几句俏皮话。毕竟，他是个完全用水泥作材料的雕塑家，喜欢看东西在他手中变得坚硬——我有强烈的欲望就这件事嘲弄他一番。但我的大脑还在摩拳擦掌之中，他已经来到我面前，四十来岁，及肩的棕发和一双我在人类身上仅见的最大的手，穿牛仔裤和红白相间的T恤，胸前画一只狺狺咆哮的雪纳瑞，下面写着"小坏狗狗，没有骨头"。

"嗨，还好吗？"他说。

"忙得很。"我递过日志，让他看看七条新记录。"路易丝来过电话，我想她今晚不会再打电话来了，不过我不敢确定。还有个名叫杰西的少女可能来电话。她的同学打电话来，很担心她。因为杰西割腕了。"我们都对"少女"一词皱皱眉头。我们知道青少年自杀率直线上升，我们对此太熟悉了，光前一年本地高中就有四起自杀案。每次悲剧发生后，"生命线"都派自杀后遗症防范小组去和紧张不安的同班同学、哀伤的家人和朋友、困惑不解的校方人员、忧心忡忡的教员和辅导老师谈话。此后有更多青少年打电话来求助，但自杀率还是高得令人担忧。每六百六十名沮丧的青少年中，会有一人自杀。研究者发现，逾半数的青少年考虑过自杀。事实上，自杀是美国青少年第三大死因，仅次于意外事故和凶杀。农村和城市青少年都为沮丧所苦，年纪越轻，越容易受影响。在残酷杀人行动后接受访谈的不良少年帮派，常把自己的行径解释为不指望活过青春期。求死的欲望足以说明，为什么住在城市中心的孩子说话只用现在式，因为他们缺乏有用的过去，也没有可资认同的未来。

青少年的生命疑惑

本地青少年也发现这世界是个战场。除了兴风作浪的荷尔蒙，功课压力、家庭问题、世界大事，还有不可免的"我是谁"、生命该如何度过等认同方面的疑难，这简直是人生最困惑、最令人手足无措的阶段。更何况，沮丧并非青少年时期面临的唯一风险，内向、寂寞的完美主义者有时会出于羞耻或罪恶感而自杀。厌食症、贪食症、自我毁伤发生的频率都接近流行性疾病，具有讽刺意味的是，这种现象尤其常见于教育程度良好、经济基础稳固、父母自我要求严格且不懈地要求子女出人头地的"好家庭"里。此外，因为青少年之间流行在身体上穿洞，他们某些形式的自残行径颇令人忧虑。虽说古今中外都有人把身体各部位拉长、穿孔、文身，重塑成与众不同的形状，或加上时髦的标志，但是当情况失控，痛苦成为这种行为本身的目的并形成习惯时，我们就该担心了。

鲍勃说："自毁型的来电者都很麻烦，前几天我也碰到一个。老天，那个电话真难办。"鲍勃的词汇充满 20 世纪 90 年代的气息，我相信来电者都猜不出他的年龄，他在谈话中很容易就跟年轻人打成一片。"那小子装得正经八百，在银行工作，他本来想趁上班中途溜到厕所里，用香烟烧自己。不过他改变主意，打来电话。"

"起码他先打电话。这是好的一步。"我告诉他，最近我接到一位打电话来的妇人，先烫伤了自己才打电话。她有割腕的病史，最近才开始采用烫伤的手法，她担心自己的症状急速恶化，说不定已越过某个危险的门槛，担心自己不知变成什么样，两个年幼的孩子又会怎么想。她用虚弱得几乎听不见的声音，诉说情绪的疲惫、烦乱、恐惧。我们讨论她烧伤自己时的心情，它是那么无法抑制，是否有什么导火线，她感到冲动出现时，有什么东西可以缓和？有时她会花好几天渴望伤害自己，花好几个小时思索该如何达到目的，把准备手续刻意布置成古怪的仪式——抚摸她计划割伤或烫伤的部位，把刀、剃须刀片、香烟放得整整齐齐。她正在接受专业治疗，但进展非常缓慢。自毁的念头极为顽固，它跟饮食失调有若干雷同之处，很少人只罹患其中的一种。我这位来电者表示，她小时候受过性虐待，我答称这一定是一项沉重的人生负担，但我不追问动机或病史。自毁者大多是幼年遭受过性虐待的女性，不能在家人面前抱怨自己遭受的折磨，不能抗拒虐待她们的人。有种关于自毁者的理论认为，因为小时候只有在蒙受严重伤害后才能获得食物和疼爱，所以成年以后她们不断伤害自己，因为潜意识中，她们把渴望得到的慈悲、保护、爱，跟伤害联系在一起。

自毁者的矛盾心态

也可能这种怪病与生理机能障碍有关。自毁者总是说，事后他们觉得很舒服，可能因为痛苦会促进脑腓肽分泌。他们说只有这样才觉得活着，跟现实有接触，否则只感到郁郁寡欢，跟现实脱节。他们体内的化学成分是否失衡？研究发现，酷爱追寻刺激的人体内血清素和其他神经传导素的含量都特别低——这种人要感觉"正常"，使身体系统恢复到对一般人而言属于正常的层次，就必须冒更多危险。好几年前，我就注意到这种现象，当时我正学飞行，常在机场和航空展会场流连。不飞行时，即使最大胆的飞行员往往也冷静、寡言得令人意外——高尔夫球是他们最喜爱的休闲活动，他们可能靠驾驶飞机来加快过低的新陈代谢。

因此，有没有可能是，自毁者缺乏足以使他们自觉存在于世间的精神回馈？或者这真是种心理病态？似乎自毁者更倾向于用伤害自己来回应拒绝、愤怒、无助等情绪。有些精神分析学家认为，他们是透过惩罚自己，对虐待他们的人做象征性的惩罚。不论动机为何，他们的行为都太可怕，使我和其他辅导员感到无助、伤心。我们知道他们很少自杀，虽然他们有时也会厌恶自己有这种无法戒绝的自毁瘾，不惜以自杀来结束痛苦。讽刺的是，如果决定出此下策，他们通常选择服毒或其他跟惯用的自毁手段迥异的较快的死法。

我突如其来碰上了这位自毁者，不知道该如何帮助她，只能劝她把火柴丢进抽水马桶冲掉，她照办了，我就在电话里等。接下来一个当务之急是如何让她保持忙碌。我忆起母亲给我的忠告——"清洗两栋房子的窗户和地板，就没有不能减轻的烦恼。"我温和地询问来电者，她对料理家务有什么感想。她说她一直没清理浴室，厨房也肮脏不堪。是的，如果她把这两个地方都擦洗干净，心情也许会好过一点儿。然后她可以带现在正睡觉的三岁小女儿出门散个步。放学时，她就该去学校接儿子，准备全家人的晚餐了。我们挂电话时，她就计划采取这些行动。我要她，事实上是求她，下次伤害自己前先打电话来，但她坦言办不到，每次她的心灵都会进入一个遥远的地方，无法控制，也不接受帮助。或许就因为如此，她对控制人生会有那么热烈的反应，即使只是在一个下午做一些极其平凡的事。今晚她可能还会需要我们，不过年轻的自毁者杰西更有可能打电话来。我就这么告诉鲍勃。

提醒接班的辅导员哪些人可能来电，就有可能事先做些准备，设计一套应对的策略。有时我们就像一组慢动作的接力赛跑。传递给下一个人的接力棒并不是实物，而是精力。我嫉妒那些回到家就能摆脱沉重关怀，把来电者的烦恼抛开的人。有时我也做得到，冷酷得令我自己吃惊；但今天，我觉得肩上扛着千斤重担。

恐怖刺激的五小时

三年前，我第一次值班，听到"生命线"的电话铃响起时，我真的像外星人那样伸出一根手指指向电话，我的手颤抖不已，很害怕按错键。忽然间，这不再是角色扮演游戏。一个活生生、无法预测的伤心人含混地诉说她的苦恼，要我谅解，要我接纳。她上气不接下气地抱怨，似乎陷入沮丧的深渊。我慌乱地在记忆中搜索措辞和应对的方式，但似乎找不到适用于这个电话的类别。过了好长一段时间，我才意识到一个惊人的事实——来电者还在讲电话。她并没有挂掉，她还在说，虽然我只不过发出一些表示在聆听的声音。真让人松了一口气。我冒了个险，请她集中谈当天晚上最大的难题，也就是促使她打电话来的主因，此后通话就进行得非常顺利，只偶尔有点儿迂回，偶尔出现沉默而已。不能说我们因为讲完了这个电话而成就了什么事，但来电者觉得她的心事总算有人听，她的情绪得到了疏解，她可以继续过完这一天。就是这样。这是一大启示。下一位来电者截然不同，我同样感到紧张不安，但过了一会儿又发现，对方还是没挂掉电话。多么恐怖刺激的五小时啊！

水的联想

回家途中，我揉捏着疲惫僵硬的双肩，突然想起十三岁那年，在波科诺湖畔营地，我们学习红十字会的救生、水上安全救助、水上生存等课程的情形。对孩子们去游泳和划独木舟，这些课程帮助他们建立自信心是很有意义的，成年人足够坚强则另当别论！因为有了这些课程，现今我成了一名游泳能手，它使我终身熟悉水性，给我带来许多乐趣，使我安全，使我能在需要潜泳的水域里探险，有一次还让我挽救了一位好朋友的生命。我将这些归功于曾经的营地游泳。为了通过生存课程，我们不得不踩水一小时，在深水区里脱下我们的衣服，将一件衣服充气后封紧了作为浮筒，并能背着那装着大石头的背包，带着其他类似的重任游过湖去。湖水看起来总是深不可测，湖底并不可见，棕绿色的湖面倒映着天空。湖中大量体型纤小的动植物，不断挹注清冽淡水的看不见的泉源，轻轻翻搅着淤泥，使这个湖显得既神秘又可怕。那年夏季，很多同营的伙伴都做了溺水的梦。当时我并不明白，这个湖其实是那么清洁、安全、自然，研究它所滋润的动物的生活会多么有趣。但我渴望来自它的挑战。训练结束时，我已通过大部分考验，得到一张盖有红十字会印章的小卡片。这张小卡片我珍藏了许多年。

　　所以，夜幕降临时，我躺在浴室的漩涡浴缸里。这东西既现代化又充满异教徒风情，让我忆起古老的往昔，把洗个热水澡当作治疗抑郁、强迫性行为、情绪不稳，以及其他心理创伤的偏方。躁郁症患者常常浸泡在含锂量丰富的水池里，喝池里的水，有人则咀嚼柳树皮治疗偏头痛。把身体泡在热水里，是最受欢迎的心理疾病与失恋疗法。谈话疗法在 20 世纪的心理治疗中才开始应用，但洗澡的水疗法却通行了好几百年，欧洲人定期赴巴斯、巴登—巴登，以及许多其他以矿泉闻名的城镇，把自己浸泡在咕嘟咕嘟从地底涌出的温泉里。在他们之前，罗马人也爱洗澡，还巧妙地发明了可将水加热的水管系统。澡堂提供罗马公民一片绿洲——那儿是修指甲、做头发、按摩、看杂耍、行骗、调情、散播谣言的场所，也是思考人生和世间烦恼的理想地点。

沐浴具疗效

有些打电话到"生命线"的人，若能在香气四溢的热浴缸里好好泡上一阵，也会获益不少。我经常建议他们，不妨在挂掉电话后泡一杯热腾腾的药草茶，用薰衣草精油或松树精油泡个澡，这两种精油都有助于振作情绪。如果他们家里备有现成的苹果加味茶，我会建议他们在这时饮用，因为有些专家发现它有助于抵挡恐慌。

我在浴缸上放一块板，因为我常在这儿工作。事实上，我阅读比较严肃的作品时，大多泡在浴缸里。我常把食物和饮料带进来，还有手机、袖珍日历记事本和一摞好书。阳光透过两扇大天窗洒进来，访客常试图关灯，却发现灯根本没开。冬日天窗覆盖一层厚雪，幽微蒙胧的气氛也令人赞叹。但浴缸边上那架十二英寸口径的戴纳麦斯望远镜，尤其令他们挑起眉毛，目瞪口呆之后发出会心的微笑。还有什么更适合观察月亮和星星的地方？天窗使这个房间成为一座宁静的天文台，正如惠特曼诗中所描述的：

> 夜间我开启小天窗，看见撒落远方的星系，
>
> 我穷尽目力试图臻达星系边际，
>
> 却只能望洋兴叹宇宙的无垠，

它们不断在扩张，永远在扩张，

向外向外永远地向外。

徜徉星云中

今晚，浸泡在芬芳扑鼻的茉莉泡沫和云雾中，我凝望飘过头顶的明月，变幻的星座和流浪的行星。月轮圆满，月亮里的男人撮圆了嘴巴——也许他在唱歌。狮子座发出一声明亮的嘶吼掠过。然后是银河与一连串闪烁的星、星云，望远镜里满是遥远世界的影像。在黑暗中，说不出星星的原野始于何处，又终于何处。看着众星在各自严密的秩序或龙卷风过境式的狂乱中运转，我掬起一捧泡沫，抹在眉头，想象恒星从我背脊滚落，银河贴着我的前胸和双臂，熔化了的星星之血从悬浮空中的膝盖滴下，行星从我的颈部上升。我的臀部是一座星星的幼儿园，汹涌翻腾、咕噜咕噜地吐出中子星、黑洞、彗星。恒星从手腕流泻而下，我小小的脉搏震荡着一千个世界。我仿佛听得见超新星的天鹅哀歌，脉动星凄凉的啸声，宇宙新生儿循规蹈矩的惶恐。然后，在不朽的沉默和沙尘暴般席卷而来的光明里，我躺下来，此起彼伏的奇观使我在花岗石般悠久的分秒里，感到安详满足，不想这宇宙有一丝丝的改变。

一杯冒着浓郁榛子香的无咖啡因咖啡，为已经洋溢满室的香皂香和盛在碗中的桑葚的果香，增添了一股果仁的清香。我打算读一本精彩的小书——19 世纪女性主义者薇拉德所著的《我如何学会骑自行车》。骑车不仅成为她发现自我的旅程，也构成如何好好过这一辈子的隐喻。我有一张富有趣味的"手指湖"区域地图，由于翻阅次数多，折痕都几乎快断裂了。图中包括卡育卡湖和辛尼加湖之间的辛尼加郡部分地区，这也是我计划中周末自行车一日游的目的地。我还拿了今天寄来的信件。拧开一盏阅读用的小灯后，我先拆开一位在华盛顿国家动物园工作的朋友寄来的牛皮纸信封。这封邮件的内容立刻把我吓醒了：一叠影印自华盛顿报纸的剪报，报道一桩耸人听闻、离奇恐怖的事故。剪报日期从三月五日那个星期天到三月二十日那个星期一，每份剪报都散播更多谣言，但也揭露更多越来越可怕的真相。

三月四日星期六，清晨五点，有名妇人翻过国家动物园三英尺半高的水泥墙，跨过四英尺宽的泥土缓冲区，钻过了长达九英尺的围墙，跳进宽二十六英尺的壕沟，游到对岸，爬上大石块砌的狮子区平台。两头非洲狮——体重三百磅、名叫阿莎的母狮和体重四百五十磅、名叫塔纳的公狮——看着她，然后它们一起抑或先后发动攻击，把她的脸从颈部掀到头皮，吃光她的手臂直到肩膀。大约两小时后，照顾狮子的人员前来喂食时才发现她，立即报警处理，警方花了好几个星期研判事故究竟是如何发生的。她没有留下可供查对身份的指纹，线索几乎是零。这名女性是谁？她死于意外、自杀、他杀？她是否先被谋杀，再丢给狮子？他们在她的外套口袋里，找到一张阿肯色州小石城的公交车票后，谣言传遍这个全美政治气氛最浓的城市，传言她的死跟"白水案"侦办工作有关，她是个"喂狮子"的告密者。这种想法即使在华盛顿也够变态。

每天报上都出现令人毛骨悚然的新线索。她没有马上死亡，身体被撕裂后还活了好几分钟。狮子最先开始吃她的手。她的头皮"从前面撕裂，挂在脑后"。这名女性三十六岁，黑长发，穿薄夹克、运动衫、灰色棉布长裤，咖啡色便鞋。警察在她鞋子里找到一张汇票，口袋里找到一封业务信。在她尸体附近有一枚发夹和一台随身听。公交车票是"荣誉市民卡"，专供年长者、残障者或精神病患者使用。她结过两次婚，是名有两个孩子的离异女性，还有个消息来源说她专程来到华盛顿，请克林顿总统帮她争取一个孩子的监护权，她告诉特区政府一位官员说，这是因为她"在别处找不到正义"。这位官员说，她试图提出控告，诉请收回女儿的监护权，但不知道该告谁，所以她拿了些表格回去填。因为患有精神病，她说她的孩子被阿肯色州有关部门带走，但她显得"很有目标"，长得很漂亮，谈吐得体，也很"冷静"。

狮子的梦魇

三月一日凌晨三点，她住进一家便宜的旅馆；三天后，她用自己喂了狮子。她是退伍军人收容所的一名过客，经诊断患有偏执性精神分裂，但负责照顾她的心理治疗师和社工人员都不愿透露太多她的病史。小石城的社工人员报称，她有妄想症，自以为是耶稣基督的妹妹，能跟上帝直接谈话。她经常出入各个精神病院。尸体旁边的随身听里有一卷艾美·格兰特唱的灵歌卡带。旅馆房间里还有些手写的便条，内容都属于"宗教性质"。法医判定她的死因是自杀。她名叫玛格丽特·戴维斯·金。她是否因为姓"金"（King，意谓"国王"）而认同电影《狮子王》？古罗马把虔诚的基督徒拿去喂狮子，她是否追求同样的惩罚？《圣经·但以理书》曾叙述先知但以理被巴比伦国王丢进狮窟，却因信上帝而得救。她是否从这个故事得到灵感？她是否以现代但以理自居，认为自己可以逃脱狮吻，安然无恙？或者她就是要以最恐怖而公开的方式自杀？至于那些因发现她而心神受创的动物园员工呢，他们又有什么反应？一位动物园管理人员表示，园方为员工设有心理咨询服务，"但没有人真正利用起来"。

我拿起电话，拨给动物园公关主任，谢谢他给我的剪报，并询问工作人员的近况。

他轻快地说："噢，目前没问题，除了偶尔做噩梦外，大家似乎都适应了。"

偶尔做做噩梦？我语带讽刺地说："是啊，听起来他们是适应了。你确定他们不需要跟辅导员谈谈心里的感受吗？"

"有可能需要，"他深思地说，"但我不能强迫他们。如果他们自认为应付得来，那么……"

"你自己呢？你曾经向媒体一再描述当时的景象，设想案件发生的经过——你有什么感受？"我可以想象我们通话时，他坐在办公桌前的模样：高大英俊的男人，将近五十岁，头发斑白，胡髭修剪得很整齐。很难想象他有三名子女，老大都已经三十岁了。我不知道他如何照顾一个大家庭，他的研究工作，还有动物园的公关与内部纷扰的关系。现在又出了这种事——发生在他门口的暴行——要向数百万家长担保动物园是安全的场所。

"好的，"他说，"其实真的没什么……呃，有时那一幕会闪现在我眼前，当她发现她不会得救的那一刻，她会被杀害、吞食……事情不会照她的计划进行，反而出了可怕、残暴的差错……她觉悟到可怕真相的那一刻，使我最难释怀。"他的口吻带着那种通常伴随寒战出现的音调。"但只偶尔会这样，此外我觉得还好。"

我用湿手揉揉太阳穴，缓缓摇头。我不能告诉他我在"生命线"做辅导员，但我可以向他介绍这个机构，并告诉他位于华盛顿的姊妹机构的情形，请他考虑跟那儿的人谈谈是否需要帮助。他说有可能，并把资料抄了下来。

掩饰真实感受

跟动物打交道的人恪守坚忍的纪律，因为这份工作本来就特别危险。动物园管理员负责照顾危险的动物，每年都有人被老虎攻击、被杀人鲸杀害、被大象践踏。栅栏里的动物表现得很温驯，游客误以为它们胆怯。不是的，管理员太清楚这一点了。到野外放生、捕捉、监视动物的活动，随时有性命攸关的活剧上演，但一般人习惯掩饰真实的感受，以便保证工作能照常进行。只有等他们平安返家，借着酒精、紧张的笑话，再加一点吹嘘的兴致，才能把自己的心情宣泄出来。

挂上电话，我又读了一遍剪报，最后一张附有一幅两头狮子的照片，指出它们在攻击事件后变得"紧张且容易惊恐"，管理员很难把它们哄回笼子里。只有母狮因肚子饥饿而愿意吃园方提供的食物，所以外界认为是公狮主导了攻击玛格丽特·金的行动。这两头狮子都在动物园出生和成长，每餐都吃一种综合狗食。它们只知道这种食物的滋味，从来没有捕食过野生动物，但是当具有人类形体的猎物进入它们的生活区，纯粹的本能就发挥作用了。事后它们感到亢奋不安，或许是因为做了一件新鲜事，犯了一个刺激、美味的错误。它们自幼就被严禁伤害人类，甚至与人隔绝，一旦对人构成威胁，就会被赶回笼子或受罚，喂养、医疗、抚育都由人类经手，现在它们却吃了一个人。正如所有养猫养狗的人都知道，动物不需要多少智力就能明白自己犯了错，即使只是一瞬间。

动物的天性

尽管舆论哗然，动物园却拒绝杀死两头狮子。毕竟它们只是听命于本能，做狮子该做的事。我们该为它们的天性惩罚它们吗？人类自身的暴力倾向往往也不过是一念之间。我们也是一种冲动、领域感强、贪婪的动物。我曾听过一则讽刺中东危机冲突的黑色笑话：一只乌龟和一只蝎子在河边相遇，蝎子求乌龟载它过河。乌龟说："我载你，你就会蜇我。"蝎子说："我不会的，保证不会。因为蜇你我也会淹死。"乌龟想了一会儿说："没错。"于是答应了。蝎子爬到乌龟背上，出发渡河。到了河中央，蝎子忽然蜇了乌龟一下。垂死的乌龟喊道："你为什么要做这种事？现在我们得一块儿淹死了！"蝎子答道："我知道，可是我没办法。这是我的天性。"

狮子的行径并不比军人、绑匪、恐怖分子、连续杀人犯、狠毒的父母更令人齿冷。人类懂得如何伤人、杀人，我们懂得如何伤害一个灵魂，慢慢杀死它。我们对暴力上瘾，以致当我们无法用它对付别人时，就用来对付自己——割开自己的皮肉、沮丧、自杀。暴力是我们情绪调色盘上一个特别强烈的色彩。没有一只猫逗弄猎物的手段会有人类那么残酷。猫是为了磨炼自己的狩猎技巧或训练小猫而折磨猎物。人为什么做这种事？嫉妒的丈夫可以暴虐到不可遏止的程度，割裂情敌的颈动脉，把他五马分尸。各式各样的狂热分子杀人无数。甚至办公室政治也能导致想象的谋杀。我们在所谓的电视新闻中推销杀人凶手和可怕的行为，将它当作一种娱乐。我们在电影中享受替代的杀人快感，巴不得咬仇人一口；我们调制暴力美食的手艺确实越来越高明，不断用越来越可怕而富有创意的手法为死亡和屠杀调味。

为爱努力奔行

　　虽然我对人类嗜血的天性感到遗憾，但我对同类的爱并不稍减。令我意外的是，尽管天性凶残，我们还是常有善行——深谙仁慈、温柔、和平、慷慨、合作、灵性提升的真谛。我们用大部分的人生探索爱的途径，虽然没有清晰的地图，一路行来也不尽愉快，但我们却做得可圈可点。我们以绝佳的表现约束和克服基因的黑暗面，我们是令人惊叹的美妙动物。抗拒兽性的原始欲望，绝不是一场容易的战争。我们把本能跟所有古老的需求与渴望装在一个看不见的背包里，扛在肩上，我们在它的重担下挣扎，几次三番濒于没顶，好不容易拼命手舞足蹈，重新浮出水面，又得费九牛二虎之力，保持头部露出水面，甚至还能欣赏世界之美，讴歌赞美与宽恕，即使在手忙脚乱地划向彼岸时，还会伸手帮助自己的亲人和全然不相干的陌生人。我们的行为高贵，即使因此更加疲惫、陷入危险，也在所不惜。我们没有理由要这么做，但这是天性使然。

第四章

眺望人生全景

如果你能给自己的心灵放个假，

跟自己的灵魂开个董事会，

同意把所有的忧虑、

所有别人或自我的期许都留在家里，

你就能好好享受活着的感觉，

让自己成为一张供这个世界镌刻它自己影像的底片。

昨天下午，连翘、水仙、矮矮胖胖而香气四溢的风信子，像事先约好似的全都开了，只差一段钢琴作为背景伴奏。好一阵子，我捧着晨间咖啡，凝视这一幅仿佛会动的印象派绘画——挥洒奔放的黄、紫、粉红在晨风中摇曳，糅合成一片。淡黄色的太阳从泥土里升起，橡树和山胡桃木的树林霎时笼上一道光晕，灰松鼠在花丛间穿梭。我感叹着摇摇头，推开面向花园的窗户，唤松鼠过来，亲手喂了几只，就把剩余的坚果抛给它们。背景音乐可以配上《白雪公主》，我想着，自顾自笑了。

　　两只乌鸦开始热烈地在草地上求爱。它们一块儿拍翅、轻啄、跳舞、昂首阔步。就像跳迪斯科的一对青年，跳一会儿舞，在地板上狂热地做爱，再跳一会儿舞。有只红雀站在茂密的紫杉上，活像戴了傅满洲的翘八字胡。再细看一眼，原来只是一根细长的枯草挂在它的喙上。它以慢动作轻挥两翼，在空中停留片刻就又钻入紫杉枝叶，无疑它正跟老婆在那儿忙着筑巢。

前一年夏天，有时我醒来就听见一只雌红雀轻巧的身影拍打玻璃窗，急切地想进入那个遥远的镜中世界，却徒然受尽折磨与打击。它不知道自己的长相，所以把自己的影子当敌人。最后它狂乱的撞击超出我所能忍受，我贴上一幅它真正生仇死敌的图画——一只猫头鹰——才算没事。猫头鹰爪利喙尖，还有敏锐而不对称的耳朵，专吃小型鸟。雌红雀自己的镜中倒影再怎么凶悍，都不及猫头鹰厉害。我在心里记下要把那只纸板做的猫头鹰找出来，以防它今年又要跟玻璃打架。我但愿来电者也这么容易应付就好了。

我喝罢咖啡，穿上几层骑自行车的衣服，包了一份午餐。我常设法在乡野中骑一段短程自行车。约一小时的车程，我可以骑到养殖场，那儿是个整理得很漂亮的植物园，还有个满是鸭子的湖，或是去啄木鸟树林，那是个鸟类庇护所，或者骑到镇西或镇北的村子。不论走哪条路，都可以到树林或农田的边缘，我最爱看季节的渐进改变，草木变绿、抽芽、开花、播种、枯萎、动物变换毛色、叫唤、求爱、交配、觅食、养儿育女、迁徙、嬉戏。经常散步或骑自行车的人都知道，驱除心中的担心与计划、分析与伤心以及各种假设状况的致命编队，是多么困难的事。动荡的心情似乎陪着你出游，很快地，心里就浮现出一个小剧场，你扮演各种角色，用五六种不同方式排演充满惧怕或期待的台词。

给心灵放个假

但如果你能给自己的心灵放个假，跟自己的灵魂开个董事会，同意把所有的忧虑、所有别人或自我的期许都留在家里，你就能好好享受活着的感觉，让自己成为一张供这个世界镌刻它自己影像的底片，并当作一份礼物送给自己。光影之美，风的低语，玉米秸秆的沙沙声，松鼠叫声，鸟鸣，紫丁香树篱的甜香，苹果树的甘美。你感受风雨阳光拂过面颊，品尝随季节不同的空气。

即使在城市里，你也可以坐在公园长凳上，看一会儿鸽子或其他鸟类，用心地看，亲切地看，看它像请愿者一样昂首阔步，它如何梳理和蓬松羽毛，脑袋一点一点，歪着脖子，眼睛一眨一眨，啄取食物。以入禅的方式完全沉浸在大自然里，是我最爱的一种积极冥想。我会自然而然进入这状态，但跟所有其他人一样，我必须特别为它腾出足够的闲暇时间。而且每年冬天或春天，我都一定会这么做。

自从膝盖因慢跑和有氧舞蹈受伤而动过手术后，我就靠骑自行车锻炼身体，这能强化膝盖周围的肌肉，对我的膝盖很有帮助。我的体能足以用低速挡把自行车踩上陡峭的山坡，但我知道若是这么做，会使小腿灼热，超出我能忍受的程度。所以碰到陡峭的坡度，我就下来推车上山——也是很好的运动——我称之为"混合训练"。骑车的时候我根本不想打破什么距离或速度纪录，也不逼自己超越不适的那一道防线。如果勉强自己，痛苦就会坏了骑车的乐趣。我以一个审慎的自行车骑士自居，虽然我也已经上瘾了。

每个周末，只要不是寒冷彻骨，我都会跟车友卡西骑一段较长的路。大多是神秘之旅。一周由她选目的地，下一周就轮到我。有时我们走罗思和华特丝在《手指湖自行车路线二十种》中推荐的行程。也有时候，只靠记忆摸索，找寻一个原先无所谓，现在却攸关生死的线索——那条路有多陡？——我们得发明自己的路线。

今天我们决定探索辛尼加湖与卡育卡湖之间的一片狭长地带，她九点半准时到达我家，墨绿色登山自行车牢靠地挂在旅行车后面的吊架上。她穿有玫瑰提花图案的黑色紧身裤，紫色挡风夹克，及肩的金棕色秀发用紫色的发箍拢在脑后。我们把我的紫色自行车用弹力绳固定在她的自行车旁，并核对了地图，趁晨雾消散、碧蓝的天空乍现时出发。

我们向北，沿着卡育卡湖西侧行驶，穿过取罗马名字的村落城镇。有时路过山巅，明信片般美丽的湖景群山中那一点加勒比海的蓝，令我们为之倾倒。曝晒在阳光下的树梢枝叶搭成巨伞，新芽初绽，使蓊郁的森林散发一种令我联想到春天柔和的粉红光泽。这种事，有些人靠皇历或土拨鼠决定，我则是等待远方树梢出现第一个微妙的征兆——整个冬季光秃秃而鲜明的线条，因抽长嫩芽而变得模糊，并且焕发出一种浅粉色的光华。垂柳的枝条已转为黄色。路旁干死的灌木丛间，有紫红色的新枝。野生的萱草从山沟里蹿起。到处的人家都种了水仙，其中半数业已开花。一群连雀钻入野莓丛，蜂鸟似的悬浮在空中，只见黄色的尾尖晃动。春天驾车穿过纽约上州的丘陵地带令人心旷神怡。罗慕勒斯北边几英里处，我们在一个印第安人屠杀纪念场（这条路线上有很多这类的地方）找到一个方便的停车地点，旁边有个挂锁，还有两匹比利时大马在吃草。它们金黄色的马鬃卷曲成细致的波浪。我猜它们从不曾拖过耕犁；它们是力与美的化身、肌肉的典范，为健美而锻炼，不做劳力的工作。

知己同行倍增乐趣

　　我真喜欢跟卡西一块儿骑自行车度过周末，我们的友谊从最初的试探，稳定地进展成为亲密的声气相通的情谊。卡西跟我同年——我们儿时喜欢同样的摇滚乐，穿同样的毛毡裙和厚底高跟鞋，同样经历过宇宙飞船发射、肯尼迪时代、越战以及当时所谓的妇女解放。我们体能不相上下（这是挑选运动伙伴最重要的条件），不过她上半身比我有力，背部与手臂也比我强壮（我坚持认为这是因为她高中参加过啦啦队的关系）；她跟我不一样，她每周打网球和回力球，还去健身房。我们同时想吃午饭，我们的精力几乎同时用尽——在稳定地骑车三小时后。我们都是末代嬉皮士；换言之，我们的基本价值观相同。20 世纪 70 年代的动荡气氛、社会变化、希望，在我们身上跟在很多其他人身上一样，都留下了强大的影响。当然有人老了就背叛了年轻时的梦想。但我目睹那么多 60 年代和 70 年代的孩子，取得显赫的地位却仍保持当年的高瞻远瞩，就觉得很欣慰。他们对事情的看法未必一致，但他们对人性与生俱来的善都怀着不变的信心。在卡尔维诺《看不见的城市》结尾，马可·波罗说他毕生最艰苦的任务，就是弄清楚地狱里有哪些人和哪些东西不是地狱的一部分，并确保他们继续存在。虽然我十八岁的时候还不懂得这个道理，但其实这就是我一生的追求。现在也还是一样。改变的只是舞台，内在的理想主义并没变。

　　卡西和我一起骑自行车出游将近一年——大多数的旅程全长在二十到四十英里之间，地点总是选在湖边或河边。我们自带午餐，选一条宽度够我们并肩前进的路，聊世界、聊人生，畅饮阳光，享受美景，运动到累得两腿发抖为止。我对人类行为甚感着迷，她也一样，所以她决定从事社会医疗工作。她是一家私人医院的心理治疗师，有很多病人——困扰的儿童、夫妻、陷入沮丧的家庭、大学生、蓝领工人——这是她每周的工作内容。虽然她没有在"生命线"工作过，但去年她被选为"生命线"的董事会主席，所以很了解我的许多忧虑。我们互相羡慕对方的长处，但我们的身心都渐渐变得更坚强——能够走更长的山路，面对偶尔出现的风险胸襟更开阔。我们的"运动"不仅提供一个建立友谊的机会，或修炼自我的途径，更是我们生活的主轴。自古以来，女人一直因她们的温柔、和蔼、脆弱而受称赞。这些优点固然可爱，但我也希望自己强壮干练，能临机应变，走前所未有的路，迈向销魂美景。与我们擦身而过的人，观察我们的脸孔，或许会发现快乐、挣扎、疲倦、笑声糅合在一起。这跟观察参加比赛的运动选手不同，他们的神态呈现出心智、技巧、力量的全神贯注。我们不是奥林匹克选手，也不需要成为奥林匹克选手；我们只是在追寻更健康的自我。

走了一英里，我们行经一片仿佛有几千个电子闹钟同时在"哗哗"响的沼泽。至少感觉上如此，声音无比响亮。我们在湖边停好自行车，小心地走进沼泽。

"青蛙，色眯眯的青蛙。"我笑着说，想起了乌鸦的性感舞步。"就像疯狂周末夜的兄弟会男孩。这辈子就这么一次做爱的机会。"试想那淫荡的场面。我们看不见制造这一片闹声的青蛙，因为它们体型极小，又有绝佳的保护色。我们一路前进，声音也一路逃逸，等我们回到大路上骑走，它又渐次恢复至高峰。

我们来到一个写着"下湖路"的路标，卡西和我相视一笑。我们的自行车之旅有个原则：绝不放过沿湖的路。所以我们右转，环绕美丽的湖畔，这儿一度是印第安人的领地，他们在湖中捕鱼，林中猎兽。现在湖边大多数地方已无人居住。

"看那些泥做的平台！"她说。我们花了一段时间才看懂，原来浮动码头就靠在湖底的淤泥上。今年的冬季不冷，雪也下得少，水位处于历史的低点。泥泞的湖面暴露在外，湖滩面积变得极大，有人穿着高及臀部的涉水捕鱼裤，走到湖心他们从前不敢去的地方。试探着踏出脚步，他们似乎第一次发现这个湖深埋的野性——潜伏在湖水的"意识"底下的是烂泥和蠕动的小型生物活跃的领域——我可以读得出他们脸上的困惑。

人生路不易行

我们经过一个空荡荡的小艇停泊处时，卡西说："我很担心我的一个辅导对象。她很脆弱，但同时她又蓄积了非常多的愤怒。她沮丧的时候，会变得攻击性很强并且表情冷漠。她会割伤自己，威胁别人；你想得到的，她就做得出。"

"哇。这一定会花去你全部的精神。"我无法想象自己要如何应付一个难以预测又充满攻击性的辅导对象。

"不是玩笑，她只是我星期二的一个辅导对象。我还有另外两个辅导对象，脑筋混乱得不得了。我每星期二的工作就像一个心灵警察——你知道，帮助他们整理无边无际的思考，建立并梳理出一点儿脉络。老实说，这角色真不容易，尤其对我而言。"

"整理自己的生活就够难的了，不是吗？"来到一个缓和的长坡，我换到最低挡，车子连续发出七次制轮的嘎嘎声。卡西也换到低速挡。我们看起像一对悠游自在、松弛筋骨的老家伙。

"喂，我该拿我那个塔台指挥员怎么办？"

"啊，对了，上次我们见面后，你跟他跳舞去了。约会得怎么样？"我问，眼睛没有离开路面。路面铺得不是很好，我们必须同时注意好几样东西——前方的绿色、经过的汽车、车轮下的崎岖路面——随时得准备绕过碎玻璃或进出的碎石。眼睛能同时做这么多事真难想象，还能欣赏湖面的全景，一间屋后晾晒着一串皱巴巴衣服的小木屋，门廊上有只黑色的拉布拉多犬蜷着身子打瞌睡，第二级台阶该修了。自行车踏板又转了六圈，小木屋、狗、门廊、衣服都遁入记忆的腹地。

"跳舞还好，然后我们回他家，那也还好。可是你知道跟一个讲话像在指挥飞机降落的人约会，感觉多奇怪吗？"

"或许你只是需要适当的词汇回敬他。比方说，转动、摇杆、高度、民用暮光……"

"很好，我今天晚上就问他关于民用暮光的事。"

"你们今晚有约会？"我靠近她身旁大声说。不知怎么，我们即使目光不接触也还是能亲密地谈话，一般人只有在告解、精神分析或讲电话时才做得到这一点。可能就因为如此，我们不时对视一眼，没什么用意，那只是标点符号。

"我大概是疯了，我请他到我家吃晚饭。"

"要借我的探照灯吗？"

"当然，我可以趁他来的时候把它钉在门廊上，这会让他觉得很自在。有警报器吗？"

"你自己就是警报器啊。"

她摘下太阳眼镜，抛给我一个"少自作聪明了"的眼神，然后把眼镜重新戴好。

"为什么男女交往这么困难？"

"你问我？你是靠这个吃饭的。"

"是啊，但是别人的问题容易处理多了。"她用力踩踏板表示强调。

"真的啊。真的啊。"我模仿卡通小黄鸟翠迪的声音说。

"再说回我的辅导对象，"她又恢复严肃说，"我担心她在两次门诊的中间会出事。她恐怕把握不住自己。我建议她打电话给'生命线'。"本地的心理医生经常把病人转介给"生命线"；我们在他们找不到医生时助其一臂之力。

一架在空中写字的飞机开始在湖畔练习，画了许多个破折号和笔直的长线条。我们一边要看它，还要看路，实在有点儿吃力，好在它不久就飞出了视线。

"没问题。希望她打电话来时，是我值班。"

到贝亚德路左转，我们登上西面的山去辛尼加瀑布。一路骑来，大地的肌肉愈加发达，陡峭坚实的肩膀，拳头似的小丘，别具一种性感，还有肥沃的田野和悠长慵懒的山坡。今天老鹰、兀鹫和其他高飞的鸟类全体出动，盘旋在湖面上升的暖气流里，我们每看见一只动作特别快而灵活的鸟，就发出羡慕的赞叹声。全世界的人提到鸟儿，都用那个沉痛的假设句"如果我能……"抒发渴想和嫉妒。还记得几年前，我为《纽约客》到日本采访鸟类飞行的最高呈现——短尾信天翁，这是最罕见而且最令人迷惑的一种鸟。那真可说是一场艰险的朝圣之旅。旅程困难重重，发生多次灾难与危险，海上风浪大作，活火山，山体滑落弄断了我三根肋骨。锋利的岩石划破肌肤，碎骨在体内移位，真是痛彻心扉。我的思绪转到路易丝和她想象自己坠落在渊底岩石间的描述。

利刃般的岩石。

"死"非一言能道尽

我顿了一下说："我在担心我的一个来电者。嗯，其实也担心我自己。"

"喔，是吗？"卡西尾音调高，完全是治疗师职业化的腔调——除了表示听到，也鼓励说者继续。

我想着路易丝，不知如何用最少的话概括她这个人："她是个有成就、很世故的女人，却又非常脆弱，经常沉溺在可怕而危险的沮丧之中。"

"听起来，你真的很担心她。你想她会自杀吗？"卡西问，我听过很多从事心理辅导工作的人把"自杀"当动词用，这用法非常直接，一点儿也不委婉，但我永远没办法习惯这个字眼。埃及艳后克丽奥佩特拉发现自己输掉一切后就自杀了吗？但她的死安排得极富戏剧性，壮烈华丽，而了断像她那么享尽荣华富贵、历经政治斗争、建立丰功伟业、时见大喜大忧的人生，似乎该用一个更复杂的字眼才恰当。但哪个人的死是简单一两个字说得尽的呢？

英文通常把自杀（suicide）一词当作名词，说是"commit suicide"，前置的动词使人联想到这是一种犯罪的行径，跟犯罪（commit crime）、犯错（commit error）类似。这种临床上常用的说法，说来比较冗长费时，带有粉饰与规避的意味。据我所知，"suicide"这个词是布朗爵士创造的，在他 1643 年出版的《宗教冥思》，这个词有史以来首度见诸文字。他谈到一个人做自己的刺客，但他把这个词当名词用，说是"凯托的自杀"。动词形式较晚才出现。虽然它的意义表达坦率而准确，我还是觉得佶屈聱牙。它是个不及物动词，挂在空中像个跳跃。他死了。他自杀了。再没什么可说的。

"也许吧。她已经小小地尝试过，好像在预演一样。"

"预演？"

"有时她打电话来，我觉得她不仅是要克服严重的沮丧，还在测试实际会是什么样子——如果真的自杀，对心爱的人会有什么影响。"

"你一定很害怕，不知道她下一步会采取什么行动。但你还有其他高危险性的来电者。听来似乎她特别能影响你。"

差点捞过界

"她很可爱……真的，读很多书，很有趣，而且——虽然我知道这么说会很奇怪——很能享受人生的乐趣。只是她承担太多的痛苦，她非常努力让自己活下去。我佩服她的勇气。我们要是在另外的场合遇见，可能会成为好朋友。"路易丝的故事令我感动，因为我认识的很多人都可能有类似的遭遇，一个可爱而有才华的人深陷于沮丧之中，所有我的本能都鼓励我去帮助她度过哀伤，不仅聆听，要做更多，以朋友的方式慰藉她。

"听起来情况很棘手。但你刚提到你也担心自己……"

"嗯，有次来电话时，她提到她夏季每周五晚上都会到自由镇的降灵会听道，我想去看看她长什么样子，你知道，就是看看她真实的样子。"

"不妙，"卡西说，"我好像发现有逾越权限的问题了。"

我轻笑一声，摇头表示同意。

"那样做能告诉你什么？那可能让你觉得更容易面对她吗？"

"我说过那样会让我更容易面对她吗？"

"没错。你之所以要去，是因为那'不会'让你更容易面对她。"

"好吧，打铁趁热，嘲笑我吧。看我会不会在乎。"

她说："很明显地，你在乎。我只是想知道，心中有个具体的面孔——一个更完整的人，当她再打电话来时，会让你更好处理，还是只是徒增你的困难。你只要看到她就满足了吗？或者你还想跟她说说话？甚至做她的朋友？你要跟来电者建立这么密切的关系吗？我不知道。'生命线'并不赞成在办公室之外跟来电者接触，不是吗？"

"严令禁止。这会被视为判断错误。而且以后她若再打电话来，就丧失了匿名的权利。你知道，从事医疗保健工作的人会认为这是滔天大罪。"

我们又花了几分钟讨论若是我遇见路易丝，会发生什么事。诱惑很大，虽然我明知这是错误。然后我们就让这件事融入风景，转换了话题。没多久，我们就对彼此的一周大事有了清楚的脉络。这叫作"跟上脚步"。因为一路都在上坡，骑了十英里下来，我们都疲倦得昏头昏脑了。开始时我们会聊严肃的事，例如工作的问题、读过的书、中西部的恐怖分子炸弹事件、摇摆不定的感情关系、臭名昭著的审判事件等。累了之后，我们变得沉默，只能拿今天的运动量十足开开玩笑。

骑了没多久，辛尼加瀑布在望，像欧洲的运河城市一样被水所包围。我们在水边一座石建的老教堂旁吃午餐，然后骑车前往女性名人堂和女性国家公园。两座地标都纪念女性的力量、女性的开拓者和攀岩家、女性作家和飞行员、女性运动员和政治家。名人堂纪念有丰功伟绩的女性。但我最喜欢公园附设博物馆的一点是，它不仅褒扬知名女性，也纪念平凡女性的奋斗。毕竟，每个人都寻求力量，挺身面对迫害者的力量，无论对手是社会上的不公正、前人的记录或自我。我们变得更强壮，推翻局限之后，就拥有比从前更广的土地、天空和观念。教诲女人："要坚强"，传统上的意义就是默默受苦、吃苦耐劳、放弃希望。把负责生孩子、教养孩子、耕田等需要强壮内在与魄力的人，说成"较脆弱的性别"，真令人想不通。

幻想与野兽搏斗

有的人追求基本的力量形式，渴望像地球一样骨骼强壮，成为一股自然的力量。我们暗地里相信，人越是强壮就越不容易被岁月击败。虽然人类已定居、受教化，本能中还在幻想自己跟强壮有力、健步如飞的野兽搏斗。仿佛返回穴居人时代——要做最强壮的动物，否则就会被熊、老虎吞食。神祇都不是弱者，我们这些渺小的人也想成为神。在浩渺无情的宇宙之前，克服渺小之感的一个方法就是提升我们的力量——攀登最高的山，以最快的速度奔跑，驾驭比暴风雨更有力的发电机。

卡西和我也许永远不可能像岩石一样强壮，像风一样精力无穷，像湍急的河水一样不可遏止。我们不能跑得像职业运动员一样快，也不再像年轻时一样禁得起风吹雨打，无惧于痛苦。严肃的运动家热爱痛苦，有种种承受痛苦和规避痛苦的方法。我也分享他们的慢性关节痛和肌肉痉挛。我对温和的痛苦的看法，也许跟埋头向前冲的自行车选手差不多，当它是旅途中经常出现的一种雾霾。这都无所谓。力量是相对的。我们梦想骑自行车穿过得州的丘陵地带、佛罗里达南部的大沼泽、罗得岛州沿海、荷兰无尽的花田和运河。如果往返火星的宇宙飞船明天开航，我们也会去——可是一定要带着自行车一块儿。

日落之后，斑斓彩色与浓雾弥漫，飞行员通称为"民用暮光"时刻，我们完成二十英里的自行车旅程，开车回家。卡西要为男友烹饪西班牙海鲜饭，我要去"生命线"值班。

"无尽的爱"的困扰

八点十五分，我接起电话，听见一个常打电话来、声音很熟悉的男人；他也认出了我。这就比较便于我询问今天发生了什么事，鼓励他不要放弃他的漫长奋斗。他认为生活中的困境是一场斗争，周遭的人却不愿意接纳他、爱他。我知道他可能终身要与精神病和人格失调作斗争，这使他深受折磨，沮丧不已，也为他所有的人际关系加上了超乎负荷的重担，使他跟子女、妻子、父母相处，都没有愉快可言。他有一位心理医生，过去也试过药物治疗。这些都不能治愈他的无边孤寂，和他寻找一个灵魂伴侣的渴望，这个伴侣会给他毕生渴望、全心全意、至高无上的爱情。

"无尽的爱。"我在日志上写下。

我集中注意力跟他讨论寂寞。他说他感情上的空虚从来没有获得过满足。他知道没办法回头，过去的事不能改变，错误无法纠正。一如既往，他觉得痛苦都是自找的，因为他是个坏人。他曾经告诉我他是个摩门教徒。今晚我尝试一种新策略，跟他谈耶稣基督的受苦。耶稣是个完美的人，但他承受极大的痛苦，所以我说——不见得只有坏人才受苦，他也没有必要因为痛苦而自卑。这说法似乎打动了他，他热烈地谈起上帝的旨意和撒旦如何争取他"破碎的灵魂"。一段时间之后，他又陷入了他已沉溺一辈子的那重包含着希望的绝望深渊。如果有人相信并同情他的痛苦，虽有一点儿帮助，但效果却微乎其微。他不知道能否活到明天。我们只能专注于今天，这个下午，这个钟头。

为执念包围

我们谈完时，电话铃又响了。来电者是一个聪明、讲究礼节、心思复杂，有时听来过于守旧，行事喜欢迂回曲折的女人。她有种很不寻常、相当耐人寻味的执念。她复述一周前她跟另一位辅导员的交谈情形，仿佛把那次谈话当作督伊德教经典来研究。然后她转开话题闲谈，自由联想到她的一件遗产继承的纠纷，弟弟跟他可恶的律师，子女对她的轻蔑，还有那些阴谋对付她的姻亲。她的语言像龙卷风一样，进入其中就如同用针戳破一个线球——我提出的每一个问题，我的每一句评语，都被她如绞扭在一块的线绳似的执念所包围。我直觉认为她的家人和朋友都不再听她说话，所以我们的认真对待对她非常重要。

下一个电话是个紧张的男人，他在答录机上听到我们的电话号码。他不确定该不该打电话来。我温和地请他把他的烦恼跟我分享。

他有所防备地说："我的心事不是随便什么人都告诉的。如果要掏心掏肺，也要弄清对象。"我试着说明我们是群什么样的人，做什么样的事，门随时开着，欢迎他再打过来。挂上电话时，我心里很难过。他的声音里有浓重的悲哀。一条硬汉的声音迟疑成那样，他一定承受着无比巨大的压力。我该怎么说才能使彼此的联系变得容易一点儿？

来了个电话，是个愤怒、悲痛的女人，"已经沮丧了十几年"。治疗师跟她说是这种病或那种病，可是她知道心情恶劣不是她的错——人生就是她被发了一手烂牌，每个人都对她很残忍。她总是对人有种执念，尤其是男人，多年以来，总牵连在各式各样的法律纠纷里——有位她过去一直在看、关系非常密切的按摩治疗师，向法院申请对她下达禁见令。她寻求帮助和建议，但什么也听不进。这是一个难挨的电话，充满愤怒、骄躁和人生不可理喻的感觉。

"无尽的爱"又打电话来，再一次，我试着进入他的世界。我想象他站在女友家厨房的挂壁式电话前打电话。但事实并非如此，他解释说，他搬出原来的家，搬到福里斯特霍姆一个位于溪边的小型拖车停放场。他刚打过电话给女友，但她不愿过去。她不愿意如他要求的那样检点自己的动机和行为，她也不愿意如他所需地付出"全心全意、真挚、爱的支持"。他的女儿在哪儿？他的前妻玷污了女孩"纯洁美丽的灵魂"。

"这是灵魂的谋杀。她应该在这儿，用她爱心满溢的灵魂帮助我，跟我共享春天。""无尽的爱"哀叹道。

花之情谊

花开的日子。我忘了花开的日子，去年它来得很晚。照惯例是我朋友安妮的小女儿亚历山德拉发现她窗外的山茱萸树开第一朵花的日子。安妮会打电话来，然后我们三个"开花姊妹"就围着树，举行异教徒崇拜大自然母亲的女性仪式，赞美大地万物的生长，承诺我们彼此相爱。我们在树下手牵手，每人要发表一段演说。现在亚历山德拉已经十三岁了，这仪式开始时，她才七岁。每年都从严肃的表白开始，然后交换感性的小礼物——漂亮的石头、芬芳的肥皂、盆栽的香草、鲜艳的丝巾。

然后亚历山德拉负责梳理我的长发，设计发型。去年这节日扩大了，我们把庆祝的日期延后，以便我的朋友达娃和她的女儿佐薇加入。

安妮、亚历山德拉和我到机场接达娃和佐薇，然后我们到港口一家观景的餐厅用餐，让孩子们结为朋友。她们一见如故，说同样的流行语、嘲弄同一类型的老师、穿同一色调的牛仔裤和T恤衫，见面不久立刻成了好朋友。餐后，我们回安妮的家，在桌上陈列包装精美的礼物——象征大自然的丰盛。但拆开礼物之前，我们采集了满怀的鲜花，参拜门廊前"法定"的开花树，牵起手围着那棵树。我开始吟诵给大自然母亲的感恩词，达娃接着发表一篇小演说，安妮再补充她的感想。这时，有个小女孩说："你们太嬉皮士了！"我们哈哈大笑，忆起我们在青少年时光，也总以为大人存在于世界上唯一的作用就是让小孩觉得尴尬。对他们而言，世上万物只有两种："酷"与"不酷"。在这个重要的人生阶段，她们没办法大声祈祷。所以我们决定放她们一马。未来几年里，她们也许不愿意再像小时候那样，扮演大地的孩子，没关系。待时机成熟后，她们又会觉得花开的日子有意义，就像她们的母亲和我一样。

我们回到客厅拆礼物。曾经有一次，我问亚历山德拉她长大要做什么，她说："美国总统……兼美发师。"我答应她，一旦她当上美国总统，一定每次做头发都找她。现在她只想当总统了，对她而言这愿望不见得只是梦想。最后，我请大家到我家游泳，喝薄荷茶，吃热腾腾的胡桃糖浆面包。这时我们同意保罗和卡尔加入，封他们为"开花姊妹"的男性助手，别名"雄蕊"。

　　今年，亚历山德拉的父亲在西雅图做骨髓移植手术，她们一家人一整年都要在那儿守候，时时以他骨骼里肉眼不能见的血球细胞为念。那是造血的工厂。明年等他们一家回来，驱散了死亡的恐惧，我们会再筹办花开的日子。有些异教徒的节庆总让人觉得恰到好处——婴儿礼物会，妇女在孩子诞生前欢迎新生命加入部落；生日派对，纯粹为心爱的人活在世上而欢喜；还有种种记录季节更替的节日。

　　有次在佛罗里达州海湾区一个艺术村，我负责带一个陶艺工作坊，我们三十个人用歌舞仪式庆祝夏至。那场景再完美不过。他们把佛罗里达州沿海平地上蹿起的一片树林称作"吊床园"；很久以前，鸟儿或其他动物掉落一颗种子，在此扎根生长，为更多需要搬运种子的动物遮阴。最初一棵树扎根，像一张小小的吊床，于是许多动物来此歇息，带来种子和渣滓，不久便成为聚集大量野生动植物的茂密树林，高枝上挂着沼泽野苔。每天下午四点，天色就变得凝重，湿透的云层拖着几缕蓝丝巾似的天空，水珠哗啦啦地迸裂开来，瀑布从天而降，倾盆的雨声就如糖果大把地砸在地上。往往一阵台风似的燕子群自上空疾飞掠过，悉数拥入一株桃金娘树，吞吃甘美的莓果后，盘旋着飞开。绿色的变色龙横越过垫高的木板道，活像不出声的小吉普车。我们住在海湾沿岸搭建在支柱上的木屋里，靠悬空的步道相连，像一群野生猕猴蹲在树木绿色的怀抱里，高高在上地俯瞰有堕落倾向的犰狳、野猪、浣熊、狐狸、松蛇屈居地面的茂草间。西班牙青苔处处高悬，仿佛信笔写就的脱氧核糖核酸。

送上火焰的愿望

在我屋外集合庆祝夏至的每个人，都要在一张小纸片上写一个愿望，然后将它掷入火中。它会形成一朵火焰，在黑夜里氤氲的热气上舞蹈。我们未说出的愿望像萤火虫般飞向高空。还记得我曾猜想，坐我对面的苏珊许了什么愿。她是个钢琴家，三十多岁，已婚，却爱上一位比她年轻十几岁、害羞而讨人喜欢的画家，他们数周前才在艺术村相遇。当一位职业口哨家吹起活泼的摇滚歌曲《简单的礼物》时，他们就像甲壳动物附着在船身上一般紧紧相依，幸福无比地坐在火旁。我知道她在考虑跟丈夫分手，跟这个年轻人组成新家庭，但又盼望早日回家，跟家人、朋友以及熟悉的一切重聚，所以当她把她那张卷起的愿望加到火上之际，我真不知道她希望的是点燃或熄灭激情。

我相信每个人送上火焰的愿望都同等重要。看着一张张面孔，在喜气洋洋的面具下寻找那不可见领域的线索。城镇的生活何尝不是如此，生活有好几种层次，有情绪的漩涡，以及第一眼甚至第十二眼都看不出的暗流。当年我又哪里知道，有朝一日，我会知道自己居住的小镇的黑暗秘密，得知这么多位邻居的苦恼与梦想。坐在那堆夏至营火旁，我唯有凝视每一张纸片上的愿望颤抖着瞬间化为火焰，翻飞升高、升高，与其他的愿望汇成一捧火树银花，与遥远的星座依稀不可分辨，终至消失在夜空中。

第五章

金太阳，银月亮

我们的演化速度不够快，

在一个人的有生之年根本看不出征兆，

但它仍以缓慢得无法觉察的速度推进。

天知道我们会变成什么。

我们似乎生存在两个世界的临界点上，

一边是化石，一边是现代。

夏天带着湿热天气的包袱来到时，我发现松鼠有了重大的改变。它们照常来吃我的坚果和葵花籽，但却变得更具攻击性，互相挑衅、咆哮、像忍者一样跳来跳去、张牙舞爪。大多数的耳朵上都有咬痕，身上有伤。有一只耳朵被撕成三瓣的——我叫它"三叉耳"——最凶，野蛮地把其他松鼠都赶走。有只松鼠只剩半截尾巴拖在身后，活像装了木腿的海盗。还有求求不知到哪里去了？这群新松鼠长得又肥又壮，它们是否正处于"青春期"？这批激进分子是否目无尊长，欺压老弱？是否松鼠国发生了政变？

　　春天食物短缺，光线不足、日子不好过。但夏季是生长的季节，全年的粮仓，充满嫩芽新叶、繁殖与宴饮、萌芽开花、孵育飞翔。这些天来，野鸭在水上滑步，在草坪上大跳求偶舞。新生的小草蛇像根铅笔芯躺在草丛里。初熟野草莓的美味像小小妖女，勾引着花栗鼠、兔子、鹿和人类到空地上来觅食。昆虫大军浩浩荡荡进军玫瑰花苞，土拨鼠在百合花间掘洞。

受苦之必要

附近的薰衣草园成了个贼窝，几十只肥嘟嘟的蜜蜂忙着拈花惹草。身穿黄毛衣的工蜂工作起来既不威武，更无章法可言。扑上颤巍巍的花瓣，好容易掏出一点花蜜，钻出花朵时，就搞得满身花粉。它们在半空中稍作停留，又立刻钻进另一朵花，整天都跌跌撞撞不亦乐乎。一般人很少注意到蜜蜂狼狈的打滚或滑跤，也没看出花瓣的平衡多么微妙，乍看似乎是固定，却又会突如其来地兴风作浪，摇摆弯折，而且怎么样都不会断裂。这种设计根本是为了戏弄蜜蜂。

"这种设计就是为了要戏弄蜜蜂啊。"我提醒自己。不能让蜜蜂太舒服、太有安全感、太快乐，它必须沾满一身花粉——蜜蜂是否受折磨无关紧要。焦虑、担忧、哀伤、沮丧，以及所有其他不愉快情绪的演化也都如此。有时很容易忘记，大脑的演化全是为了解决一些石器时代就存在的基本问题：追求伴侣、觅食、巩固亲属关系、发明语言、与同部落其他成员合作、分享食物、克服环境、为保护自己和子女的生命而战斗等，都是些攸关生死存亡的问题。我们必须找到睿智的因应办法：爱恨交加、防御、虚张声势、先发制人、避重就轻、钻漏洞使诈、含沙射影、撒谎、同理心、明知故犯、死命地坚持一丝不苟，以及许多其他决定我们情绪的基本策略。

演化就像是一个在幕后操纵秘密社会的人，我们不自知地遵守它所有的法律规章。它的承诺是变化，它的座右铭是"随时做好准备"。我们服膺它唯一的指令——凡是有害的都应避免，凡是有益的都应渴求——不是凭理性，而是靠直觉。但演化远比卡莱尔所谓"尘土的福音"微妙和复杂不知多少倍。因为我们的心灵盘根错节，曲折多变，拥抱观念，憎恶单调，我们最喜欢从一段简单的旋律开始，而以骤雨密箭般的音符告终。我们对直觉的操纵一无所感。当完善的推理、宗教的教诲或纯粹狂热的需求，使我们大胆逾越直觉的命令，我们就会觉得晕眩、无拘无束，乘着"自由意志"驰骋。我最欣赏人类的一点就是，我们不喜欢照规矩行事。我们知道大部分的规则。比方说，有条规则是，我们是被固定在地上的生物，婴儿时期我们爬行，成年时步行，年老时弯腰驼背，一天比一天更接近土地，直到最终化为尘泥。这条基本法则使我们迷惑、好奇，所以我们发明巧妙的方式超越演化，以违反天性的方式翱翔天空。有些直觉驱使我们违反所有的理性，有些则像过敏一样使我们苦恼，有些我们就是不予理会，像对鬼魅公开宣战一样抵抗到底。

　　焦虑、恐惧、惊慌、厌恶、沮丧是我们这时代的小小的"魔鬼榜"。光是提到这些名称就足以使人焦虑，大多数人只要能让这些恶鬼速离，就情愿举行任何仪式、戴任何护身符、吟诵任何魔咒。但它们警告我们潜在危机的存在，以便我们预先做准备。事实上，无论我们珍视的诸般美德、品位，或是不当的兽行，都是在人类集结成小股部队，以渔猎、采集和捡食腐肉为生的时代，就演化完成了。在我们看来，古人的生活或许艰苦而充满变数，但天晓得他们又怎么猜想我们的生活方式。重要的是，我们仍然依他们的航行图前进，仍然照他们的直觉反应，仍旧像渔猎者一样采取行动；所不同者，我们面对的是他们不会遇到、不会了解，也不会重视的问题。

忧患恒在

让时光倒退千万年，我想象那一小撮如今地球上每一个人的祖先的生活。我们的恐惧也是他们的恐惧，我们的饥渴也是他们的饥渴，我们的快乐也是他们的快乐，我们的忧虑也正是他们的忧虑。只有细节改变而已，虽然我们的词汇一直在演化，以迎合日常生活，但我们情绪的文法却没有更换。我们背着大致同样的心理负担，只是行囊的外形改了，填装的方式换了，搁置的所在也不一样了。我们的准备是为他们的世界而做，不是为我们自己的世界，而"压力"一词最初描述的，也不是我们被迫使用过时的工具临机应变时，情绪上产生的种种不平衡、不适应和束缚。

焦虑是我们自己制造的一条有受虐倾向的看门犬，在老祖宗的生活中扮演着救命的角色，能对潜在的危险发出预警，让他们来得及计划如何反应。直觉思考可能会说："草丛里可能有只老虎，那儿有一片老虎最爱埋伏其中的蒿草。如果老虎躲在里面，对我发动攻击，我该怎么办？我刚看见草在动？也许不是。另一方面，也许我最好再多观察一下。"长期焦虑是冲着我们最珍视的东西而来，会逐渐摧毁我们的理性，浪费必需的热量，妨碍工作，使身体组织充满压力，破坏健康。这是很昂贵的策略。对不存在的老虎产生强迫性的焦虑，真的可能引起各种与压力有关的疾病，但忽略即使一只饥饿的老虎，也会立刻送命。尼斯（Nesse）与威廉斯（Williams）在《我们为何生病》一书中指出，烟雾侦测器是个产生麻烦的源头——总是出故障，总在你做饭时没有必要地大鸣大放，每个月检查电池也真麻烦，它们往往好多年都没发挥什么作用，只是需要照顾和长灰——但只要它们救你一次命，就值回所有的麻烦。演化用风险赌利益。宁可一有机会就为老虎焦虑，也不要犯一个致命的错误。

　　所以我们的心里到处都安装了烟雾侦测器，我们永远会对假警报有所反应。精神、希望、整体健康、安全感受侵蚀都无所谓，重要的是个体必须活得够久，直到留下后代。不幸的是，我们的人生往往像纸鹤般翻来折去，总是面对各种深深浅浅的不确定——氯气的不利影响，南太平洋的核试爆，增税的谣言，决定第一次约会该穿什么，担心乳房里的硬块是癌，确定垃圾桶的盖子是否扣紧，以免浣熊把垃圾搞得一团糟，从而被垃圾工人拒收。我们的焦虑倾向不懂得从渣滓中过滤真正要紧的事。每天都是焦虑的盛宴，心痛与痉挛走马灯般鱼贯而过。场合是否相关毫不重要，焦虑都照样来袭。古老的恐惧如何萦回在我们的内心啊。一度，对高处或离家充满恐惧，确实有点道理——这可保护你的安全。但现在不同了，这是个飞机航行，摩天大楼，桥梁林立的时代，大多数人为了找食物、赢得地位与资源、参加社会活动、找寻同样满怀焦虑的合适伴侣，都非得走出家门不可。

救命的警讯

对两性关系的焦虑最难熬，但它最终能救你一命。正如同肉体的痛楚警告我们身体即将受损害，情绪的痛苦也能帮助我们避免生命或肢体蒙受更严重的威胁。面临饥饿、风寒、领域争执、野兽时，归属于一个忠贞的家庭团体是唯一的希望。归属的急切渴望无疑也成为直觉的一部分，找不到归属永远是最令人害怕和担心的事。你得不断确认人家需要你，不会被抛弃，一旦野兽攻击时不致被害，不会被丢下挨饿。大多数时候，这些都是毫无来由的精神官能性恐惧；但只要误读情况一次，忽视一个警讯，你就死定了。所以我们演化出监督两性关系的强迫性心态，在不必要的时候斤斤计较，要求太多小动作、承诺、再保证，不惜代价地迎合对方，在感到孤立疏离时伤心，无缘无故地为亲密感忧心忡忡，有时烦恼得活不下去。

全世界平均每十万人就有十二点四人自杀。在富裕国家这比例更提高为平均每十万人有二十人。这么高的数字并不只是巧合，尤其如果你把其他动物感受沮丧、采取自杀行动的比例列入考虑的话，这必定传达了某种演化上的趋势。有些人自杀是为了心爱的人，这或许是事实，但也可能单纯出于想象（自杀者往往有套舍己为人的说辞，说是朋友与家人"没有我会活得更好"）。其他人自杀则可能是一种有用的遗传设计——沮丧——过度发挥的极端后果。演化塑造人类心理与城市，在演化过程中，忧郁自有其意义。

面临可怕的困境和无名的焦虑，我们之中较脆弱的人可能会感到沮丧。在某种意义上，这是暂时的冬眠，身体有其节省能源的策略。承担过大压力时，一个人会进入低能量状态，几乎不说不动；我们晚上睡眠时也节省能量；饥荒也会产生同样静止、节省能量的反应。沮丧还会唤起关怀与照顾，一般人对沮丧的人较宽容，原谅他忽视社会获得与付出的常规，无法达成预期、赶上期限或尽义务。他的姿势说，我像个孩子般无助，请保护我，不要让我经受进一步的压力，拥抱我，告诉全世界我要缺席一阵子。

我们演化出来的积极情绪，似乎就只有快乐、宁静、欢喜、兴奋、刺激、欲望这几种，另外就是较广泛而微妙的消极情绪。这可能是因为当一切进展顺利，食物与发展机会充沛时，并不需要太多反应。但设想一个人可能遭遇的不幸：疾病、饥馑、伤害、遗弃、被敌人挫败、配偶死亡、有毒植物侵害、进入危险的环境、死亡等。我们为了应付这些潜伏着危机的场面，发展出一大堆各式各样的反应方式。我们基本上很乐观，所以才能维系岌岌可危的人际关系，度过艰难困苦。希望是心灵的一场小小的整顿。赛立格曼和其他人都证明过，即使是学来的乐观也能在摒除沮丧时，发挥可观的效果。

瑞典心理医生古特则提出一个新的思考角度。他指出，当我们发现实行了一辈子的生活策略竟告失败，而又没有其他合理的变通方法时，必然会感到沮丧。然而这种沮丧却使我们停下脚步，重新检讨自己的习惯与目标。我们以为自我评价低是一种痛苦，但跟所有痛苦一样，它有个重要的优点。自我评价帮助我们评估机会，充分利用环境，追求进步。如果老祖宗对周围的每件事都感到满意，他们就可能冒更多危险——例如，只身深入旷野——或率性掀起战争、向领袖挑衅、不愿妥协或制造其他社会不安局面。遭到社会摒弃是最危险的事，团体提供的资源与安全也一块儿丧失。我们害怕孤立远甚于其他所有事，在大部分的演化过程中，成为局外人就代表死亡，无怪乎寂寞那么让人害怕。虽然时至今日，被排除在外不致有生命危险，但隐藏在它背后的古老威胁感，仍然使人又痛苦又害怕。它触及的神经延伸过时间的手臂，到达一个人类存在以前的世界，遥远的宗亲遗留给我们一串无法解开的闷葫芦，我们从中得到乐趣，为之困惑，同时亦经常误用。

追寻快乐

除此之外，一切进展还不错，我们还没有放弃追寻难以捉摸的快乐。"生命线"的来电者很少提及快乐，但他们苦恼的无非就是失去快乐，或有失去快乐的可能。这现象发生在一个连宪法都"保障"人民追求快乐权利的国家，是多么奇怪啊。根据《今日心理学》杂志最近一篇研究三十九种不同文化的文章，美国人的快乐程度排行第十二名。丹麦、芬兰、挪威、瑞典尽管气候恶劣，人民却最快乐——或许因为他们生活水准高，拥有良好的医疗保险和教育制度，犯罪率也低。卢森堡和新加坡也名列前茅，奇怪的是法国人和日本人自觉最不快乐。很多文化都不期许快乐，他们把快乐视为一种恩典，是人生意外的奖赏。但所有的人都希望快乐，愿意追求快乐，没有快乐时就感到悲惨、伤心、失败。美国文化中，不快乐就有违公民责任。如果你不快乐，你周围的人也可能不快乐，这就构成威胁；因此我们举办很多自我意识强烈的宴饮场合，如酒吧的"半价快乐时段"、生日派对等。佛教徒也追寻快乐，但他们是靠毕生的修行。弗洛伊德的论调听来颇为悲观，他说他对心理治疗的真正期望，就是使病人恢复到大多数人所处的"普通不快乐"的状态。施韦泽则讥讽说："快乐？那不过是记忆力太差罢了。"

　　某些特别的时刻，我们会觉得宁静、安详、平和。我们把这些短暂的时刻称作"快乐"，它真是一种可爱的情绪妖魔，既罕见又令人飘飘欲仙，我们常用气球象征它。你快乐的时候，世界可能正在把其他人的心撕成碎片。当然，快乐也可能不过是一种生理上的怠惰，身体在节制运用其有限的精力。消极的感觉会消耗珍贵的热能，所以只要不觉得痛苦紧张，感觉都不错，尤其当我们可以同时预期拥有食物、庇护所、归属感、美妙的性行为之际。

横跨两个世界

　　我一直感到妙不可言的是这些扭转心灵的力量，虽然像冰河般古老而强大无比，却也能根据选择或情况调整，产生特立独行的个人。虽然我们很想以演化过程最可夸耀的终极成品自居，但在整个大创造计划中，我们人类毕竟只是初来乍到而已。恐龙称霸地球数百万年，我们却宣称它们是演化失败的产物。我们自己呢？我们的演化速度不够快，在一个人的有生之年根本看不出征兆，但它仍以缓慢得无法觉察的速度推进，在我们睡眠、玩耍、忧虑、学习、工作、做梦的时候。天知道我们会变成什么。我们似乎生存在两个世界的临界点上，一边是化石，一边是现代，难怪我们老觉得不平衡。我有时拿这件事跟保罗开玩笑，好比说：我要跟我的女朋友聚会，亲爱的，你趁我出门的时候去捕猎一头野猪如何？他或许会回答，且慢，昨天我们吃过野猪了。换一具新鲜的兀鹫啄过的腐尸骨架如何？不过我告诉你，他假惺惺地说，我妈妈煮大羚羊腐肉的滋味没有人可以比得上。

啊，我婆婆米尔德里德，真是位了不起的女性，跨越两个世纪，活到九十多岁，英国中部的采矿小镇上的每个孩子都跟她学过音乐。想起我 20 世纪 70 年代（当时她已八十多岁）去拜访她时的情景，我还不由得泛起微笑。她不用冰箱，一辈子只靠地下室的一块石板来储存食物。在那个中世纪的食物储藏室中，连果冻也会凝固，肉类保持低温，但不结冰。当时她听说支票账户就害怕，电话可能会让人触电。但我必须承认，当我误以为古典文学经典会很安全，带她去看由《坎特伯雷故事集》改编的电影，却等电影开演后才发现，这是帕索里尼导演的"A 级春宫版"时，她表现得非常沉稳。这真是噩梦中的噩梦——第一次见男朋友的八十岁老母，就带她去看"情色电影"。我简直不敢相信自己的眼睛，不时地默默祈祷：拜托，别再出现过火的镜头吧。但正如我所说，她表现得非常沉稳，电影结束时，她咯咯笑着说："我记忆中的乔叟似乎不是这样的，亲爱的。"

乡间骑车的滋味

　　早晨看来多么美好，我决定骑自行车去三英里外的"生命线"。沿着乡间小路前行，我忽然发现头顶上有一片金翅雀方阵，我跟它们等速前进，仿佛也是鸟群的一分子。接着我看到路旁高高细细的蓟草，有多棱角的叶片和灌满蜜汁的蓝色花朵。蓟草种子是金翅雀的最爱。我进入它们的世界，跟它们一起路过。转眼间，它们一个急转弯，消失得无影无踪。几个月前还有一次，路旁满是坠地的苹果，仿佛从完全由苹果筑成的隧道通过。到现在我还记得那一带浓郁的苹果味，那是看不见的路标。在乡间骑车时，我总被声音包围——发出如斑鸠琴似叫声的绿青蛙，摩擦翅膀奏乐的蟋蟀，数不清的参加仲夏歌剧试演会的鸟儿。一路行来，我也忍不住时时按响宛如鸟鸣的自行车车铃，"丁零、丁零"，为它们助兴。

第六章

复杂人生

要了解一个人的生活旋律，

必须听过他的每一个音符。

交响乐则是另一回事。

你必须听过周而复始的感官浪潮、

内心的独白、情绪的翻腾与叹息、

记忆的意外收获、不计其数的渴望的抱怨。

倒数计时，一边按大门对号锁最新设置的密码，我一边想——"9876"。为安全起见，密码经常更换，每个号码我都编一套有助记忆的提示。有的辅导员平时工作就与数字为伍，记新密码觉得轻而易举。但像我一样的其他人，就需要一些提示才能从视觉意象为主的记忆中，找到像数字这么抽象的东西。倒数计时之前是四重奏——"4444"；再早是罗盘十字，电话拨号盘上呈十字交叉的四个数字；再早是"一把儿"——"182"；再早是我的辅导员编号——"1004"。

　　进门的时候，我听见职员在一楼的会议室开午餐会议。终于有人给天花板上光秃秃的电灯泡，加装了个圆锥形的玻璃罩，但这个地方还是看起来像个资金短缺的小学教室，黑板、布告栏、木质的课桌椅全堆放在中间，四周是不成套的椅子。晨光从高高的两段式窗户里透进来。房间另一头的墙上挂着一位辅导员放大的彩色照片，他数年前到中国西藏旅行时丧生。他去世的时间已经够久，有人在相框下方塞了一张微笑的

100

新生儿照片，没有人认为两者并置有什么不对。这个临时布置的祭坛似乎在说，生命有时退场，有时进场。

背景完美的主任

进入会议室必须先穿过主任的办公室，她是位性格开朗、练中国功夫、爱跳摇摆舞的女性，留一头长长的黑发，似乎永远有旺盛的精力。她父母都是心理医生，自幼在精神病院长大，朋友若非心理有问题者，就是精神病患，与生俱来的训练使她跟任何人相处都能从容不迫。最极端的精神病症状对她来说都有如家常便饭，不构成任何威胁。她的朋友包括易装癖、精神分裂病患、躁郁症患者以及相对"正常"的人，这可说是主持一个危机介入机构最完美的背景。她总戴非洲式样的耳环，因为她有很长一段时间在非洲从事医疗，后来又为"和平护卫队"志愿服务，最后才回到美国，先后在精神医疗领域做过好几种不同的工作。她的办公室是一间小小的木刻博物馆，有来自布隆迪、刚果民主共和国、卢旺达及其他地区的作品。她已离婚，带两个孩子。她非常喜欢小孩，对她在非洲海滩上借着月光帮人接生的往事津津乐道。那些待产的母亲面朝下地坐在沙里，当地妇女都这么做，以保持卫生。她谈到这一注重整洁的传统时开玩笑说："这招对我的猫很管用。"

楼上，米凯尔已动手收拾他的笔记、皮包和午餐。他是兽医系二年级的学生，戴一顶扬基队的棒球帽，帽舌转到脑后，邋遢的红色运动衫上的校徽已经磨损得快看不见了，黑白两色的高筒球鞋破了好几个洞，右耳戴一个小金环，这是 20 世纪 90 年代学生的标准装束。

"我喜欢你那双球鞋。"我说。

"照我爸的说法，鞋子穿出这么多个洞还不换新是没天理的。"他带点得意地咧嘴一笑。

"可别问他自己上学的时候穿什么。"他父亲念大学是在 20 世纪 70 年代——绞染衬衫、尼赫鲁式外套、窄框眼镜、包紧屁股的喇叭牛仔裤。

"真的。"他颇以为然地应道，"你多保重了。"然后走下吱呀作响的楼梯。

"你也是。"我朝他背后喊道，把我的东西搁在辅导室的长靠椅上，便坐到办公桌前。我从盘里拿起一本标有"热门档案"字样的红色笔记簿，翻开第一页。每次值班开始时，辅导员都要读热门档案和每周一信，专职工作人员通过这两本笔记跟所有的辅导员联络。"每周一信"介绍"生命线"的聚会、活动、业务，"热门档案"则提醒大家注意，前一周曾经联络过的、可能有自杀倾向的来电者。今天我看到这么一段话：

> 1995 年一开始就坏消息不断。首先发生的是史蒂夫·斯塔尔谋杀案和德赖登一位年轻男子的自杀案。数日后，弗雷德·威廉斯又在布鲁克顿代尔举枪自尽。昨晚我们接到消息，有位大学生在度假滑雪时丧生，社会上很多人为此感到伤心不安。我们很可能接到与这些悲剧有关的电话，请聆听、反省、反省、反省。帮助来电者了

解，不论一再涌现的是思绪、画面、罪恶感、悲伤、失眠等，他们的感受都很正常。不懂、不明白"为什么"发生这种事，确实令人感到难以接受。有些来电者自认为不该受这种苦，因为他们跟死者毫无瓜葛。其实并不见得。鼓励他们只要有需要，尽管利用"生命线"，帮助自己适应这些事。心理创伤有时需要好几个月，甚至好几年才能痊愈。

这很可能是出自凯特的手笔，那位满头白金色秀发、负责训练新辅导员的杰出女性。她能够融合热情欢欣、亲切宽容、严肃等特质，跟她在一起总让人如沐春风。主持训练的时候，她扮演多种来电者——不论他们有什么样的忧虑或疾病——化身为可以乱真的酒鬼、沮丧者、发育障碍者、胆小的精神变态者、忧心忡忡的家长、沉溺于幻觉的精神分裂症患者。她的表现不让人觉得是在表演，毋宁说像发挥到极致的同理心。我猜想一切来自她与这类人接触的经验，包括来电者或她的亲人，可是我并不了解实际情形，也羞于探问。我所知道的是她扶养三个子女，经历过一次离婚，又有亲人患病，所以想必她有很多处理各种问题和理解人性的经验。有人在她的"热门档案"字条上加了一条：

皮尔森小学校长来电。上周一位教师自杀，需要善后防范的协助。

这条像电报一样简短的记载内容多么贫乏。这位教师是什么人，我很想知道。男的还是女的？教什么科目？是同性恋吗？还有最重要的，自杀的动机是什么？凯特说得对，不能理解这种事发生的原因，确实令人感到羞愧。生者如是，死者亦复如是。

跑了老婆的男人

电话铃响了。

"这里是'生命线'，"我把时间记录在一张废纸上，"我能帮你什么忙吗？"

"嗨，你今天过得好吗？"一个低沉的男音问，光听声音很难判断他的年龄。

"不错，你呢？"

"呃，我不可能太好，我打电话来了，不是吗？你有什么看法？"

我觉得他防范性强，带有点儿怒气，我打起精神，准备应对这带有挑战意味的对话。但我只说："什么促使你打电话来呢？你有心事吗？"

"是啊……我老婆似乎……不在这一带了。"

"你是说她离开你了？"他一定很难过。

"是啊。"接下来的沉默并不久，但感觉像铁桶一样沉重。不仅我们的灵魂被拘围在皮肤下面，情绪也被囚禁在语言的通电铁丝网后面。

"你有什么感觉？"

"呃，困惑、愤怒，还有点儿罪恶感。"他慢吞吞有气无力地说，"我不知道……我们结婚相当久了。情况好像还不错。我知道她对我们的财务状况不满意，可是……"漫长的沉默。

"听起来这件事令你很意外。"

"是啊。嗯,我回家就……你知道,我们两天前吵了一架,吵的也是老一套了,她指责我什么事都不告诉她,诸如此类的,不坦诚,不把心里的话说出来。她说她再也受不了跟一个不会'照正常方式吵一架'的人共同生活了。我说,见鬼的,那是什么——'照正常方式吵一架'?"

"你觉得她是什么意思呢?"

"我猜她是说提高嗓门、尖叫、砸东西、她所谓的'表达情绪'吧。可是我觉得这么做没道理。为什么不能理性地解决问题?我们何必让情况闹到失控。"

所以他现在失去老婆了。但我能理解这位来电者的困境,我自己也不喜欢高分贝的争吵。

"你们两天前吵的架,然后你今天发现她跑掉了?"

"嗯——哼。我是说,我猜她是跑了。她不在这儿,我也找不到她的钱包和大衣。我假设她跑掉了。当然,有可能我太快下结论。据我所知,她也很可能回娘家去了。我不确定。"

接起电话以来,我眼前第一次浮现出这位来电者的形象:一个三十出头的男人,中等身材,棕色的直发,头顶有点稀疏了,国字脸,手指习惯绕来绕去,好像在指节间玩弄一个隐形的铜板似的。

"听起来你很担心她已经离开。有没有考虑过她离家的可能性?她出去多久了?"

"喔,我最后一次看到她是昨天中午。所以是将近二十四小时了。但我一直在想这件事,我就是不懂。这跟女人的生理结构有关吗?她们就是不能克制自己的情绪，一定要大吵大闹吗？我是说，你也是女人，告诉我，你怎么想？"

我对女人的看法不可能帮他解决他婚姻中的独特问题。托尔斯泰不是在《安娜·卡列尼娜》里这样写的吗："幸福的家庭都是相似的，不幸的家庭各有各的不幸。"

"你问我，是因为你希望我可以帮助你了解，你太太为什么会大发雷霆到这种程度？"

"呃，好像她就是希望我跟她一样生气。"

打开"葫芦"盖

虽然我知道这样已经逾越我的工作权限，进入心理治疗的范围，我还是说："你认为是她故意挑起争吵？你认为她为什么要这么做？"

"呃，你知道，这样她就有借口离开。"

这番对话最恼人的就是来电者显得那么麻木不仁。他内心一定快爆炸了——任何人都会的——可是他的声音毫不反映他的情绪，或许我该帮助他冒险说出真正的感觉。"我问你一个问题。我们谈话的时候，你的声音一直很平静，可是你告诉我的却是件很严重的事，而且让你很难过。我很想知道你现在有什么感觉，你是否觉得失落，甚至有一点儿害怕？"

他的声音开始颤抖，他说："……我是说，万一她真的走了怎么办？没有她我怎么办？"轻轻的抽泣声。

"你害怕吗？"我再次问。

"是的。"

"听起来很可怕。不知道发生了什么事，你很难受，害怕她离开，又不能确定。你今天和明天有什么计划？在这段你等着看她会不会回来的期间，你想做什么？"

这时，我从刚接起电话就信笔乱图的线条，已发展成一座丹麦式农舍，有低垂的屋檐，还有一个开满脱俗花朵的花园。从小，我的信笔涂鸦就一直少不了这些盛开的花朵，种子迸裂，开花的垂枝盘绕如瀑布，以及同一风格的房子。我第一次发觉，我的梦也总少不了一栋房子。永远是不同的房子，永远不是我真正的房子。心灵的大厦有太多房间。

"我不确定。看电视吧，我猜。今天下午要工作，看我回家时她会不会回来，但我会一直挂念着这件事。"

我不知道他做什么样的工作，但那不重要。他会需要朋友的支持。"你有可以一起打发一点时间的朋友吗？"

"我有个同事，我们常在一起混。"

"你想他能了解你的感受吗？"

"我不知道。也许吧。我怎么可能跟他说我老婆跑了！我做不到。"

"我打赌他会了解。你要跟我排练一下吗？你要怎么开始跟他说？"来电者花了几分钟，尝试各种跟他朋友诉说的方式。他决定打电话到岳母家，说不定他老婆回娘家了。我们也讨论老婆回家后，他应该怎么办。

我喜欢跟这个人谈话。这样的来电者通常能说出自己的感觉；他们的处境虽然糟，秩序却还存在，他们也愿意接纳解决的方案。这样的电话对辅导员很有价值——你会有成就感——虽然来电者的人生不见得因此改变。要知道，每位辅导员都各有偏好。有人喜欢跟智障者交谈，因为他们很孩子气；去安慰他们，帮助他们做一些小事，可能有重大的意义。

各式各样的来电者

我接过这样的一个电话，来电者是个极端焦虑的妇人，她的声音浓浊而含糊。她说她约了时间要做"输卵管结扎"，但她不懂这是什么意思，所以非常害怕。我回答她一长串的问题，向她保证那是个很普通的小手术，不会有什么感觉，因为医生在手术前会先做麻醉，手术在医院中进行，短时间就可复原，只是事后就不能生小孩了。她还想知道手术的细节，会有多痛，这两个问题我都轻轻带过。然后她记起一个做过同样手术的妇人，她安然度过，说是没什么大不了的。她对于不生小孩，态度非常坚决。由于她对于该到什么地方，事前做哪些准备非常担心，所以我们合力在一张单子上列出各种实际的问题。我们找到将为她做手术的医生的电话，并谈妥先找护士谈谈。从各方面而言，这个电话都很容易应付，帮助她宽心度过一天，实在是不费吹灰之力。

有的辅导员喜欢精神分裂症患者把他们的古怪和亢奋发挥到极致，对付这种人的高招是尽量逼他们回返已知的世界，要求他们把注意力集中在坐着的椅子、穿着的鞋子、午餐的食物上，使他立足于现实。你会禁不住想问（一部分是因为这实在太有趣了），他们会说话的狗又跟他们说了些什么，或窗帘上出现多少张魔鬼的面孔。有的辅导员跟重复来电者的关系有如一家人，这些来电者像好朋友一样，以为我们都了解他们的故事，不时打个电话来问候。

我们都喜欢"萨克斯"，他是个有躁郁症的糖尿病患者，定时注射胰岛素和其他药物、情绪起伏不定、经常发作的视力暂时性丧失、亲姐姐自杀留下难以排解的忧伤、人多嘴杂的大家庭、爱情、公务繁忙等，使他整日疲惫不堪。最大的问题在于，他对这种一辈子疾病缠身的人生厌烦到极点，但谁又能说他不对？他愤世嫉俗又逗人喜爱，不论愤怒或沮丧，都不失黑色倾向的幽默感，谈到女人他就表现得不屈不挠，而且他似乎永远都沉浸在某件奇怪而复杂的罗曼史里。有次他刚换了一种抗抑郁的新药，心境愉快，打算去爵士乐俱乐部玩，而且连续好几个星期视力都不错，晚上又约了新交的女朋友去看电影。我说："听起来——我可以这么说吗？——你今天很快乐。"我记得他如何沉默了一会儿，然后回答："是啊，我想我是很快乐。我都忘了那是什么感觉了。"我们大多数人都很喜欢"萨克斯"，乐于听说他日子过得好。

但很多辅导员像我一样，宁可碰到像刚跟我谈完的这种来电者——一个"生活机能"健全的聪明人，为某种原因备受打击——也不想面对思考有问题的人。请注意，我不知道这位来电者未来会走哪条路。他当时听来似乎还好，但他并没有透露内心最深的感受。就我所知，他心里也许正面临一场暴风雨，闷在心中，等着爆发出来大闹一场。他或许是那种表面上平静，不知何时就会爬到教堂顶上拿着机关枪四处扫射的人。我只听了他的一面之词，他令我一直挂念他。谁逼走他的妻子？我一点概念也没有。今晚他可能变得更沮丧，喝醉，具危险性。我鼓励他任何时间需要援助，都可以再打电话来。但此时此刻，我起码安抚他又恢复生活常态几小时，使他濒于分崩离析的人生暂停恶化。我们能做的也不过如此，但这永远不够。我不知道有没有人会觉得自己做得已足够了，对于外科医生、老师、心理医生、家庭医生，怎样才叫足够？如果我有危机咨询的天分，会不会有足够的感觉？这观念太理想化，我警告自己。在美国，"足够"一词只用来形容别人拥有的东西。

似曾相识的来电者

我花了几分钟思索如何为这个电话做一总结，然后填妥报表，归档。电话再响起来时，我听见一个熟悉的声音。来电者听来像极了琼，她曾每周打电话来，打了好几年。她的故事永远不变——几年前，她三十岁的女儿玛丽爱上了一个年纪未满二十岁的混混儿，他名叫瑞安，日常除了打劫就是贩毒。玛丽发现自己怀了双胞胎之后，就搬去跟瑞安同住，他对她恣意凌虐：除非他在场，否则不准她母亲去探望她；除非他用另一部电话监听，否则不许她跟母亲通话。琼说，有次他打破后窗，闯进她家，盗用她的电话卡号，打电话到南美洲，还偷走她的信用卡（卖给一批流氓，造成她巨额的欠账）。又有一次，琼偷听到瑞安计划抢劫一家酒吧，她报了警，警方带他去问话。这让他和玛丽都勃然大怒，决定跟琼断绝来往。换言之，双胞胎出世时，外婆不能到场，更甭想抱抱外孙女。她向郡政府请求法律协助——郡政府也赋予她探视的权利。但是她去探望小外孙时，瑞安在旁走来走去表示示威，并对她施以恐吓，连玛丽也辱骂她。

通常只要困境有所改善，或逐渐适应危机后，来电者的情况也会跟着进步。但琼的状况却是越来越坏。她越来越执着，越来越感到孤立无助。瑞安经常用铲子或厨房里的椅子攻击玛丽，但玛丽坚持不肯报警，琼既担心女儿的性命，也担心自己的安全。

来电者听起来像琼——沙哑尖锐的声音，说话速度很快，句子绕来绕去，没有句点，同样讲三个孩子的故事，一个死于车祸，同样跟有暴力倾向的丈夫离了婚，同样有一个酗酒的父亲经常在漫长的婚姻生活中殴打母亲。一定是琼。有太多重合之处，但今天她讲的是一则截然不同的故事。今天她受够了"长期男友"的折磨——奇怪，从来没听说她有男友——他背着她又交了一个在酒吧遇到的残障的寡妇。琼讲话没有头绪，所以听她讲话就像破解德文的密码。德文里的动词常放在句末，光听几个字绝对猜不出后面会发生什么。这种文法上的安排对于恋爱中的人来说是巧妙的折磨，他们必须多等好几秒钟才能得知自己的命运。以琼为例，她一次给出很多信息，听者必须自行组合出正确的秩序。忽然之间她冒出一个名叫比尔的男友，他七十岁，"但相貌年轻得多"。他告诉她他做过多年性工作者。他们还没有发生过性关系，不过他们常接吻、拥抱，而且约会过很多次。前几天晚上她割了腕，因为他伤她太深，她当时"昏了头"。他说她是他的天使，说他要"膜拜她走过的路"。她生日时他向她求婚，她拒绝了，推说还没准备要订婚约，其实她确信他还在跟别的女人纠缠不清。她的手腕伤得不重，只是气得发昏，需要发泄。比尔的酒伴暗示，他可能曾经多次深夜喝醉与别人幽会。

为情所困

　　有一天，她忍不住疑心，翻他的皮夹，找到一个名叫查伦的女人的电话。有天比尔约好下班后来看琼，但她等了好久他都没露面。深夜一点，她忽来灵感，打电话到查伦那儿，清清楚楚听到是比尔接的电话，这使她既惊且怒。比尔问了三遍"哪一位"，琼什么话也没说，这足以使琼挂断电话时感到无比沮丧，企图伤害自己。这种念头真奇怪。她为什么不想伤害他？他已经伤了她——为什么反而要对自己下手？有很多心理学理论可以解释这种行为。反正，琼担心如果跟比尔发生性行为，可能会感染艾滋病。她曾窥探他的住处，这令他非常生气。可是如果他没什么要隐瞒的，有什么好生气的呢？她想不通。有次她偷偷打开他的抽屉，发现很多钱和珠宝——项链、订婚戒和结婚戒。她立刻问他，他生气地说："你毁了我安排的意外惊喜！你该死的疑心病毁了一切。那是我要在圣诞节送你的礼物。"好吧。她该相信他的故事吗？琼问我。我想，除非你喜欢上当，但我只问她是否觉得难以相信。她说是的。她还在他的一个抽屉里，找到好几个女人写给他的可疑信件。措辞非常亲密，但比尔说那只是他外甥女写着玩的。好吧。她再也无法信任他，但她还在乎他。他真的很迷人，帅得要命，在艾吉威超市工作。忽然我眼前浮现出我常去添购园艺工具和松鼠口粮的艾吉威超市，一个一个回顾我在那儿见过的工作人员的面孔。没错，我想我知道比尔是哪一个——高个子，满头浓密的灰发，相当自信的模样。他是一个蛮有吸引力的男人，但不是什么万人迷。性工作者？我看那是吹牛。她不知道该怎么办。他说她的猜疑已经毁了他们的感情，一切都是她想象出来的，如果她再侦察他，他就要离开她。她可以找他来质问查伦的事，但她的声音很惊慌，直到通话快结束时，才稍微显得轻松一点儿。我鼓励她在这迷惑的时刻，只要需要支持，就打电话来。她谢了我。

　　她没有提到女儿的事。有一整年工夫，我以为琼的人生全以她的女儿、女婿、外孙女为核心，他们似乎占据了她清醒时的每一分钟。现在我发现了她生活里另一个我过去一无所知，却同样紧张复杂的层面。我在心里把这件事归档为"怪事年年有"一类，同时又责备自己，竟然忘记了人生何其复杂而电话线如此狭窄的道理。要了解一个人的生活旋律，必须听过他的每一个音符。交响乐则是另一回事。你必须听过周而复始的感官浪潮、内在的独白、情绪的翻腾与叹息、记忆的意外收获、不计其数的渴望的抱怨，但即使最简单的旋律也很难听得清楚。我惘怅地想，纵使我已经知道琼那么多私事，我对她人生的全貌仍可说是一无所知。我想象着她生活在情绪的活动房屋①里，老是撞上令人窒息的低矮的天花板。当然，不见得真的如此。那是她提供给我们关于她生活状况的唯一信息，也说不定那只是她人生中绝无仅有的一点不安与不适。

---

① 一种呈半圆拱状的金属材质活动房屋。

心系路易丝

利用等待下一个电话的空当，我翻阅日志，查看从我上次跟她谈话之后，路易丝可曾来电。这是我每次值班必做的事——查看路易丝是否尚在人间。一页页翻过去，我追溯过去一周来，有谁值过班。果然有她的名字，记录编号为"104"。我在一个等待用碎纸机绞碎的超厚档案夹中找到了它，上面钉了一张黄色的"毁灭性评估表"。那天晚上，路易丝非常沮丧，喝了酒，自杀倾向强烈。值班的辅导员没登记通话的细节，只说路易丝的女儿到她前夫家去了，所以她一个人在家与痛苦的记忆为伴。路易丝哀叹过去不能重写，未来一片暗淡。她凝视一堆整齐排列好的药丸，她说："搁在桌上像一群粉红色的小老鼠。"这是路易丝没错，多么富于想象力！辅导员花了一个多小时接纳她的痛苦，讨论她可能利用的资源，但通话结束时，路易丝的悲伤只减轻了一点点。辅导员在记录上写道："我觉得很难过，想得到的法子我都试了，但似乎通通不管用！这真的非常可能会成为她所担心的'活在地球上的最后一天'。她让我为她祈祷。我会担心一整夜。"

唉，路易丝。我把记录放回档案夹时忍不住叹气。如果她自杀，早报应该会刊登，起码我会知道哪天晚上她终于攀登了"珠峰"。虽然我很想，但我不能打电话探询她的状况。望向窗外，大约市中心的方向，我试图想象她在忙她的琐事，做晚饭。现在是周一晚上。我记起她提过她在参加一个妇女团契，每周一晚间在杜鲁门斯堡教堂聚会。很好。今晚她会拥有友情与和谐，这应该能让她心情好一点。

烟囱里的圣诞老公公

电话铃又响了，这回我听见一个生气的妇人喊道："你知道那个杂种干了什么吗？"

我答："不知道。他干了什么？"

"他爬上了烟囱就没下来！"

"他爬上了烟囱？"我问，感到非常意外。他是头下脚上往下爬吧？怎么会不下来？倒挂在半空中吗？我决定最好不要打断她，听她说出个名堂来。

"醉得像只臭鼬！"妇人说："都怪这该死的夏天。他怪毛病发作，变得精力旺盛。"一到夏天就作怪，我想，他跟松鼠、六月虫（六月鳃角金龟）这些自然界的动物习性一样。听声音她并不担心，只是气愤。她尖叫道："这儿脏死了！"

事情是这样的，她老公乔一到夏季所有坏毛病就都发作了，他会喝得酩酊大醉，找飙车党的人打架，在湖中央跳下钓鱼船，或尝试从他们家的大烟囱顶上往下爬。爱尔兰人都这种脾气。来电者说，从前他爬到烟囱底下时，"总染得一身臭煤烟，脸上还挂着得意扬扬的微笑，但这回这该死的笨蛋卡在中间下不来了"。他头上脚下，卡在烟囱中间。我可以听见她丈夫隔着砖块在呐喊或唱歌——不能确定，即使电话上也能听见奇怪的咕噜咕噜的声音。她拿开电话，向丈夫大吼时，我听不清她说些什么，也许她正挥着电话张牙舞爪。他似乎也吼叫着回应些什么，好像是："鲸油牛肉钩住了。"然后她又对他尖叫。终于她又对着电话听筒讲话，我试着安抚她镇定下来，想个解决问题的办法。

　　她决定找他堂兄巴克过来，因为巴克高大魁梧，而且了解她老公喝醉了会有多重。她先打电话给巴克，然后再打电话给我，我们再研究如何处理。这是个很棘手的下午，巴克来了，却没办法把乔弄出烟囱，乔坚称他永远都出不来了，他忽然没了声音，把他老婆吓个半死。后来他们叫了消防队。乔开始跟每个人吵架，我连续好几分钟都只听见嘈杂喧闹的声音。我建议这妇人稍后再打电话给我，但她说她就是当时当地需要我，我确信她真是如此，所以我留在线上陪她。最后消防队员终于成功地在一大股煤烟的黑雾中，把乔拖出烟囱，拖到一块地毯上。乔开始不可遏止地抽泣，他老婆吼他，同时也安慰他。最后她决定还是"好好照顾圣诞老公公"，明天再打电话给我们。

"真奇怪。"我边开始做记录，边轻声说。

"真奇怪！"我身后有个声音重复道："听来是蛮有趣的一个电话。"我回头只见接替我轮值下一班的沙伦，她耐心地坐在长靠椅上，嘴边沾着一圈甜甜圈的白色糖霜，正把最后一口往嘴里送。我还没来得及解释，电话铃又响了。我匆匆瞄一眼时钟，早已过了我的值班时段，沙伦等多久了？——我连忙让出椅子。

"都交给你了，"我说，"值班快乐。"她一手拿起电话说："这里是'生命线'，我能帮助你吗？"同时用空着的另一手给我一个飞吻，转身坐下，棕色的长发辫往后甩在背上，娇小的身躯倚在桌前，开始专心接听电话。

暂离自我，融入大地

我在厨房里找到一大堆不同口味的天体调味茶（Celestial Seasonings）茶包，挑了一种名叫"孟加拉香料"（Bengal Spice）的，含有大量的肉桂、生姜、丁香、小豆蔻，以及其他罕见的香草。盒子上印着一只老虎懒洋洋歪躺在飞毯上，飞越朵朵浮云的蓝天。这正适合我回家前放松心情所需。班或许值完了，但我还没有准备好离开。有时探视过别人的感性后，我需要跟自己的感性重建关系。有时我需要摆脱自己和别人的自我，单纯地让大地的果实围住我。我捧着茶杯走到楼下，穿过门廊，坐在藤椅上，眺望在大马路对面的田野里渐深渐浓的暮色。一只灰松鼠奔跑着跳上一棵大橡树的树干，消失在树洞里。好久没看到"求求"了？我忽然想起它，担心它遭遇不测。或许我该拜托克里斯·约翰斯替我注意它。克里斯是《国家地理》杂志最优秀的自然摄影记者之一，他明天一早要来我家拍摄松鼠的活动。用底片捕捉它们的生命活力很不容易，但如果有人办得到，那就非克里斯莫属了。我想到他不惜忍受风吹雨打，吊挂在雨林树顶好几个星期，记录夏威夷乌鸦的奇特生存环境的故事，便不由得笑了。不管天气如何，必须记着为他留门。

凝重的空气包含着下雨的承诺。希望周末天气会好转，卡西和我才能骑自行车出门。这回该去哪儿？丘卡湖南端有两个菱形的小湖，中间被一片长条状的树林隔开，从前那儿有个印第安村落。我打赌两个湖各绕一周也不到二十英里路。我们可以带乳酪和法国面包，外加热腾腾的菊苣茶。

线条利落的黑色树叶间冒出了晚星，夜鹰发出三段式的悠悠长啸，生生将空气隔断。我爱那种声音。夜鹰拉丁文学名为"Caprimulgida"，意思是"吸羊奶者"，因为一般人常见它们尾随羊群而行，以为它们会趁夜吸干羊的乳汁。现在我们知道这种鸟其实是捕食吸羊血的虻虫，但这名字已经改不过来了。

饮茶时芬芳的蒸气扑面而来，我想起就快到六月二十三日的仲夏夜了，恰好是夏至后两天。古人以为这天是女巫的庆祝会，下一季的收成可能会被邪恶的咒语破坏。那天晚上，少女若在枕头底下放一株蓍草，就会梦见未来的丈夫。那天晚上用蕨孢子泡澡，可以隐形，然后双膝夹一根榛树枝倒退着走，可以找到宝藏。夏至是太阳的一场小型庆典。拉丁文的"至"（solstitium）意思是"太阳静止不动"。前后数日，太阳几乎都在地平线上的同一个位置上升降落，预告一年当中最长的白昼即将来临，然后太阳会随着无法察觉逐渐变短的白昼逐渐南移，走向人们还无法想象的冬季。

　　但目前还是跃跃欲试的初夏。夜风中满溢茉莉和松树的香气，孢子像天赐的粮食穿梭在空中，雉鸡的蛋在湿润的草泥中偷偷生长，开阔的田野中淅淅沥沥的细雨瞬间变为倾盆大雨，夏季用轰隆隆的暴雨声否定了任何胆敢自认比大地更激越的热情。

第七章

心灵避难所

从小，

不同的自我编造不同的故事，

在一场场心灵冒险中扮演主角。

日常生活令人难以忍受，

我又跑不掉，

我如此以为，

所以只好在心里奔上那条想象的丝绸之路。

在所有困扰我们的饥渴之中，对食物的饥渴是最游移不定的，我离开"生命线"之前，在厨房里边洗碟子，边这么做了判断。我们喜欢趁吃东西的时候做其他的事，跟别人说话、读报、在有现场表演的餐厅听人演唱堂·吉诃德的故事。我微笑着想象克里斯蹲踞在直入云霄的山胡桃木树杈里，拿着照相机随时待命，跟一群松鼠共进午餐。那可是货真价实的餐厅秀，披挂毛茸茸大尾巴的阳光马戏团。松鼠用餐时不呼朋引伴，但从大猩猩乃至于土狼，很多雄性动物都喜欢跟家人、朋友一块儿吃吃喝喝。人类以最具创意的方式丰富了这一本能。虽然感官演化的目的是带领我们度过大自然中的危险，但我们不是陷在与生俱来的情绪流沙里那种简单、无意识的生物。我们会思考、会做梦、会感觉、会饥饿。我们说"食物"，好像它就那么简单，像石头、雨水那么绝对，但它其实是个非常复杂的愉悦的领域，横跨生理与情绪，往往还牵涉到孩提时代关于安全感、嬉闹、爱的记忆。

所以每当我们搜索可以表达最强烈、疯狂、寻根究底或真心体会到的感觉的词汇，总是用吃来比喻，也就不足为怪了：我们饥渴、我们渴望、我们吞噬、我们对什么有胃口、我们品味、我们斟酌、我们狼吞虎咽、我们贪得无厌。遇到教人左右为难的决定，我们说：这件事我得咀嚼一下，好像可以用牙齿把问题磨细，用口水沾沾湿，然后把它像渣滓般吐掉，难道神经元自身也有感觉？我得一再提醒自己，它实际上跟鼹鼠一样瞎；它不能看、不能听、不能感觉、不能闻、不能尝。大脑沉默而黑暗，感觉不是在大脑里产生的，所有的感觉是发生在心灵里。人多么奇怪啊，过生活要行骗，爱要精打细算，还制造罪恶，我们犯真实的罪，也犯想象的罪。

在"吃"中思考

今天轮值早班已告一段落，我觉得有必要在回家前反刍一下，所以在"鹿林"素食餐厅停留，吃午饭。我对素食的狂热令保罗百思不解，他最怕下馆子只吃到"树枝和叶子"。事实上，他发誓他们有次真的端一碗沙子给他吃，可是我喜欢那儿匠心独运的餐点。我可以在点缀着麋鹿图腾的雕刻与图画，充满乡村情调的装潢里，享用味噌沙拉和一大盘"跳约翰"（Hoppin' John，南方式黑眼豆配糙米，上加乳酪、番茄、青葱），同时回味一下早晨接到的电话。又是梅丽莎，至少她已鼓起勇气，离开暴虐的丈夫，带着两名年幼的子女搬到一个安全的住处（由受虐妇女救援会提供），但她觉得天旋地转。共同生活几年以后，再怎么不快乐的夫妻，也会在许多方面联系在一起，硬把它撕开，总是觉得痛。好像她在观察别人的生活——摆脱婚姻，对孩子撒拙劣的谎，纷至沓来的法律与现实问题，重新做人，疏离的邻居，对报复的持续恐惧。她请求法官禁止丈夫未经许可接近她，但如果他侵犯她新建立的安全领域怎么办？如果他杀死她，任孩子成为无母又无父的孤儿？她看过一个电视节目叫"解不开悬案"，其中呼吁所有的观众注意拐带孩子逃跑的父亲。她幻想孩子的照片印在盒装牛奶上，苹果似的面颊以模糊的印刷网点呈现。

我知道，万一她的噩梦成为事实，救援会一定会帮助她。她满怀哲思地打到"生命线"，却是我完全没有想到——从前我们只在她绝望无助时谈过话。我必须放慢脚步，保持冷静，让她沉浸在有一部分可谓相当残酷的回忆中。她第一次向我透露在暴力与忽视下伤痕斑斑的童年，她靠编造秘密的人生逃避现实。

她说："那就是我的救赎，逃到另一个生活的层次，没有人找得到我。只要我相信自己是个超级英雄，时机成熟，人家就会承认我有价值，我就不觉得现实可怕。但我在家一点儿也不受重视，我长得丑，不知怎么搞的老是犯错受罚。那个秘密的我，漂亮、活泼、强壮、讨人喜欢的我，只有我知道。"

藏身幻想世界

幻想中，她是一支由七名男女组成，走遍世界，打击恶势力，行侠仗义，使整个地球不至于自取灭亡的队伍的首领。他们隶属一个叫作

"三T会"的组织——我没问这名称的意义——它不受任何国家的政治或法律管辖，网罗了全世界最聪明的科学家和最有创意的思想家，是个规模庞大的地下组织。科学家、人文学者和其他不可或缺的人物，在精心安排的假死后，加入他们，从此不打算再回到外面的世界。里面的世界是个理想社会，每个人都很有趣，每个人都关怀世界。梅丽莎讲故事的当口儿，我有时觉得"三T会"就在某个繁华的大都会地下，有时又觉得它位于风景美丽的偏远地区，说不定在喜马拉雅山或非洲。她和她的部队是这一组织情报部门的精英。虽然她武艺高强，精通中国功夫、刀法、枪法，打遍天下无敌手，又集机智、勇敢、敏捷于一身，必要时能用高明的技巧杀人，但她很不喜欢打架，杀人完全出于自卫，伤敌是为了遏止恶行。她的队伍里每人都有一两种特长。她最擅长搜索，也是个杰出的野战医生。她身兼战士和圣徒，像男人一样作战，赢得每个人的尊敬与爱戴。在想象的世界里，她为充满挫折和不公平的家庭生活创造了替代品。

她最难对我启齿的是，即使在已成为一名成熟的女性后，她仍不时遁回那个幻想世界。好在我是个陌生人，一个没有面孔的知己好友，我很庆幸她相信我不至于会嘲笑她或批评她。受虐的人经常编造秘密的世界，她被逼得一再深入那个世界，因为那是唯一把她当一回事的地方，她能找到出路真是幸运，有些人就做不到。要是她不那么富有想象力，或缺乏意志力，无疑就会被家庭的废墟压碎。但她建立了一条出路，靠自己的力量，一点一滴创造了比较健康的现实。她在不知不觉中打败了邪恶，从不公正之下抢救无辜，成就足以傲人，但她却把自己的幻想当作不可告人的秘密。

她流着泪说："你知道孩子有时会假装嘴巴被锁住了。我觉得我一辈子都在设法使那把锁更加牢靠，隐瞒我的真相，不许真正的自我——该说是许多个自我——开口说话，这样人家才会接纳我。我心里积了好多东西。"救援会给的住处虽在市区，对梅丽莎而言，却是一个反省人生的清修之地。

她迟疑地说："听起来可能很青涩，但我真的再也不知道自己是什么人了。一半的时间，我觉得自己像身穿熟悉衣服的陌生人。今天早晨我还担心我会成为什么样的母亲，我还对小时候做过的事感到罪恶，而且老天知道我对自己作为妻子的表现多么不满意。那是真正的我，对吧，货真价实的我？或那些事都发生在别人身上？"她不安地笑一声："不知道我们要不要为想象出来的罪负责？"

自我的形成

梅丽莎的电话在很多方面令我心有戚戚焉。人生由那么多自我拼凑而成，童年时代尤其重要。难道不需要对罪恶感设限吗？有时我但愿每个人都能理直气壮地说："过去的自我犯的错，别再怪到我头上。"一个不小心，自我就累积起来，它们的行径不见得睿智，也未必良善。我小时候不是这样预期的：我在中西部成长，雪会下到肩膀那么高，成堆的落叶可以跳进去，人生在我眼前灿然发光，轨迹鲜明。我听到的期待是则童话故事：全身铠甲金光闪闪的武士会突然现身，引导我，健全我的人生；我会生两个小孩，买一条狗，找份愉快的工作，永远生活在平静的绿洲。我家有个隐形的寄宿客，是我想象的朋友和谈心的对象。有时我跟她闲扯艺术家的波希米亚生活；但我从来不梦想自己会长大，真正过那种生活。直到如今，步入中年以后，我才发现自我已一层层地形成，像皮肤一般透明——也像皮肤一样，发展出某种可以辨识的"指纹"——全套高潮与低潮、如螺与箕的吉凶系统。

是的，我剥开一枚厚皮橘子时感觉到一片绵密细致的橘雾，喷上我的面颊和鼻子，从小，不同的自我编造不同的故事，在一场场心灵冒险中扮演主角。日常生活令人难以忍受，我又跑不掉，我如此以为，所以只好在心里奔上那条想象的丝绸之路。有个一再出现的狂想中，我变成外星人，属于一个周游宇宙的艺术家集团。在他们的星球上，艺术深受尊重，更重要的是，他们喜欢发掘其他生命形式的艺术，因为艺术透露那么多的心灵秘密与需求、价值观与渴望。每位旅行艺术家，都在某个特定的行星文化中诞生、全心投入创作，但他们都对故乡这颗行星毫无记忆。我的工作是感觉，所以我敏锐地、狂喜地、痛苦地去感觉。我花好几个小时定睛窥望事物不可见的深处；我追逐思绪，看它们往何处去；终于我用人类的感觉与经验，创作了一套美丽的样本。然后，在我很自然地以为人生就该这样结束的时候，我有一天听见一个声音对我说："到窗边来。夜风多么芬芳……"

我被单纯的黄昏之美吸引，走到窗前，呼吸飘进室内的茉莉芳香，却意外地发现那儿站着一个外星人。顿时我明白了自己的任务，我知道我在地球的工作已经完成，我的命运是在宛如一个小小城邦的飞船上歇息片刻，然后赴另一个星球往生，到另一群物种当中生活，体验各种感觉的极致，从特权与磨难的混合体中创造艺术。发现自己不是人类，使我震惊，使我悲伤，我哀求他让我继续做人。离别使我黯然神伤。人类不是宇宙中情绪最丰富多变的生物，但我了解人类、爱人类，离开地球的念头使我不忍，还有那么多没有探讨、没有表达。我得到保证说："够了，你还有其他世界要探索，你还要变成其他的生物。"

　　于是我跟这外星人前往远在地球轨道之外的太空船，跟我的艺术家同事会合，他们大多也正处于转世的空当，这场出世的梦盘踞我的童年与青春期。我半真半假地期待，有朝一日，神秘的命运召唤我，有人悄声说："到窗边来。夜风多么芬芳……"

　　随着我长大，我渴望有十到十二个不同的自我，每个都热烈投入一个不同的领域：舞蹈家、外科医生、木匠、作曲家、太空人、心理学家、脑科学家、溜冰选手……有的是男的，有的是女的，所有他们的感觉都回馈到一个核心来源。到时候，我无疑就能了解人生的点点滴滴，就能透过同时存在的各个生命，从各种不同的角度去理解它。从会写字我就开始写作。如果我不能同时过不同的生活，也许我能借轮流的方式达到目的——全心全意，奉献我的鲜血骨肉，投入我写的东西，成为我写作的题材。

　　我最近的自我生活在一个有树木、瀑布、花朵的小镇，大多数居民彼此都认识，他们的故事大多交叉。我不时旅行到远方，追求奇遇。但奇遇其实是一种莠草，到处都生长，庭院与沟渠里等闲可见。所以我总是又回到家，回到朋友和心爱的人身边。透过林中小屋的许多窗户，我观察鹿、松鼠、鸟雀的活动，以及四季的变迁。我思考生而为人的华丽大游行——所有的感觉、爱憎、苦乐、亢奋——并且在小房间里默默工作，填满一页页空白纸张。这是一种孤独的偏执。但有的时候，即使只有我一个人，你还是可以用"非法集会"的罪名逮捕我。

会说话的脸

一名年轻的女服务生匆匆走过，她身穿蓝牛仔布的超短热裤、黑色绑腿、凉鞋、白色百褶上衣，黑色的直发一边露出五个金耳环，另一边及肩。她有次告诉我，她在存钱准备读动物学研究所。我记忆所及，我们在吃匈牙利炖红椒时谈到白犀牛。今天她一副心事重重的样子，令我联想到电话最让我感觉受挫的一点——看不到来电者的表情。脸孔用肌肉与眼神的符号，传递微妙得无法以文字表达的讯息，我怀念那样。这位女服务生下巴上有个窝，上唇沁出细细的汗珠。她看起来很漂亮，但我最近注意到，每名职业妇女脸上都焕发着充沛的内在美。

在户外工作的妇女，因与大自然力量折冲，而有一种阳光打磨出来的光彩，面部表情的纹路带有俚俗乡村情歌辩才无碍的表达能力。从事室内工作的妇女，坚决、柔软的面相则成为日常压力与应对的舞台。有时你会看见"决心"像止水般停驻在她们脸上。工作考验一个人的灵魂，帮助界定一个人的性格，为内在人生的看板——脸孔——提供大量素材。我们珍惜年轻的面孔，因为青春有莫大的吸引力，但我觉得，每张洋溢着活力、性格、个性、体贴、情感的成年妇女的脸孔，都美得世间少有。有次我听一个男人告诉他已届中年的妻子说："你二十来岁时固然很漂亮，但现在你的脸有种性格。它反映你是谁，以及所有你完成和经历过的事。"一张脸可能让我们联想到初恋、父母、老师、电影明星、老朋友，甚至曾经让我们害怕、欺骗过我们的人。一张脸告诉我们，某个人有什么感觉，他是否担忧、居心不良、热忱、悲伤。有时在一张脸最细小的纹路中，透露出一辈子的伤痛、固执或乐天。一张脸可能呈现强硬、欢迎、可爱、冥顽……一千种情况，因脸的主人的生涯与情绪而异。它展现她大部分的内在生活，以及她生存的时代。

女性之美何在

　　人生再怎么困难，生活在 20 世纪末的西方，还是一种运气。古时候的女人不过是一片"栽种合法继承人"的可耕地罢了，古希腊婚礼中，岳父大人照例得这么宣布一番。终于妇女有权做一些抉择，决定跟谁结婚，要不要和什么时候生孩子，要不要信神，参加哪个政党，如何处理生命中的忙碌与期待。女性角色发生了重大的改变，而且都反映在她们脸上。无论是交易场所或百货公司、田野或餐厅、舞台或摄影棚、在自己或别人家、工厂或高级服饰店、医院或学校，女性工作时总是那么端庄、泰然。但职业妇女之美却还是一种革命性的观念，因为自古以来，大家只在有闲阶级妇女的脸上找寻美的理想，她们无须工作，还有女演员，她们是一批女变色龙，可以放弃真正的自我，扮演其他人的幻想。我们从来不问她们为什么渴望成为自己以外的任何人，把自信建立在陌生人的掌声之上，或为什么我们把这些转瞬千变的艺人当作美女，但我们真的为她们倾倒。20 世纪 30 年代，轻披软缎长衫的电影明星是美的化身，职业妇女模仿葛丽泰·嘉宝修整过的眉毛、玛琳·黛德丽凹陷的面颊、琼·克劳馥红蝴蝶结似的嘴唇、珍·哈露白金色的秀发。

第二次世界大战期间，妇女纷纷加入工厂劳动，成为爱国主义和胜利的后盾，海报开始把女性画得强壮、自信、时髦。美国的轰炸机几乎全都由女性制造，她们打铆钉、切割金属、做笨重的装配、根据蓝图施工、记录试飞员透过无线电做的报告。她们在一家胸罩制作工厂，把沉重的金属板打造成 B-17 轰炸机的机舱。但她们也没有被形容成不够女性化；相反地，她们散播一种美的新理想，人人可以企及，包括餐厅里这位年轻女服务生在内。她似乎有心事，在专心工作或对顾客微笑之际，她脸上透露出一百种藏不住的思绪。

我把甜奶油抹在一英寸厚的全麦面包上，默默感谢全世界以老方法烘焙面包的师傅。梅丽莎曾说，跟其他妇女分享安全避难所并不坏，但她真怀念在自己厨房里烘焙面包的日子。但愿我知道梅丽莎的长相，我想象她发色金黄，左分，后面低低地拢住成为马尾。但也许她是一头蓬松的短发？我跟来电者交谈时，简直愿意不计一切获得一点脸部特征的线索，但他们就渴望匿名。虽然指纹、声波、脱氧核糖核酸检测可能更精确，但一个人主要还是靠他的脸孔界定。害羞的小孩会把脸埋在妈妈裙子里，任何人不好意思的时候，也会用手捂住脸。不论什么原因，来电者忽然自觉难以面对人生。

一场无妄之灾

回家的路上，我到一位刚动过手术的邻居家打个转，留下一本我想他会喜欢看的书。两位癖性古怪的英国研究人员，花了一辈子编辑的怪癖大全，正适合排遣逐渐康复的心情。走下他家花园的台阶时，我滑了一下，向前一个踉跄，脚狠狠扭了一下。脚的右侧顿时刺痛不已，可能拉伤了筋。回到家，我扎上绷带，冰敷，把脚抬高。我没有真的摔一跤，只是踏空一脚，扭了一下。但次日早晨，我发现无法步行，脚肿胀瘀青，那种痛法我从来没有经历过，感觉就像皮肤下面有碎裂的冰柱。为安全起见，我到附近的诊所照了 X 光，医生也是研究蜜蜂学的教授。正如我说过，镇上每个人都有第二重生活。他给我看一套三张的 X 光片，指出可怕的真相：第五中跖骨刚好拦腰折断。如果是斜斜而断或断在较粗厚的位置，说不定还有较多骨头支撑。不行了，运气不好，这次骨折正好就发生在血液循环少而特别脆弱的部位，属于骨骼的偏远地带。所以得上石膏，而且得注意，它不能承受任何压力。这种骨折一受压就恶化，万一发生，就只好做骨头移植，或靠钢钉固定。

我惨了：八个星期不能动。不能跟卡西骑自行车旅行；不能跟我的邻居波西丝到阳光下散步；不能跟保罗到纽约上州那些稀奇古怪的小镇去探险；不能跟珍妮到超市去购物；不能每天骑自行车，去浏览夏日的田野、平岩的溪流、鲁德盖路边市集对面那片有红尾鹰栖息的树林。这是一场噩梦。

接下来几天，无助像浓雾将我笼罩，我被绝望和沮丧淹没。我不但没法子起身享受夏日、看朋友、采购日用品、处理大小事务、开会，我也没法子去"生命线"值班，那儿不但大门口就有台阶，还得再爬两层楼。对一个热爱运动和独立生活的人而言，没有比突然丧失行动能力更糟糕的事了。被疾病绑得紧紧的，发现有多大的一片世界你接触不到。

设想你坐在沙发上，觉得冷，却没法子关上就在房间另一头的那扇门。设想拿不到食物或其他用品，走不进浴室，也无法洗澡。瘫痪的恐惧给我很大的打击，唯恐我的困境令朋友厌烦，弃我而去。摔跤两天后，我坐着轮椅被困在客厅里，因为没有力气让轮椅通过过厚的地毯，我开始哭泣。我只想到纱门边，呼吸一下夏日的空气，畅饮几口阳光，但我连四码的距离都走不动。我看不见红雀在紫杉树上做窝；跟我的生活关系日益密切的松鼠也喂不到；我不能趁周六早晨到农产市场，去欣赏本地农夫培植出来的杰作；我不能赤脚穿过菜圃；我不能在游泳时感觉背上暖烘烘的热气；最糟的是，我不能跟卡西去骑车。我一直没发现这些短程旅行具有多大的象征意义。骑车代表自由、发现、友谊、独立。我终于明白，那些打电话来求助的残障者是多么绝望，多么被正常生活排斥，多么无力而孤单。他们这么说过，我也试着去体会，但现在我才明白。如果不是自己在"生命线"工作，我也会因为这场对我极其严重的危机而打电话去求助。

因为我不能到后院围了篱笆的玫瑰园那儿去，保罗摘了两朵紫红色的"奥赛罗"以及我今年最爱的品种——花型大，粉红、嫩黄、珊瑚三色的"亚伯拉罕大王"，密实的花瓣有如绉绸缝制的荷叶边。他把花插在赤陶花瓶里，摆在铺了瓷砖的浴室梳妆台上，照映着大镜子，芬芳四溢。保罗一下子变成大厨兼服务生，家里大小事一把抓，他搭邻居便车去超市，买了一大堆东西，取物件、煮晚饭、洗锅洗碗，还得照顾我。他抱怨除了本来的工作，还加上我的那份。我恨自己成了个废人，我讨厌自己只是个过客。

重拾欢笑

　　尽管我有无谓的忧虑，亲近的朋友却都能齐心协力伸出援手。珍妮和史蒂夫接送我去医院。卡西周六下午到，这次没有带她的自行车，却带来一颗善良的灵魂给我：一座黄铜打造的小美人鱼坐姿，尾巴优雅地翘在空中。她这种姿势展现出丰满的胸部，长发流泻在背后，带着愉快与决心的表情，头部微微仰起。一尾美人鱼，正合我需要。多么有洞察力的礼物。然后卡西推我的轮椅走了半英里路，到一家熟食点心店，我们分享刚出炉的摩卡巧克力碎粒夹心饼干。很快我们就恢复了往常的饶舌和欢笑，我迫不及待告诉她一个新发现——好多动物园动物都在服用"百忧解"。

　　"不会吧！"她张口结舌地说："是哪些在吃呢？"

　　"嗯，中央公园动物园那头沮丧的北极熊葛斯……"

　　她打断我："且慢，他们怎么知道北极熊沮丧？"她咬了一口饼干，又啜了一口减肥可乐，这就是所谓的减肥而不节食。

　　"根据一点，它成天在游泳。"

　　"强迫型行为，"她嘲弄地点点头，"说下去。"

美妙的意外：我的冰红茶里加了水蜜桃汁，点的时候没注意到这事。啜饮之间，我继续解释："而且它还开始对小孩玩奇怪的把戏。每次它看到孩子把脸贴在玻璃上，就会露出爪子冲上前去，突如其来做出可怕的攻击，它会在刚好撞上玻璃前停步，把他们吓得魂不附体。"

"难以置信！"她笑道。

"它不游泳时，就显得无精打采，到处踱方步，或有其他神经质行为，例如咬围篱啦、不断点头啦、性欲亢奋啦、玩弄自己的大便啦、故意弄伤自己啦——你知道，所有有严重困扰的人都做的那些事……所以他们给它吃百忧解。"

"他们没有先试试谈话疗法吗？"她讥刺地问。

想到北极熊接受谈话治疗——一头大白熊躺在北欧式的真皮靠椅上，一边叙述它的童年往事，一边挥舞着大爪子——我们都哈哈大笑，引得别人侧目。什么事让这个坐轮椅的女人笑得前仰后合的？

心灵之药

但这事原则上是很严肃的。关起来的动物经常变得神经质、焦虑、沮丧，它们跟人一样会因行动受限、厌倦、压力、丧失、悲伤、焦虑，而感到痛苦。惯于在好几十平方英里的空间里游荡的熊，像城市居民一样大伙儿塞在狭窄的空间里，或被独自禁闭许多年，心情不好有什么奇怪呢？或许诗人华兹华斯说得没错，修道院的小房间或许不至于令修女烦躁，因为她们心中有天国。但是一匹在窄小的马厩里啃隔间木板，或成天仿佛跟着听不见的桑巴舞拍摇头晃脑的马，与住在男女混合宿舍里备受压力的女生，二十四小时不断地剔指甲根部的皮，或把一束头发拨东拨西、扭来绞去，又有多大不同？所以很多兽医给动物病患开抗抑郁药物，我一点儿也不感意外，甚至动物心理医生也越来越多，他们分析神经质的行为，比较动物生活的环境跟野生世界的正常环境，试图在人类社会所有的限制、态度、偏好之下，设计出一种疗法。

我们在清洁、灯光明亮的家里，觉得安全、干爽，把杂沓混乱的世界关在门外，不再被气候或野外环境所苦，但仍不免失落内心的罗盘。我受伤时最感苦恼的，就是因此跟自然界隔离，自然的绿色颂歌激动我心，它的情调令我神驰，它的岩石花鸟帮助我确立归属感。心情不佳时，我永远可以从自然中找到慰藉，我面对痛苦时靠它进补。这是一种炼金术般的奇迹疗法。但现在我成了乐园的逐客，何处是归途？一度跟自然密切结合的我，变得支离破碎。直立行走也许是人类最重要的特征，也是人类傲视万物的成就，但有时骨骼、关节、脊椎，无法达成这项艰巨的任务而造起反来。骨骼的房屋，伊丽莎白一世时代这么称呼人体。我被康复的需求囚禁，但我渴望到户外去。为了痊愈，我必须休息，静静躺着，一切束诸高阁，自我设限，为了复原，我牺牲乐趣。

电动好帮手

几天的震惊与自我克制下来，我决定重新掌管自己的命运，租了一架助行器和一辆电动车。朋友问起我近况，我都说："我成了电动快腿小汤姆。"有天早晨，波西丝和我到例行的地方散步，上山下坡，经过天主教堂，绕过一片可爱的小树林。她帮我推轮椅，似乎不觉得吃力，我终于松了一口气，因为最后她表情愉快地说："好简单。谢天谢地，我们夏天可以去散步了。"接下来那个星期，出门时我都用电动车，事情更好办。有时我骑车去杂货店，半英里路十二分钟；活动力改善，不论多少，都让我开心许多。我知道我穿一件飘逸的夏季洋装，撑着伞穿过毛毛雨回家那天的德行，看来像个怪物。一位朋友提议说：像仙女玛丽[①]如何？保罗说：像飘浮在阳伞下的艺妓吧？邻居的狗看得大惑不解，变得哑口无言。但街坊的孩子——以前常看我冷天骑车时全身包裹得像忍者——接受这一切倒毫无困难。反正，我现在可以到户外走走，品味阳光了。

我不时会到太阳底下"散个步"，然后停留在花园里的树下。世上简直没有比趁酷热难耐的夏日，躲在一片清凉的阴影中，更令人畅快的了。树荫尤其令人心旷神怡；你可以平躺在凉快、潮湿的地面，把每一缕迟疑的凉风，都当作来自北极的狂飙。不消说，阴影也是夏季恋人最爱流连的所在，他们能把最无聊的树丛、最破败的角落，都变成绿洲。母亲惯用自己的身体，遮蔽容易晒伤或中暑的孩子的脸。亚马孙河沿岸，有条纹的苍鹭背对日光而立，以便把世界看得更清楚，在自己的阴影里狩猎。我们在窗上装上帘子，并像合拢眼皮般将它们关上。阴影是件宝贝。它可能很小（一叶鹿蹄草的影子），也可以很大（地球的夜）。

---

① 电影《欢乐满人间》的主角。——译者注

阴影就像在夏日的额头上冰敷。度假胜地，常有小贩售遮阳用品——阳伞或附凉台的小屋。约瑟芬·雅克布森的诗《遮阳用品小贩》，描述在灼热的墨西哥海滩上，卖遮阳用品给观光客的男子。有天她听见他们说"No hay somber"（没有阴影了，西班牙文），才大吃一惊地发现，他们是靠阴影过活，刚刚才把阴影卖完。

　　没有这些小巧阴凉、温暖潮湿的临时避难所，人生会怎样？感性丰富的 19 世纪法国情欲作家比埃尔·路易斯把女阴描写成"潮湿的洞穴：永远温暖的庇护，供男人在迈向死亡途中小憩片刻的避难所"。避难所形式何其之多，从热天带给灰松鼠一片清凉的树叶叶片的阴影，乃至"二战"期间，荷兰提供给犹太人的政治庇护。

"避难所"的忌讳

　　"避难所"一词予人安心的感觉，为陈腔滥调注入一服可爱的解毒剂，我爱这个字眼，例如：你眼神的避难所，目光的避难所，布尔乔亚家庭的避难所，爱是心灵的避难所，她在他臂膀的避难所里感到多么安全，一个害羞的小孩可以在母亲的裙褶里找到避难所。在这个充斥着地震、心碎、敌对、公路枪击的世界里，我们多么珍惜安全。一个可供藏身却又公开的地方，供应各种心理与情绪上的遮蔽，我们寻求避难所，但一般人还把精神病院称作"疯子避难所"，多么反讽啊。这种地方确实能保护住在里头的人免于外界的风霜，赋予他们某种特赦，让他们退出人生，等待痊愈。但我们对心理疾病的偏见与恐惧，使这个字眼沾满憎嫌。"你该进疯人院！"一名男子愤怒地大叫。他们把他拖到疯人院去了，一个妇人悄声地对朋友说。这个字眼因而丧失了基本的冷静与尊严。最初，它可能代表教堂或其他不容冒犯的神圣场所，外人不得入内逮捕任何人，但我们用它来代表什么？我们跟打电话到"生命线"来的人用的代称叫作"医院"。你觉得在医院里会不会安全一点？我们这么征询有自杀倾向的来电者。不能说避难所，否则他们会联想到老鼠为患的地牢，病人一个个绑着紧身衣匍匐而行。避难所是个含义丰富的字眼，甚至有保障的意味，仿佛有厚实的石墙屏蔽，但千万不要把它跟"疯子"连在一起。

日食之惑

保罗得出差一个星期，一位女友从长岛过来住几天，有如上天恩赐。德里克跟我谈他在"生命线"服务经历的那趟日食之旅途中，我们在海上度过了难忘的一周，饱览使老祖宗恐慌不已，往往也改变历史轨迹的自然奇观。东方、中东、中世纪的英国，都有人宣称他们目睹一条龙吞噬了太阳；在德国，摧残太阳的是一头狼；东印度群岛传说的是一只半鹰半狮的怪兽，撕裂了太阳的心脏。有些文化以为，太阳和月亮是夫妻，在激烈地做爱。古代的僧侣其实熟知日食的周期，但他们刻意隐瞒这不可思议的秘密。他们预测将要降临在太阳身上的疯狂灾祸，事后农作物和家畜都会死亡，一切永归黑暗统治，除非人民对他们言听计从，安抚神明的怒火。中国人用锣鼓喧天的舞蹈赶走恶龙；日本人为水井加盖，免得水源被污染；因纽特人把锅子都翻转过来，防范邪恶流入；但僧侣有更多的要求：念咒、以动物（有时人类）献祭、奉献财富、誓言效忠、开战、媾和。

古人的想法中，天体是一个个神祇，火球归于沉寂这种事，在他们想象中是令人血液为之凝固的可怕事故。他们亲自猎杀动物，所以对野狼或狮子如何撕碎猎物的四肢非常清楚。他们每天感到烈日热烘烘的呼吸喷在自己身上，早把太阳奉为至高无上的神祇，它赋予生命，使五谷生长，成长与日夜的时间也由它制定。一位可使人目盲的神祇。观察日食的人若不注意保护眼睛，网膜上会留下半月形的疤痕。很难想象，目睹这位神祇即将遭杀害，以及随之而来的血腥场面，会使人多么害怕。我们站在甲板上，望着天空变得森冷，风势渐弛而潮湿，海面仿佛蒙上覆尸布般沉郁一片，就不难理解古人为何不惜立誓、献祭、付出、放弃、原宥所有事物，只求光明再现。

我们都有任务在身，《旅行假期》杂志委托我朋友写一篇有关日食的报道，我则奉命写一首诗，两者同时刊登在杂志上。我在诗中试图捕捉若干因为日食所带来的恐惧、魔法、野蛮，以及人们使太阳重返人间的拼死努力；但这首诗也谈到情绪的日食，沮丧会是多么残酷，重拾阳光普照的积极情绪又是多大的解放。

日食

地狱来的黑狗

追赶着太阳

从犄角泄出光芒，

蹄子溅射火星，

目中流泻宽厚的泪汁

在我们血脉中漪涟

保持心脏的敏捷

季节的清醒。

奔跑者颠仆。

空气僵硬如坟。

遭屠杀的光线蹒跚

横过海洋。于是白日消沉，

时间放松了掌握，

于是，败退了，世界颠倒

跌跌撞撞。

星球在地平线上气喘吁吁

如一群饿狼。

奔跑者颠仆。

黑暗正午降临。

夜的冰冷布匹

瀑布横泻天空

不可思议而阴森。

云的匜从昂首阔步

在古老废墟之上，

行星于此出现

如沉默的鼓声。

奔跑者颠仆。

门开向鬼镇

即我们的过往，我们祈祷

无事波及太阳。

波动起伏

过我们的庄稼，

驾驭我们的时钟，

扫荡噩梦

自我们的睡眠。

奔跑者颠仆。

我们愿牺牲一切——

我们的财富，我们的肢体，

我们的权力，我们的亲人——

赎回那热血沸腾的

地狱伙伴，如此莽撞

不受羁束，生命般无际涯，

甜蜜的骗子，野蛮之光。

奔跑者再继续。

悠闲之旅

尽管诗中景象萧瑟，以令人不寒而栗的回忆为蓝本，但旅程本身却非常闲适，充满乐趣和新发现。我书房里有一张加框的那趟航程的照片，我俩携手站在甲板上，身穿黑色的日食T恤和白长裤，戴着银和粉红两色、闪闪发亮的"日食眼镜"以保护眼睛。我们脸上那种笑容，通常只能在十岁小孩的脸上看到。

正如她所预期的那样，现在赶来是有帮助的。她把我的轮椅搁进行李箱，带我到市区的鸟类庇护所，去看加拿大黑雁的雏鸟——全身毛茸茸，东倒西歪，小骨头纤巧得像树枝——还有到曲曲折折、繁花怒放的乡间小路上兜风。

第八章

黑暗之日

从黑夜的巨厦打电话来"生命线"的人，

听来都好像流落在时间之外，

遗失了地图和罗盘，

在白日黑夜的巨大钟摆之外漂泊。

他们有种破晓前的疯狂。

七月白昼来得早，柔和的晨曦在树木和蕨类中间泛起，凸显野生天竺葵的粉红和耧斗菜垂挂的小丑帽。不像明澄的秋光或朦胧的冬光，而是一种温柔、湿润、丰饶的光泽。水汽饱满的天空密布花粉、蚊蚋，以及其他会飞的小东西。我们可以看到它们，摸到它们；我们把它们和莎士比亚、科莱特、达·芬奇曾经呼吸过的同一批分子吸进呼出。大地什么也不浪费，包括水和空气。生命奔驰过所有的活物，从根上开出花，一个个肚皮膨胀起来。凡是会呼吸的生命都大大张开，向外伸展，感觉脉管里的一股冲刺力道，乐于冒险。七月的长昼喂饱了我们对光的饥渴，使位于前额的松果腺趋于饱和，我们感到前所未有的健康活泼。细胞里沉默的声音命令我们：繁殖，现在就去！

求求的转变

已经好几天了，空气里满是一个疯铁匠制造的噪声，邻居互相抱怨那不识趣、一大早就开始整修房屋的工人，所以我追查声音来源，看看究竟是怎么回事。我很高兴地发现，就在前院边上，有一只头颈鲜红的啄木鸟，利用金属的暂停标志牌，疯狂演奏它的求偶曲。这是鸟类中的电吉他摇滚明星。两只松鼠嘈杂地跑过屋顶，让我想起该给他们送上早餐了。我放下望远镜，一瘸一拐回到温室，打开窗户，扔出一些花生和葵花籽。十只松鼠像变魔术般忽然出现，默不作声地并肩取食。树叶和树丛的抖动吸引了我的视线，是一只历尽沧桑、皮毛褴褛、满怀恐惧的松鼠，怯生生地盯着干果。它的背部和头部掉了一大块毛，露出未愈合的伤口。见到它耳朵上的记号，我一时又悲伤又兴奋。是求求，被打得这么惨，过去的精神全消失了。我打开窗，它没有过来。看到它这么落魄受伤，真叫人心疼。就算核果和种子能让它振作一些，但它有勇气进入已成为其他松鼠领域的院子吗？

其他松鼠都吃饱以后，求求终于挤了进来。我扔了一把果仁给它，它吃了一些，很有耐心，很慢，仿佛有点恍惚。其他松鼠对着它咆哮，一只松鼠发动攻击，它跳上了一棵小树。后来又回来，吃了一粒干果，又离开了。它背上的伤口红肿发炎；它的眼睛无神、无光也无警觉，个性上的改变令人震惊。有一阵子，世上没有足够的核果吃，也没得储存。一度，它要取得所有的坚果，不知餍足，所有打扰它的松鼠都会被赶走。现在它显得昏昏欲睡、胆怯、脆弱，胃口也不好。其他松鼠威胁它的时候，它缩成一团。它慢慢爬上一棵大山胡桃木，躺在树枝上，显得疲倦而衰弱，其他松鼠则在树下大吃。人类处于这种状况，我们称之为"沮丧"。

消防队的喇叭响了，几乎同时，远方较不那么响亮的喇叭声，像散开的水纹般一波波应和。虽然我知道这是喇叭声，但我心灵的电影院，却放映出一幕幕马尔维纳斯群岛的海豹，从各自盘踞的礁岩上呼应嚎叫的景象。我微笑了。那是很多年前的事，从南极回程的途中，马尔维纳斯一位牧羊人告诉我，当地的老鼠会背对着大洋钓鱼，它们把尾巴放在水里，等鱼上钩。我半信半疑，后来我请教过遇到的每一位啮齿类动物专家（我碰到过很多），问他们有没有听过这种事。没有人听过，但他们考虑了很久，也考虑得很认真。这种事非常有可能。老鼠很聪明，适应力很强；不像我们，它们没法子把有毒的食物吐掉，所以其他老鼠进食的时候，它们得小心注意，一辈子都要为求生冒险。它们在旁观察松鼠大嚼南瓜子和葵花籽，看到没有一只倒毙，才敢确认这食物安全。我猜现在就很可能有只谨慎的老鼠在旁观察。

"恐龙战队"迷

我只巴望从房子的这一头走到那一头，通常我根本不考虑这种事，几分钟的小事。但我笨拙不便而迟缓的行动，改变了时间。时间变得支离破碎，洗个淋浴成了漫长繁复的特技。我撑着拐杖一纵一跳，像失翼的鸟。在屋子里的每项行动，都必须周详计划，做最经济的思考，安排额外的交通时间。花了十五分钟通过重重险阻，使用轮椅和助行器，征服小台阶，穿过装弹簧铰链的防火门，走进车库，我好容易爬上电动车，出发到隔壁去跟波西丝打招呼。她那个鼻子上有雀斑、满头卷发的四岁儿子约瑟先迎上来，表演一出应该是非常恐怖的"恐龙战队"（Mighty Morphing Power Ranger）①攻击默剧。他的凉鞋上有恐龙战队盾牌图案，甚至裤子膝盖上的补丁，照他的说法，也是"很特别的恐龙战队秘密补丁"。啊，是的，又一个入迷的年轻人。

"你会变身吗？"我很严肃地问，恐龙战队有变形的本事。

"不会。"他道，但他解释说，他跟其他恐龙战队一样易容出巡，打击邪恶势力。他就是那种对所有车辆都着迷的小男生（他看推土机操作会看得出神），所以我为他示范如何操作电动车，还让他按喇叭，发出不怎么带劲的哔哔声。

"这车能开多快？"他满怀期待地问。我开足马力，却还是慢吞吞地移动，使他大失所望。但他又想到一个主意，挥着小拳头边转边跳说："你只要说，加油，恐龙战队！"他们是以光速行进的呢。"加油，恐龙战队！"为了让约瑟开心，我高声大喊，波西丝和我便以一点六英里的时速出发了。

约瑟的狂热，我不觉得意外。每一代的孩子似乎都梦想成为秘密复仇者、正义斗士、善行使者。他们虽然幼小无助，却只感到家庭的局限，对自然的限制还一无所知，他们做着不虞破碎的华丽而伟大的梦，

---

① 美国极受欢迎的电视剧集，叙述六个具有超能力的高中生打击邪恶、拯救地球的故事。——译者注

他们在梦里拥有匪夷所思的力量——飞翔、隐形、只手对抗千军万马，使枪炮转向。我们被囚禁在肉体的臭皮囊之中，却渴望无所不能。这是诅咒，也是幸福。我们争先恐后要成为万能，不知何故，我们称这种境界为完美，我们幻想比最好的还要更好，突破肉体的极限，超越现在的自己，更高贵、更有才华，不要像那无聊、晦暗的自我，要做一个不会用食物污染自己的身体，也不经由肠道排泄秽物的生物，不怕感冒也不会僵化，像我们却又不是我们，无惧于时间，还能钻死亡的漏洞。每个孩子都重拾这样的渴望，做帝国中一个精通魔法的皇帝。他的诞生将改变一切，他的欲望都能满足，奖善惩恶的能力使人看不出他的软弱无助。幻想与欲望的假面戏剧中，我们除暴安良，集全世界的宠爱于一身，用所有的赞美装点着自信。孩子不仅把现实与梦想混淆，也握有这么做的特权。很讽刺，不是吗？我们唯独宽容这最小最弱的恣意好大喜功？我总觉得奇怪而矛盾，一般来说，普通人总是个子越高，成就越大，但谈到真正的伟大——无分艺术、哲学、政治——英雄往往特别矮小，就像从不曾因成长而忘却夸大梦想的孩童。

情绪与人格从何而来

　　战时，邪恶戴着熟悉的面具；要对抗纳粹或野蛮人。太平盛世，没有具体的敌人，就捏造魔鬼的力量，征服异教徒。但这种斗争总是打着善恶之争、"我们"对抗"他们"、"我们"的健康光明之道对抗"黑暗子民"腐臭灵魂的旗号。我想知道，为什么我们总要安排善与恶对立？

为何重视仁慈、利他、诚实、正义、公平、忠贞？翻阅家族相簿，很容易就看出你继承了谁的鬈发、细腰、方下巴。但要编一本人格特征的家庭相簿，就不那么简单，虽然亲戚们一定会讲，你的脾气毛躁就像父亲，活泼外向就像母亲，还有舅舅的幽默感。但哪儿有本家族相簿，能让所有人都一望即知，自己天性里那股运转的力量从何而来？我很幸运生活在一个已经开始有人提出这些问题的时代。演化？从猿而来吗？我们的情绪与人格呢？才不过一百年前，这样的思路还被认为是异端。现在我们正致力绘制大脑神秘彼岸的详尽地图。

散步归来，波西丝忙着进门去照顾一岁大的罗斯。我不知道是否事实真的就像克莱因所说的，情绪的饥渴源自对"好乳房"的记忆，那是个我们穷毕生之力搜寻的幻影。过去八年来，我常见波西丝哺育她的三名子女。他们是否会把那再也不会重现的幸福记忆深藏脑海？她走进屋里时，我仔细端详她，漂亮的棕色眼睛、小巧的鼻子、宽广的前额。感觉那么有力量。还记得在洪都拉斯，我问一位整形外科医生，进行整形手术时，他有没有想到正接受手术的那个孩子，他忽然大吃一惊说："我的天，如果想，我就根本做不下去了。"

吃罢晚饭，我搭出租车到市区的"生命线"值班，好不容易靠轮椅支撑爬上门廊，然后得爬室内的两层楼梯，以每一级为基点，单脚跳上一级。才到半途，我的肌肉就开始发抖，只好停下来休息。坐在楼梯口，看看上面那层楼梯，再看看下面那层楼梯，我就像位于埃舍尔的画里。叫值班的辅导员也没用，我听见他正低声讲电话。下一层楼梯爬得相对快点，我终于用肩膀把门顶开，钻进辅导室，已是满身大汗，背上还背着登山背包。一名戴眼镜的壮硕男子坐在椅子上，挂着微笑转过身来。有一阵子，他迟疑着不知该怎么办。来电者需要帮助，但他的同事也一副急需支援的样子。他身体绷紧地立起，我猜他打算不放下电话而帮助我坐下，所以我打手势表示我没事。他点点头，对电话说："我试着梳理一下您说的，你发现你的前妻在窃听你的电话，然后把它编辑成另外一套话？还有她每次跟你交谈都带着迷你录音机……嗯哼……她可以把你的话重组得那么好？……她借你的口说些什么话？……天啊，难怪你会担心……我不知道这种事在民事法庭是否站得住脚，你可能得请教律师……她开着录音机跟你说话，你是什么感觉？"

听来是一个蛮有趣的电话。我坐在附近的椅子上，先读"热门通告"和"周五通信"，检视告示板。有张来自牙买加的明信片说："终于找到一个睡觉不怕被人打扰的地方。给每个人送上来自热带的问候。杰克。"是杰克·斯迈思，我只听过他的名字。几年前，有一天，患流行性感冒的杰克发着烧还值大夜班，他躺下打盹，不料却昏睡不醒。当天晚上，有个常打电话来的汉克，打了好几个电话一直没人接，开始担心起来。他本以为自己拨错号，但再拨还是没人接听。二十四小时的热线电话怎么会出这种事呢？汉克来电已好几年，他把"生命线"辅导员当作好朋友，夜越深，他越发担心。最后他惊慌地去报警，警方跟"生命线"的主管玛丽安·苏丝特联络，她打到"生命线"还是没人接，便约了巡警在"生命线"碰面。他们冲到楼上，发现门上了锁，拼命敲门也没有回应。大队人马又回到楼下，两名警察把车停到二楼窗户下面，从车顶翻进窗子，打开楼上的门，让玛丽安进去。三个人又拼命敲从内反锁的辅导室的门。一片沉默。难道辅导员心脏病发作？玛丽安翻遍了办公室的抽屉，终于找到辅导室的钥匙。她跟两名警员做好面对最恶劣情况的准备，进去后只发现杰克在沙发上呼呼大睡。玛丽安拍拍他的腿，他立刻醒来，还条件反射地说道："这里是'生命线'，我能帮助你吗？"

值班之夜

吉姆讲完电话，我扶着助行器起身，一点点向前移。我解释道："今晚我太野，所以自食其果。"

吉姆笑着帮我在办公桌前就位。"你怎么搞成这样？"他问。我一时有种冲动，想编个精彩的故事，告诉他我在研究鳄鱼的性别，然而其中一条鳄鱼感到不满；或是我差点就达成在马戏班表演高空走索的毕生梦想。不过我还是说出了无聊的真相——几级低矮的台阶，轻微的擦伤。吉姆是个好心肠的中年律师，离了婚，常值圣诞节、感恩节、除夕或新年的班。他有那种耐心的优点，还有一种我猜是每天跟寂寞搏斗养成的气质。我经常趁假日打电话来，因为知道这种日子他会值班，只为了问声好，祝福他心情愉快。

"自己家台阶还是别人家的？"他装出专业口吻开玩笑地问。

"少啰唆！"

他摊开双手，做出"好吧，就算传票传唤我我都不管"的手势，临走时还同情地拍了拍我的肩膀。

晚上我接的第一个电话，是个二十岁的女郎，要谈她从事的妓女行业。她一本正经，说话肆无忌惮，带有轻微的西班牙口音，自称跟一个三十四岁的内科医生离婚还不满一年。她描述自己是个高挑、胸部丰满、满面雀斑的红发女郎。八月间，她在餐馆遇到一名妇人，邀她加入应召站，接待的客人大多是医生。随着她的故事发展——老鸨如何征召她、那些出钱买她的男人——我的嘴巴不由得因吃惊而越张越大。专门以本地医生为服务对象的应召站？我从来没想到！我在脑海中快速搜索记忆中的面孔——他找过她服务吗？哪一个呢？或另外一个？她讲了一些做妓女使她自觉越来越女性化、越来越完整的细节。但我忽然察觉自己没有用心听；这些事太令我震惊，太离奇了。但事实的经过其实不重要——它只满足我对色情的好奇，来电者才是最重要的。这时，我才恢复跟她同步，试着去了解为什么很多妇女觉得羞辱的事，在她身上的效果却恰好相反，会使她觉得更女性化、更完整。她的新男友埃德加能填满她的身体，他们对性生活很满意。为什么川流不息的陌生男人的色欲使她更满意自己？这令人不解。要知道，很多妇女都幻想成为高级应召女郎，所以凯瑟琳·德纳芙主演的《白日美人》，叙述厌倦的家庭主妇白天趁丈夫工作出外卖淫，这样的电影才会广受欢迎。

如临黑色电影的奇境

我这位来电者最担心的是年幼的儿子发现真相，她不愿欺骗他，对自己的评断就格外苛刻，需要"对整个情况做一了断"。她说她喜欢身材高大、粗犷的嫖客，据她描述，第一次接客时，她躺在床上，双腿大张，他即将进入她时，她觉得仿佛某种诗意的事即将降临她的人生，一个极其重大的改变。她的语调平淡，用非常直白的词汇描述身体器官，说明当时的情形。这位嫖客的阳具尺寸特别巨大，他的冲刺有将她撕裂的危险，他一遍又一遍告诉她，要用它杀死她。她描述他充满暴力的语言多么令人兴奋，他在她体内推撞给她何等样的感受，事后那种疼痛又是多么畅快。我眼前立刻出现当时的情景，从几个不同的角度设想——她的、嫖客的、偷窥者的。我是否身历黑色电影的奇境？感觉到那名男子的热度，嗅到他的汗味，想象他猛烈的冲撞，我什么也没说，什么也没问。我不认为来电者怀有猥亵的企图，我完全相信她的话。这实在太性感了。

从这一点出发，我们讨论了几个她可能有兴趣思考的问题，以及接受治疗的可能性。她是否想自毁前程？她是否结婚太早？服从（老鸨和嫖客）是否使卖淫更具吸引力？她在狂歌痛饮的派对中，被一个接一个的男人占有，为什么会觉得特别的"被照顾"、"女性化"、"完整"？我猜她觉得做一个年长医生的全职家庭主妇兼年轻妻子，非常失面子，而她的双重生活却赋予她控制前夫及其他男人的权力。我猜她有一段复杂而悲惨的过去，但这些只适合治疗时探讨，既然她对自己的动机如此清楚，也希望改变这种上瘾的行为模式，我就鼓励她打电话给"心理保健协会"，找一位辅导员进行疏导。通话结束时，我鼓励她再打电话来谈，她向我道谢，并问我下次什么时候值班。但由于规章不允许我提供这种信息，我只好向她保证，其他辅导员也会同样关心这事。事实是，有些人会比别的人更关心，她跟某些人谈，也会比跟另外一些人谈更觉得安全，但大家都不会批判她。他们可能巴不得也碰到这类问题，或跟她约会，但没有人会批判她。

"我需要冲个冷水澡。"放下电话，写记录时，我大声对空气说。

十五分钟后，一个有气无力、说话散漫的男人打来一个悲伤的电话。他最渴望也最不可能成功的愿望就是体验怀孕。每次走进百货公司，他都深受婴儿服饰吸引——"看到那些小帽子、小鞋子，我简直心都碎了。"尽管偶尔有机会帮妹妹看两个小孩，但他真正的心愿却是用自己的身体孕育新生命，感受婴儿在体内踢打，愉快地生下来，把婴儿抱在怀中，用自己的乳房哺乳，哺乳对他特别有吸引力。又是"好乳房"的问题，波西丝会了解。从各方面来说，这都是一个温柔刻骨的电话。打电话来的可以是男人，也可以是女人，所以我不从性别的角度处理它。我不知道他是否是同性恋，但这不重要。没有子女的女人有时也会有这种憧憬，它就像掠过灵魂的一阵闪电，使世界暂时变得更悲伤而空洞。他倾吐了一阵最私密的失望，他感受非常深刻，却无法向任何人透露。女人彼此之间常谈论这种事，但男人不会。谁能了解呢？最后，他把心里的话一吐为快，我们就挂了电话。他来电是因为寂寞，跟生活脱节，这样的理由已经够充分。

药物副作用惹的祸

电话听筒刚挂回去，立刻又响起。来电的女人担心她服的抗抑郁药物是否剂量不对。一个月来效果还不错，但这个星期却引起了严重的偏头痛。她在心理保健协会的医生，今晚不看病，她觉得孤单又害怕。我答应帮忙找到他——或其他有专业知识的人，我试着安慰她，向她保证虽然抗抑郁药物有时会产生令人害怕和困惑的副作用，但不致危及生命。我跟心理保健协会联络，却只有电话录音。电话簿上没有登记她医生的电话。于是我打电话给紧急心理医疗顾问，他们告诉我，派克索（Paxol）确实会引起偏头痛，但她若停服一天，不会有什么影响，然后明天再打电话给主治医生。我打电话给她，向她说明状况，她听来松了一口气。服药而引起危险的反应，却找不到人求助，也不知道怎样才是"正常"，真是没有比这档事更令人害怕的了。

派克索、百忧解以及类似药物，都属于SSRI类药物，借增加脑部血清素的含量，缓和沮丧的情绪，很多人相信血清素含量低就会经常感到抑郁。确实，研究自杀者大脑的人员发现，他们脑部的血清素含量远低于正常值。问题是，何者先发生，沮丧或血清素降低？严重灾祸降临，我们必然会感到抑郁，但到底是这种事带来的震撼影响各种生理作用，包括使血清素降低，还是因血清素太低，导致当事人把本来尚可忍受的情况视为大灾难呢？

我对血清素选择性回收抑制剂运作的方式很好奇。讯息在脑部透过神经元传递，我想象它们的接触点就像两个国家的海岸线。在我心目中，它们就如同文艺复兴时代北欧的海港都市，中间有条供货物航运的河。血清素在东岸的仓库里等候，号令一下，船只就载满货物，横渡河流。对岸的居民看到那么多血清素运到，雀跃不已。只要看到这批货，他们就兴奋起来了。这时，血清素就算完成了任务。船商把它带回东岸，再次装回仓库，等待下一次渡河的指令。这个譬喻中，河流是一个突触连接，含有血清素的船货是神经递质，回到东岸，把血清素放回仓库，就是回收的作用，血清素选择性回收抑制剂的作用就是"阻止回收"。在我们的譬喻中，码头忽然封闭，满载血清素的货船停在河中间。在西岸居民看来，这等于掘到了金矿——大量血清素就在触手可及的地方。

百忧解的利弊

五年前，我试用过百忧解，它正如预期能使我情绪高昂——说得具体点，它让我觉得比好更好——但最不可思议的是，它暂时改变了我的思维方式。有生以来头一遭，我可以做线性思考，可以随心所欲地安排、架构、计划、分析、解释、讲究务实与效率。如果我本来就是一个线性思考者，这么一来，必然更易于发挥我的天赋能力，使我的工作大有进展。但是心灵与物质的神秘搭配，造就我诗人般敏感的个性，百忧解会使我无法再用与生俱来的隐喻方式思考，无法再因物取譬，探讨乍看毫无关联的事物之间秘密的关系，像有一道铁栅栏隔断了我的想象，泉涌般的思绪倾注成静止的酒液。这过程非常机械化，所以我不觉得惊慌，整件事都毫无疑问。它不像灵感枯竭的感觉，也不像着手撰写新书前，等待灵感满溢的那种急切而烦躁、焦虑的着魔阶段，这完全跟自然状态不一样。它比较像是除夕晚会中途，有人走进派对现场，把所有灯光关掉，跳舞的人和乐师都停在原位，但不再演奏，也不再舞动。

服用百忧解，我可以写非常直接、简洁的句子，像这句一样，但每当我探索隐喻的世界，试图用文字照见生命中隐晦的事物，却总是一无所成。就像站在悬崖边缘，伸手摸索稀薄的空气——相对于随手一抓，就捞到一只老鹰，如果你知道老鹰就在那儿，知道能抓得到它，但现在却一片空空如也，怎能不迷惑呢？当然，对感官的运作增加一点认识也很有趣，但我不能这样过活而以为正常，所以我不再服用百忧解。而一旦停服，派对就像当初忽然静止般顿时又恢复了生气，空气中满是老鹰拍翼，我又回到熟悉的世界。

隔了几年，我告诉一位神经科学界的朋友这段经过，他很能体会地点头说："我想我知道发生了什么事。百忧解的一种作用是提升脑部神经递质多巴胺的阈值。对于从事创作的人，这反而会造成障碍。"还是用文艺复兴海港城市打比方：就像多巴胺的货物也放在码头上的仓库里，等着装运到河对岸，这时却通过一条新法律。本来船上载足一吨货物就可以过河，现在却必须载足五吨才能通行。多巴胺还是可以运过河，不过需有更多分量才能通行。多巴胺有什么重要性？它似乎跟处理新信息有关。正如所有神经传导元，它的分量过与不及都不好。有人认为精神分裂就肇因于多巴胺过量，病人能接收到远超出实际需要的新信息。[①]

---

① 仅美国境内，就有两百三十万名精神分裂患者，关于这种病症的起因有多派学说。很多研究者相信，元凶是胚胎发育期间的脑部异常。胎儿在母体内脑部发育期间，主要的神经细胞移转到错误的位置，搭错线的大脑遂对现实有错误的认知。但又是什么因素导致神经元乱窜易位呢？有人认为终极原因与遗传有关，也有人认为是环境的问题，例如母亲在怀孕的关键时段，受到某种病毒侵害。——作者注

有的科学家相信多巴胺太少，跟一般所谓的怪癖有关。持这种说法的人认为，怪癖者没有能力处理与社交有关的基本信息。很多怪癖的人活得很愉快，也很讨人喜欢，他们的特立独行和幽默感，也深得朋友欣赏。但也有些怪癖者抱怨寂寞和备受鄙视，始终被外界排斥。怪癖者服用可增加脑部分泌多巴胺的安非他命后，就会变得较有能力解读人际相处的微妙规则，改善适应状况，诸如此类的有趣研究，显示人格的无限宽广，也告诉我们心灵多么善于顺应、易受训练。原则上，抑郁、焦虑、偏执，以及其他令人不适的心理状态，都可以借调整神经传导元改善。甚至丘吉尔所谓的"黑狗"（Black Dog）——纠缠他一辈子，令他苦不堪言的抑郁症——也可以被关到狗笼里，但抑郁症的成因却是多不胜数。

自杀者的大脑

在一项有关"自杀致死"的尸检研究中，研究者发现，很多研究对象的生化状态都不正常。我已经提到，他们的血清素都低于正常水准，这不仅使人易感沮丧，而且会变得特别冲动，一旦觉得不快乐，就会立刻寻短见。同样值得注意的是，这些人控制愉悦与痛苦的大脑细胞也与众不同。类鸦片制剂摄取体位于某些脑细胞表面，对身体分泌的某种类似鸦片的化学物质产生反应，决定我们对快乐、痛苦、幸福的感觉。我们需要相当分量的这种物质，才会觉得舒适、满足、没有痛苦，因而也觉得人生乐在其中，值得活下去。缺少这么起码的快乐，人类就不会有求生的欲望。所以千百年来，经天择挑选的各种人格特征，再怎么变来变去都始终少不了它。

但自杀者特别多愁善感的大脑，含有某种类鸦片制剂摄取体的量，比一般人多一到八倍，而另一种类鸦片制剂摄取体的量，却仅及常人的一半。因此他们大脑线路跟其他人不同，人生变成一片沙漠，有时会口渴到无法忍受的程度。"我再也受不了这种痛苦啦！"沮丧的人几乎总是这么说，他们指的是一种心灵的创伤，好像弄得你全身都痛，却又说不出痛在何处。它不是一种肉体的实有，而是潜伏在神经元里的鬼魅，就像四肢的幻痛。其实只要他们能以不同方式处理快乐与痛苦，就不会那么难过。很多抑郁症患者也有慢性的肉体疼痛（比方说，偏头痛和腰痛都跟抑郁症有关）。类鸦片制剂系统里出了差错，特别容易感到沮丧，或许是与生俱来的问题，但我好奇的是，抑郁症患者常把自己的不适形容为"痛"苦。他们觉得无助无望，但感觉上却有如伤口的痛。为什么大脑以这种方式记录？

想当年，就是诸如此类天真的问题，使我上了大学。我还记得这些可望而不可即的念头刚开始逗引我是什么时候。那时我十六岁，暑假没课，也没有关于皮肤癌的警告。海滩摇滚电影使我们整天晒太阳、唱歌，当时流行用封箱胶带在背上贴男朋友的名字，然后在大太阳下躺几个小时，直到把他的名字戴在身上。有天我在我家附近的林荫道上做日光浴，一边看报，忽然读到一篇简短的报道，说精神分裂症患者连汗水的气味都不一样。如受雷击，我觉得这种暗示太令人兴奋了，像是冰冷的蜘蛛在我颈上爬行。难道所有精神疾病起因都是化学效应？或是病毒？那么创意、好勇斗狠、乐观、情绪多变，又如何呢？自我究竟是怎么回事，大脑跟心灵在什么地方会合？

基因作祟

我在波士顿大学还是大一新生的时候，曾打算专攻当时所谓的生理心理学，为这些引人入胜的问题寻求解答。但因为种种原因，我大二转到宾夕法尼亚州立大学，他们的电脑误把我安排在英文系，此后我就一直羞涩而狂热地从事了一辈子写作，我认为这是命运。但我一直保持着最初对人性的迷恋，这年头这样的迷恋总会有回报，生物心理学家经常发现具有挑战性的线索，获得新的洞察。比方说，因精神疾病住院或自杀的人，8% 有一种钨（Wolfram）基因，使他们特别容易感到悲伤。有这种基因的人（在超过一百万的人口中约占 1%），需住院治疗或干脆自杀的概率是一般人的八倍。还有一种由马携带病原的博那（BDV）病毒，跟人类精神疾病有关。胆固醇低的人自杀率是胆固醇高的人的两倍，这真的是不可思议，科学家怀疑胆固醇低是否会减缓血清素的传递。

受测者接受正电子发射型计算机断层显像（PET）扫描，同时被要求想悲伤的事——他们依言照办，有人还哭得涕泗纵横——前额眼睑的大脑皮质就开始活跃。不过，男人身上只有左半脑受刺激，女人则两边大脑都参与作用。我们从实验得知，女人较善于分辨男女脸上的悲伤表情。有些女人抱怨她们的男人对她们的感受反应迟钝，事实可能真是如此，但并非因为男人不关心她们，而是因为一般而言，男人对悲伤的表情都有点"色盲"。

被遗传出卖

那么，是否女人的悲伤跟男人不一样，而且比男人更常觉得悲伤呢？大多数女人说她们比较容易受沮丧影响，这后面当然有充分的社会因素。女人较常陷于孤立无助，机会较少，被迫在更多的不公正、不人道待遇之下忍气吞声。但这可能也涉及生理上的因素。做惯猎人与斗士的男人，面对压力时反应较快，倾向于采取行动。他们不在乎跟动物或其他人类打架浪费精力，甚至拿生命冒险也在所不惜。女人作为哺育者，必须继续生存，抚养孩子，所以面临压力时，采取养精蓄锐的策略比较有利；但这也使她们对其他人的感受更敏感，以便尽量能远离危险。还有，女人常忍耐痛苦而卑屈的关系，沦为受虐狂。我们很多来电者都是婚姻中备受虐待却不敢挺身打开一条出路，或干脆离家出走的妇女。她们做不到这些事的理由很多，但毅然摆脱恶劣两性关系的男人远比女人多。窥探、殴打或具其他危险性的配偶，几乎总是男性。这一方面是因为演化使男性表现自我与解决问题，都采用更暴戾的手段；另一方面也因为女性比男性更重视依恋与依赖。但这些知识对于在恐惧中打来电话的女性所要应对的问题来说并不能起到减缓的作用。告诉她，她的烦恼有部分是化石，也不会有帮助，她被遗传出卖了。弗洛伊德有次说，每对情侣相对时，室内总有六个人——这对情侣和他们各自的家长。我觉得还不止，不计其数的祖先也环绕在四周，他们会试着捣蛋，闹得 20 世纪的湖滨小镇也不得清静。

一小时过去，没有电话进来，我懒洋洋地想着前一位来电者。但愿她的偏头痛已停止，但更重要的是，她应该跟药物讲和，消除内心的恐惧。谁不害怕呢？我们想到自己的身体，总觉得迷惑和害怕，为它的复杂巧妙而迷惑，为我们的意识与生命相系的一线竟如此粗糙脆弱而害怕。等着电话响起的当口，我把上半身探出窗外，仰望夜空。流云朵朵的夜晚，最适合约瑟的恐龙战队出击。善恶之争中，坏人总是像老鼠一样在暗影中奔走，借着黑暗的掩护作恶。

开放的昴宿星团在金牛座熠熠发光，找到牛背上那群苍蝇就是了。虽然肉眼无法分辨，但我知道褐矮星住在哪一带，太空深处一个光芒暗淡的居民，说它是行星嫌太大，说它是恒星又嫌太小。由充满气体与尘埃的坍缩方组成的褐矮星，因为某种原因未能点燃成为火光熊熊炼狱般的恒星。它的核心是冷的，所以不够明亮；它能为人看见，主要因为含有大量的锂。锂也是躁郁症患者用以稳定情绪的主要成分。我打赌躁郁症患者很乐意知道，他们跟外太空遥远的星球共用一种化学元素，这些奇妙的星体靠锂的使用确立它们的存在，为人所见。像我们的太阳之类的恒星，锂加热形成核子熔炉，将它自身销毁。但褐矮星冷得烧不起来，锂就留在表面，成为它的标志。如果我拼命用力看，今晚只能看到昴宿星团的六颗星。用望远镜则可以看到几十颗蓝白色的星，形成一个我知道含有多达两千颗星星、可望而不可即的"蜂巢"，或像丁尼生在《洛克斯利大厅》中写的，"编成一条辫子的一大群萤火虫"。

164

全世界 80% 的人口都看得到昴宿星团，埃及人、中国人、波斯人、玛雅人、澳大利亚原住民、希腊人、日本人等各种文化都膜拜过它。古代日本人称它为"速霸陆"（Subaru），1953 年，六家公司联合生产汽车，就用这片星团作为商标。保罗收集的胡比（Hopi）印第安人偶（kachina，胡比族人用白杨木雕刻的彩饰娃娃，用以教小孩认识这世界）中，有一个黑白两色的人偶，名叫"马司特普"，代表天空，前额有一道手绘的白纹，象征人类在宇宙中留下的印记。它一边脸上有十一个白点，代表昴宿星团。因为某种原因，昴宿星团七颗最亮的星一直被视为女性——七姊妹，是女神伊西斯（Isis）的化身。我不知道一片朦胧中的几颗星星，为什么予人女性化的联想。有人觉得它像女阴吗？或它的宽阔、流动、肥沃，使人联想到女人的身体？炎炎夏日，坐在清凉的树影里，思考这事倒挺合适。

太阳思考自我的方式

古人欣赏昴宿星团，但其中的星星并非特别古老。蓝白的星光透露，它们年纪相当轻，炙热而不稳定，被不断狂乱地跳动、旋转、喷溅的气体包围。它们不及恐龙老，可能与人类同龄。啊，它们那个爱用锂金属、肤色深暗的矮个子伙伴不见了踪影。我用力瞪视，恍惚间又好像看见了。若说人与星星有关系，我猜大家都不会感到意外。金银首饰的每个原子都是在超新星里创造的。我们喝的水，呼吸的空气，脚踏的土地，我们的身体这复杂的一包液体、盐分、矿物质、骨头——都是在我们的太阳形成之初的混沌中制造出来的。我相信天文物理学家约翰·惠勒说得没错，人类是太阳思考自我的方式。

　　但愿德里克能在旁分享这一奇想，与我畅饮星光。四十年前，德里克的博士论文写的就是昴宿星团，他在波士顿市郊的橡树岭天文台观察，用一部六十英尺的无线电望远镜瞄准昴宿星团的心脏，静静聆听。那就像向天空伸出的一只金属大手，倾听，倾听，穿过我们想象所及的最漫长的夜。他渴望听见宇宙急切的悄语，其他星球的生物从遥远的岗位发出的召唤。每一夜他都按照例行程序备妥仪器，热切地聆听。后来有一晚，奇迹发生了：他听见一个信号，一个智慧的信号规则地重复。想象他多么兴奋，二十六岁，地球上第一个发现外星生命形式的人，窃听到其他世界的心灵。他喘不过气、发抖、冒汗、直打冷战，他知道自己站在人类历史大变动的前夕，他是全地球唯一知道这事的人。德里克说，就在那心跳如擂鼓的一刻，他的头发开始泛白，他未满三十岁，就已满头白发。那信号持续沿着氢原子光谱传来，这对外星文明而言是合理的选择，因为宇宙到处充斥着氢气。根据追踪这信号的正常程序，他把望远镜从昴宿星团上移开，但最惊人的事发生了：信号竟然跟着他走。他心力交瘁地觉悟，这不是什么外星来电，而是某种很可能来自军方的干扰。它跟外星人无关，更不是来自昴宿星团的声音。希望在他手指间揉成一团失望，就如同从偏执到沮丧的云霄飞车——几分钟内，他从无与伦比的高处急落至谷底。德里克一直是个好听众，不论听的对象是人或星星，他耐心地调整频率，在黑暗中等待其他的声音、其他的现实，有能力从噪声中筛选出意义。每个月两个星期五，他来"生命线"

值大夜班，还有谁比"电波天文学家"，更有资格在大多数人都感到迷惑或害怕的深夜时刻轮值？

我爱夜晚的世界，月光与阴影的风景，地上有夜行动物一闪一闪的目光巡逻，夜空是高挂着星星的华丽胸衣。但我知道这一点并非寻常。大多数人对夜晚的联想都是灾祸。我们是多么奇怪的生物，每天三分之一的时间躺在黑暗里。睡眠时，身体似乎很平静，意识之酒已被清空了。但同时大脑还在旅行、讲故事、惊慌、随着强烈的情绪团团转、沉迷在群魔乱舞的夜里。所谓的"夜晚"，就是我们用于面对秘密角落的时刻，那儿栖息了其他太阳系，甚或其他畏惧夜晚的生物。我们在夜间只看到月光或人工照明投下的阴影，但夜晚本身就是一片阴影。

夜的迷思

因为夜晚的世界迷惑我们的感官，它引逗我们，也使我们害怕。在白天，感官会警告我们，讨我们欢心，引领我们。但到了晚上，它们开始斗争，我们就像猎物般脆弱。其他生物——蝙蝠、蛇、鼠、昆虫、狮子——统治那世界。夜间生物生活在正常时间之外，亦即生活在善与恶的宰制之外。我们把夜间生物跟那些不做好事的人联想在一起，他们欺凌其他人，向自然挑战，违反自己的生物周期。如果我们生活在雨林中，必须在夜间出没的掠食者爪牙之下求自保，就只好跟老祖宗一样，生活的一部分总是笼罩在恐惧之中。即使现在，扭曲现实的梦境中，还是常有怪物出没。想到夜晚由蝙蝠和其他恶兽主宰，我们白天里视为理所当然的安全感就蒙受威胁。我们猜疑所有不循常规生活的生物，都会为非作歹，盗墓食尸。尽管美丽和善的天蛾，悄无声息地在雨林的暗夜中行动，我们未曾醒来观察它们。它们对大多数人而言，只是谣传。如果我们在朦胧的月光下看到它们，只觉得它们古怪，对不出清晰的焦点，仿佛是魔法。怪兽电影里，狞恶的狼人或外星人趁夜追猎我们。显然人类虽居食物链最高层，仍是惴惴难安——夜晚还使我们未能忘却我们可喜的脆弱。记得吧，为了使地狱更可怕，神学家把它形容成一个只有星星鬼火照亮的地方。无法建构弥漫夜晚的漆黑内部的真相，我们就用自己构想的怪物填满它。为了压抑内心的惧怕，我们改变夜晚，把它变成了一个包括迪斯科、通宵营业的餐厅、游乐场、赌场、拉斯维加斯式城市霓虹灯火辉煌夺目的城市景观。

　　跟白日洋溢的感官讯息隔离，工作已做完，看不见别人，无处可去，人在夜间最为孤绝。他们喝酒直到心灵一片黑暗，或幻想永远变成黑暗的一部分。从黑夜的巨厦打电话来"生命线"的人，听来都好像流落在时间之外，遗失了地图和罗盘，在白日黑夜的巨大钟摆之外漂泊。他们有种破晓前的疯狂。正如菲茨杰拉尔德在《崩溃》中所写的："灵魂真正黑暗的夜里，永远是凌晨三点。"如果他们能撑到天亮，阴暗会褪去一点，熟悉的人和例行事物带来希望。更好的是他们能找到星光照亮的回家小路，但夜的世界里，到处是引人沉沦的罅隙。

第九章

小心黑狗

丘吉尔漫长人生的最后五年，

因中风而半身麻痹，

他对抗抑郁症的斗志全失，

只一味坐在椅上凝望炉火。

他不再阅读，也难得说话。

黑狗终于追上他，扑到他身上，

用它的重量把他压扁。

值班常平静无事，即使大夜班也不例外。低潮期很容易感到无聊，希望有一个电话打断我的孤独，带来新鲜的大变化。我瞪着电话看，凝神等待第一声惊响。然后我感觉到罪恶感，因为这事实上代表希望某人陷入麻烦。交班的辅导员通常会对接班的辅导员说："值班快乐。"我猜我们的意思是：但愿电话铃常响而且每次的情况你都能应付，使你觉得在这儿的时间每一分钟都有价值。但我们不把话讲明，因为我们应该是说：但愿今天没有人受苦而需要你帮忙。不像一天接数百通电话的大城市"生命线"（例如旧金山），我们这儿一天有三十个人打电话来，就算忙得不可开交了。但我值班时，也不乏一小时接五六个电话的情形。

心理解剖

为了打发时间，我会翻阅记录簿，有时里面会夹一些简报。最近有三件事需要"生命线"协助，两次自杀和一次谋杀。这次谋杀也是一种自毁的行为，一个二十四岁的青年杀了他前任女友的新男友，使自己被判无期徒刑。自杀包括一名十六岁男孩在汽车上用枪自尽。他是一个"小爸爸"，有个残障的婴儿，自觉无法面对突如其来的庞大责任，挑起养家糊口的担子。这是他就读的高中过去一年来第二度发生自杀案件，"生命线"的一部分长远职责就是设法处理校内对这件事的反应，尤其他的弟弟还在该校就读。我们希望学生知道可以打电话到"生命线"来，但又不致引起骚动，导致自杀者的弟弟被人另眼相看。"生命线"的自杀防范小组已经跟这家人见过面，跟他们谈过话。因为自杀发生后，家人往往自责，以为当初应该参加男孩提议的某项活动、不说某句话、给他某件他想要的东西、在他说话时多用点儿心聆听。他们常陷于"要是……就好了"的阶段而无力自拔，永远脱离不了伤逝的折磨。这一次，男孩的家人无法面对现实，也想不出他为什么走上绝路。但调查显示，动机非常明显，他是个备受生活压力的青少年，婚姻、父职、完成学业、养家之外，他还酗酒嗑药。这种过程叫作"心理验尸"。我刚开始到"生命线"工作时，一位新认识的朋友向我吐露，玛丽莲·梦露去世时，他在"生命线"洛杉矶分会担任辅导员，因而参与这件引起广大争议、轰动一时的案件的"心理验尸队"。设想深入探讨一位全裸的偶像的神秘死因。虽然她的死亡真相至今仍纠缠不清，谣传她很可能是被谋杀，我的朋友却确信她是自杀的。

还有更多的剪报。几个月前，一名二十二岁的女子因男友跟她分手，在他家屋前的车道上自杀。她这么年轻，害怕没有他的未来岁月会难以忍受。震惊与伤痛使她的家人濒于疯狂。再早几个月，一名三十岁男子跟女友吵架，跑到卡车上，拿猎枪自杀。她追在他身后，但赶到时已来不及了。看到尸体令她惊惧万状，任何人都会如此，她需要接受适当的心理辅导。

预防辅导员试图追溯的不是情绪，而是与具体事实有关的回忆，抽离出使一件事难以忘怀的感官细节，因为这才是大脑储存受伤记忆的正确方法。偶发事件往往造成心理障碍。例如，一名妇女正在煮面，接到一个电话说她姐姐自杀了，此后她每次煮面都可能觉得悲伤，虽然她未必了解原因何在。这一现象有个术语叫"环境条件主导"（state dependency）。如果在特定的环境下得知某事，那么处于同样环境时，就会想起这件事，尤其是创伤的记忆。如果类似的环境长时间不重现，记忆就处于休眠状态，像一颗未爆炸的地雷。

电话还是静静"坐"在桌上。边等它响，我边翻阅一堆杂志，边提醒自己。随手翻开一本《新科学家》杂志，恰巧看到一篇有趣的文章。研究人员把男性穿过两晚的汗衫交给妇女，请她们挑选最有吸引力的一件。她们一再选中免疫系统跟自己不同的男人穿过的那件。只有一种情形例外——服用避孕药的妇女会选免疫系统跟自己相同的男人。为什么人类的演化使我们凭嗅觉这么下意识层次的暗号，挑选终身伴侣？因为如果你跟一个免疫系统不同的对象结婚，子女较可能同时继承双亲的优点，提高生存机会。但怀孕的妇女有特殊的需求——不是挑选新伴侣的问题，而是向有亲属关系的男性求助，使婴儿得到照顾和保护。又得到拼图的一片，人类家族相簿又添了一张照片。如果我凑拢足够的行为模式的断片，是否最后就能看到完整的全景？我把这一页折个角，把杂志放在沙发上，提醒自己离开前记得复印一份。接下来怎么办？

电话铃响，我拿起电话。不是什么大事，容易解决。沉默。

桌上一个玻璃罐闪烁锡箔的反光。我伸手进去取出一大把巧克力糖球，每个都是完美的乳房形状，我打赌这是一群后弗洛伊德营销专家设计出来的。

惠特曼遐思

我从背包里掏出一本书角翻折、泛黄的惠特曼《草叶集》，阅读熟悉的段落，停留在若干最心爱的诗行：

"含有广大的激情、搏动、力量的生命"……"我们也像太阳般闪闪发光，威力无比地上升"……"像创世般庞大鲜活的男高音充满了我"……"满身长满硬邦邦青春痘的鳄鱼睡在湾流里"……"午夜伸长手脚静卧"……"用希望的葱绿编织我气质的旗帜"……"你一直紧抱一块木板，畏缩地涉水向岸"……"让你的灵魂岿然挺立，在一百万个宇宙之前创作"……"透过我许多悠长而暗哑的声音"……"我热情的浸润"……"生命……许多死亡的糟粕"。

靠回椅背上，漫视天花板上的裂缝，我忆起拜访惠特曼诞生的地方，意外地发现它懒洋洋躺在长岛亨廷顿镇一条安静的街道上，像一个绿洲蜷缩在郊区扩建的沙漠里。1810 年，它想必是一片连绵的农舍，随处可见雪松的裂隙，起伏、肿胀、绽裂、干燥后成为陈年血迹的颜色。

惠特曼的木匠父亲亲手造了这栋屋子，屋里斑斑皆是他别出心裁的奇怪想法，像是上下两扇可分别开关的门、承材支撑的烟囱，尤其那一大排放肆得丝毫不讲经济效益、洒进大片阳光、奢侈过度的窗户。

　　屋子里每个角落都迸发着活力，从每个树节都细心拼在榫口上的橡木楼梯，乃至白粉墙、壁炉、门框，以及门上遍布的蓝莓斑痕。这栋外面穿戴着树木装容的房子，里面则浸透阳光和附近海洋的色彩。橡木地板上敲满铁匠铺打造的钉子，但阁楼的横梁却是靠榫头接拢。惠特曼的时代，屯垦者搬家时，甚至不惜烧掉房子，以便回收铁钉。木材很充裕，手工打造的金属制品却跟镭一样珍贵。

　　我发现每个房间都有两到三扇长窗，装十二块手工吹制的玻璃，而非一般的八块，每块玻璃的大小都跟惠特曼《草叶集》初版一样是四开的。原装的玻璃有细致的瑕疵，类似透镜；透过它们看出去，宛如雾里看花，我想象他夏日里如何在此清心静思。

　　站在外面，透过窗户望向这栋屋子的灵魂，一切都归于黑暗。再没有惠特曼，看不见那个在海滩上捡拾鳗鱼与海鸥蛋的稚嫩、寂寞的男孩。看不见那个在笔记本上一笔一笔记录爱人脸部特征、年龄、兴趣，仿佛担心有朝一日会忘记自己曾经爱过，也被爱过的敏感而寂寞的男子。看不见那充满热情的自由思想家，同时做十几份工作，教师、印刷工人、记者，并自行创办报纸。看不见那个无所不读的书痴和满腔热血的诗人，早在达尔文出版《物种起源》之前就高谈进化论。看不见那个每天要洗冷水澡的保健狂。看不见那个南北战争的护士，走过一家家野战医院，既是有史以来最杰出的战地记者，也以圣徒的信念照顾伤病垂危的人。但我从同一扇窗户望出去，世界的焦距在颤抖，缤纷的色彩、生命力、细节，杂然赋流形，正如当年惠特曼所见。从室内看出去，远比从室外看进来容易，因为对他这个人所知如此之少，对他的眼界又爱得如此之深。

艺术家的困惑

他觉得有必要在日记里更改爱人的性别，是多么可悲的事，写了"他"又擦掉改成"她"，再擦掉，再写"他"，又改"她"，如是再三。要是他住在本镇，大概也会成为我们一位陷于性别认同挣扎的来电者。已婚男子害怕泄露他们是双性恋者，单身男子唯恐因为被人知道是同性恋而失业，男人和女人为初起的同性恋征兆困惑，不知该如何面对家人，还有一大串琐碎的感情关系难题。如果他为日记的问题打电话来（无疑这问题让他烦恼），我该如何应对？如果我从他的声音或故事认出他，是否该将"他是惠特曼"牢记在心，因为艺术家跟他的人生是不可分割的？钦慕他，是否会使我更不易帮上他的忙？如果我不表达我对他独一无二的天才和高瞻远瞩的强大信心的钦慕，又怎么能让他觉得我了解他、欣赏他、重视他？或那么做是错误，因为心灵没有标签，也没有制服，寂寞的银行家跟寂寞的诗人会是同样的寂寞？我该不该把他的创作当作跟所有其他的工作一样，对执业者而言都有其重要性，当他来电求助时，这些跟他的悲伤无关？如果我忽视他的创作，他是否就变成他代表和热爱的每个人？艺术家这一行，就是要把私密的自我隐藏在公开的自我之下，以为自己分裂成两个不相干的自我，一个公开亮相而受人尊敬，一个见不得人而备受唾弃。所以我不是应该把完整的他——创造的核心和纠缠迷乱的包袱，当作一个有烦恼、有胜利，心灵与物质紧密交织的真实宇宙来看待吗？

切忌提供个人信息

在这个住了一大堆艺术家、工匠、表演工作者的小镇上，我们常接到艺术界人士的电话，这种来电者对我构成特别的困扰。我不能透露我如何亲身了解他们的挣扎，或我对他们的心灵多么着迷。作家来电时，我有提供忠告的冲动，当然这么做是不应该的。例如，有个大一新生来电，他父母逼他学医，但他喜爱写作，渴望同时攻读艺术与科学，只是无法确定这么做是否可行。这个电话很让人沮丧。我当然很想说，我知道黛安·艾克曼（就是我）就住在镇上，你何不打电话问问她的看法？至少这样我可以跟他分享我的经验，建议他尝试着选修若干跨学科的课程看看。抗拒想指导他的欲望非常不容易，但他来电不是为了征求我的专业建议，他打电话来是出于害怕、羞耻、焦虑等情绪。他打电话来发泄他的挫折、悲伤、恐惧，所以我们谈了让父母失望是什么感觉，如何面对他们下次的探望和无可避免的冲突。虽然我最后还是建议他温和地尝试校内的跨系课程，但挂电话时我觉得郁闷极了。我有那么多知识与经验，却不能跟他分享！自我介入其间的程度非常强烈。我想起尼娜·米勒（本机构的第一位主任，也是位小说作家）在训练时给辅导员的建议："有时你跟某人交谈，关系那么明确，你十足地觉得：'啊，这个人真走运，刚好碰到我值班，我们的经历多么雷同。'我有次也接到这么一个电话。对方口才伶俐，爱好文学，我越谈越开心。他还引了一句诗，我来不及约束自己就脱口而出：'哦，那是济慈。'或诸如此类的一句话。通话就立刻断了。他不再谈他为何来电，满心痛苦找人倾吐的是什么事，一切只因我抢先满足了我的自我需求。所以你们一定要非常警觉，不可提供任何个人信息。来电者来电，绝对不是为了要进一步结识辅导员。"

我花了很长一段时间才懂得尼娜这番话。建立关系是一种自然的欲望，为了证明你了解，你会情不自禁透露你有过跟来电者类似的经验。于是你曾成功地隐瞒的身份就开始闪现，因为它本来就是那么难以掌握的东西。放松一秒钟，它就会满地滚。最好抗拒这种诱惑，维持自己人生的分界。但当你接触到蕴藏活泼生命的声音时，就非常难做到。

一天早晨，有位年轻的诗人打电话来，她觉得沮丧、绝望、哀叹，无法承受她一心想达到的那种强烈情绪。我完全了解她这句矛盾的话是什么意思。我二十来岁，血气方刚的年纪时，也有相同的感受。在创作上很有用，但在情绪上让人受不了，这是一种逸出常规的状态，既辉煌又令人毛骨悚然。下面这段话摘自我二十四岁的日记：

最近我的皮肤似乎染上了荨麻疹。但愿能拿一张床单盖住我的人生，静静躺下，放开手。我们的院子无时无刻不让人分心，一只肥乌鸦杂耍般在树丛里野餐，压得枝条下垂，像一颗颗发亮的黑果实。我又开始觉得疏离，经过长时间的自制，又出现这些较短暂的无助感、没有价值感。我钟爱自己幻觉的敏锐，可从中得到极大乐趣，但有它在，我简直无法生活……我听见某种鸟的鸣声，像生锈的门合拢，看见早晨的树叶舞动在阳光下有如金币，天空白得像纸。两只鸟飞上梧桐。树与树间有大片阴影，因反复不定的光影显得棱角分明。空中洋溢着幼儿园乐队的喇叭声、噼啪声、歌声、铁笛、铃钟，热气在窗玻璃上蒸发……我任凭一切溜走：信件、工作、房子。人生似乎难以驾驭，像烂泥。当然可以用展望、调适、硬起心肠、保持距离、站在火中却不被烧伤的方法，但我还没有找到驾驭我的人生的方法。今天我不会像苍蝇或燕子般死去，林中光线如此充沛，黄绿色的树苇很粗糙。我似乎不可能半睡半醒地生活，使心境平静到足以工作。树顶像非洲面具、燃烧的灌木丛、气象预测气球，鸟飞过带起树叶的晃动，林中的阳光有一种透明感，要是我把眼睛眯得更紧，就能看到葱郁树叶的彼端。我用力眯眼睛，默默观察，但什么也没动、什么也没出现。人生算什么，如果非得包括这种折磨，以及常绿树上鸟儿的谈话？……我没有办法完成日常的琐事——吃饭、打电话叫电工、给图书馆借的书办理延期、穿好衣服、甚至睡觉。我体重大幅减轻。我忘记在什么地方读到，缺乏阳光会使人生病，于是我脱下衣服，到外面去晒太阳。光线像小时候服用的维生素糖浆。母亲让我像小鸟一样仰起头，直接向嘴中倒入金色的糖浆……我的档案柜已经堆积如山，一片混乱。我让一切溜走，一切都溜走……树木现在像戈雅的画一样黑。偶尔有粒孢子飘过空中。我瞪着一片树叶绕着叶柄转呀转的，开始有晕船的感觉。我听见油漆急切的剥蚀声。一只漂亮的红蜻蜓，已在椅子上待了许久，消瘦的身躯划过空中像跳水选手。它展开双层翅膀像一架双翼飞机，我祈祷我哀伤的灵魂也能高飞。

不堪回首的记忆

我不记得写过这一段话，连续不断涌出的意象和灵魂的痛楚，情境和速度自始至终不变，即使只是回顾，也使我不安。但是，上帝啊，我还记得那段日子多么疲倦，对每件事的情绪都非常强烈。我也从这个段落听见一种持续而健康的（虽然当时我还不知道）、以现实世界为立足点的努力，拼命想用树叶、鸟、天空等熟悉的记忆线索，在文字中抛下一个锚，把自己拖回外表迷人的戏剧中。我必然已凭借本能了解到，浸润在最光芒四射的大自然中的救赎力量，既能振奋人心，又能使血液降温。只有矛盾的修辞语法能说明自然带给我的扰动：一种警觉而刺激的平静，一种有镇定效果的惊悚。

好在那种使生活非常不适的强烈情绪，在年轻诗人逐渐对自己的创造力有了进一步了解，能对它加以控制，以及他们的身体的化学结构伴随成长逐渐平衡后，慢慢就会过去。今天我的世界观跟十多岁或二十多岁时并无不同。以自然为师，我还是可能记录若干相同的意象，但我会以不同方式解析世界，激越的情绪不再令我惊慌。它的强度并未改变，但它逐渐变得熟悉，可以管理。我对它的束缚已几乎没有感觉，有时我还刻意召唤它或故意忽视它，但对青少年和二十岁上下的人而言，这绝对是勇气的考验。

发现自己与世界的关系亲密，固然可怕，但只要熬过第一波狂澜，你就会逐渐适应，并懂得珍惜生命，生活会逐渐平静。不幸的是，对于某些艺术家，这种波涛汹涌的阶段会一直持续到他们早夭为止，西尔维娅·普拉斯就是这么一个才气纵横、满怀破坏性怒火、对仪式化的复活上瘾的诗人。她的婚姻自始至终充满惊涛骇浪，尽管已有两个年幼的孩子，她仍不断尝试自杀，直到终于成功为止。但她热爱这世界，无比敏锐地观察人生、赞美生命。她精确而令人意外的意象，使我叹为观止。

我在康奈尔读研究生时，所有女诗人都以她为圭臬。如果人生把那么高妙的天资与热情都集中在一个人身上，她们还有什么希望？很多人写她那种书信诗。有人对她的自杀充满浪漫的遐想，强烈到死亡的激情，多么令人艳羡。有天我到宾夕法尼亚州立大学的善本书收藏室，馆长手持一本书走过来，若无其事地说："你可能会对这个有兴趣。"那是一本歌德《浮士德》的翻译。我翻开第一页，心就飞跃起来。那是普拉斯所拥有过的书。我很快就发现她读了整本书，大胆地修订文字，浓缩意象，把拖泥带水的诗行改得令人难忘。她把所有提及死亡、毁灭、折磨的章节都画线标明——这个主题明显地特别吸引她。目睹她自杀的警讯早已如此分明，我真是不寒而栗。后来我为她写了这首诗：

读曾为普拉斯所有的一本歌德《浮士德》

你在"玩火的技巧"下画的线

墨迹曲折浓黑如豹猫。

对灰烬苦思不解，你搜索细节，

你搜索灵魂疯狂的糖果店，

只关心浮士德的胃口，而非海伦的美艳。

你对手术刀或花园都不陌生，

你搜集蜜蜂，懂得烹饪，

在文字之镜面前，

衣着简单甚或裸体。

带着危险的欲望，

你成为洞察力的偶像，我们知道

几乎所有女诗人都写信，

给你这就要死去的病态的圣诞老人。

你有狂放的天赋，野蛮的想望。

你要生命使你疯狂，

要抽验它真正的肌肉，你要

成为深渊口唇上的一个字。

你要打开深锁在你细胞里的

气象系统，有一天你办到了。

我从来不爱你当寿衣穿的那种痛苦，

却爱你犀利的博物学家之眼，

它贪婪并透着你游牧民族的好奇，

还有你心灵滑入一个观念时

那种放心大胆的轻易。

我想你在热烈的意象化入冰冷的词汇

之际找到了宁谧。

我想你许下

阳光对所有活物的承诺，

可以立时雀跃万状

因一朵百合花的翠绿肩章。

但你是你自己的魔鬼，

以一根指头抵抗恐惧之刀，

直到你麻痹，刀刃便自由坠落。

后来在"生命线"值班，接到年轻诗人的电话，我太了解她面临的危险。我母性的一面多么渴望用我的羽翼庇护她，给她保证与安慰。唉，我只能聆听、将心比心；我们合力探讨她拥有哪些资源。作为"生命线"辅导员，我不能吐露身份，也不能指点出路。让她知道我是谁，或许暂时会对她更有帮助，但黎明前那几个小时，当恐惧的气氛变得越来越沉重，当无可避免的拒绝对她构成严重打击，怎么办？艺术家的人生永远是接受或拒绝，过饱或饥馑。那时怎么办？我的职责是在她打电话来"生命线"时，帮助她找到安慰，"生命线"是这样一个机构，不是我自己。她需要有机会宣泄情绪，每当恶魔来袭，不论在何处、对何人，不论谁当班，都保持匿名的身份。

帮他们回到现在

假设某个超凡出众的天才在我值班时来电，像普拉斯或惠特曼那样的天才，那么惠特曼的问题在于，尽管他有那么高的天赋、那么成功、那么能干，还是被一般的人际关系所苦；接触了太多战争的创痛——有时候，幻觉或夸大的妄想发作时，他就会感到幻灭，甚至把自己形容为死神的化身。他光明与黑暗的两面虽无法分割，但也很少一起出现。大部分时候，他的狂喜会公开表现，而骚动只藏在内心。接获沮丧到极点的人来电时，我应谨记这一点。我没有听说到的那部分自我，说不定光芒四射、愉快活泼、强大有力，能写出像《草叶集》这样的杰作；但是跟绝望，尤其那种长期流连在死亡阴影下的绝望的人交谈时，实在很难记得这一点，很难记得他们的另一部分说不定不屈不挠、自吹自擂、千变万化。帮助他们理清头绪，整合悲惨、活泼、活力充沛的各部分，是精神治疗师的工作。就这种意义而言，我相信精神医疗与古代视为"灵魂之旅"一部分的宗教仪式有关。然而我们的工作没那么复杂，虽然可能也很细腻。我们致力使来电者的思维暂时与"现在"结合，只是很短的时间，也许再多一个小时，再多一天。这在他们痛苦的荒漠中，可能像一大杯清凉的饮料，甚或只是几次心跳那么长的一个喘息机会。有次结束一段诉苦的通话时，我问路易丝："你打算怎么度过这一天？"她说："我烦恼的单位不是'天'，而是'小时'。"

电话铃响了，我吃惊得吓了一大跳，心跳加速。我定一定神，清清喉咙，在第三响时拿起电话，说："这里是'生命线'，我能帮忙吗？"对方挂掉电话。我拿过日志，写下：挂掉。"差劲！"我没对任何特定对象说这话，手指敲敲桌面，思绪又飘忽开来。

等候电话铃响——熟悉的不安，人类常做这种事，我常焦虑地等候心爱的人来电。想到十来岁的少女和她们的心电感应，我不由得笑了，她们坐在安静的电话机旁，试着用心灵的力量使它有所动作。还有那些深夜电话，你躺在床上，冰冷的电话筒贴着你的热脸，半睡半醒地跟情人说话。"生命线"的创立者之中有好几位神职人员，一点儿也不奇怪。电话筒上的小孔，就像告解亭的格子屏。一般人走进教堂里一个类似电话亭的地方，匿名向教士求助；很多人都从电话亭打电话来"生命线"。两种匿名的行为可能都攸关生死，只不过电话小一点，如此而已。声音通过这些小孔，像若有若无的丝缕，但它呈现壮观的戏剧。我们把心全部倾入电话的小小告解亭，可是今晚那些伤痛的心都到哪儿去了？

　　我把椅子推后，拿起助行器，一阵尖锐的疼痛刺穿左脚小趾，我皱了皱眉头。三天前是个大热天，我在书房里工作，暂且脱下鞋袜。我伸手拿书，用好脚使轮椅转向，却不小心让前轮压到小脚趾，压断了它。现在我不但右脚第五根跖骨断了，左脚小趾也断了。要不是痛得这么厉害，倒也蛮好笑，简直是灾难的聚会。人脚有二十六根骨头，三十三个关节，是非常复杂的架构。只要弄断几处桁梁或系绳，它就会倒塌，现在我全身的重量都放在左脚的中央与脚跟，甚至跳跃都很困难，爬上轮椅与电动车也是前所未有的艰苦，上"生命线"的楼梯简直就如参加军训。尽管如此，我每天仰泳半小时，靠救生背心浮在水面，我轻轻踢水。如果运气好，两种伤势会同时痊愈。

将心比心

　　大多数早晨，我身上斜挂一个购物网袋，里头装一个塑料花瓶和一把花剪，靠助行器一颠一颠到户外，剪些花来插。有时看着架上够不到的一个花瓶，我会伤心起来，但立刻又会清醒，告诉自己，孩童、老年人、很多残障者每天经历诸如此类的挫折。谢天谢地，我的局限是暂时的。我不再为简单的事要花很长时间才能做好而烦躁；我调节心灵的天平与时钟，重新设定我体能的目标。现在我会操作电动车的调速器，去杂货店时，可以把时速从原先的一点六英里提高到二点五英里，亦即耗费的时间从十八分钟减少为十二分钟。我学会泰然自若地要求陌生人帮我开门和过马路，不可思议的是有那么多人主动表示愿意帮忙。帮忙时，他们脸上透露出非常复杂的想法，显然是在衡量我的残障（骨折的人通常用拐杖，不用电动车或轮椅）。他们从来不探问我的伤势，努力表现得愉快，尽可能不摆屈尊的架子，在同情与怜悯之间保持微妙的平衡。我觉得很受感动。有些打电话来"生命线"的人也是残障者，必须忍受以轮椅为生的挫折与依赖。他们常被人嘲笑轻蔑，得不到同情。跟朋友外出时，我诧异地发现，真正为轮椅设想的商店、餐厅、电影院、公共建筑，甚至诊所非常少。有的斜坡陡得凭一人之力根本上不去，有的地方设了进入建筑物的斜坡，厕所却有台阶。

我的伤势使我更清楚地了解残障者的处境。当然，有些来电者的残障从外表看不出，外人往往一无所知，这一定使他们更不好过。

在"生命线"的厨房里，我在一杯玉米浓汤里兑了水，放进微波炉。有人在墙上贴了一张全景画式的大海报，用许多优美而各具特色的字体，列了一张名单：林肯、伍尔芙、尤金·奥尼尔、贝多芬、舒曼、托尔斯泰、济慈、爱伦·坡、凡·高、牛顿、海明威、普拉斯、米开朗琪罗、丘吉尔、费雯丽等。下面有道鲜红的横幅写着：

患有精神病的人丰富了我们的生活

再下来是一条很长的红线，然后是脚注：

这些人都患过精神分裂或躁郁症等严重的精神疾病。如需进一步咨询，请致电 1-800-950-FACT。纽约州精神病协会。

艺术家与精神病

非常瞩目的海报，但必须一提的是，还有很多罹患精神病且有杰出成就的艺术家和科学家未名列榜上：康丁斯基、圣桑、斯特林堡、莫泊桑、T·S·艾略特、洛威尔、斯威夫特、拉赫曼尼诺夫、布莱克、马丁·路德、波德莱尔、叔本华、田纳西·威廉斯、尼采，也都不过是其中的一小部分。确实，未为酗酒或精神疾病所苦的艺术家实在不多。是否正如亚里士多德所坚持的，"天才必然掺杂着疯狂"？ 19 世纪作曲家舒曼，一生在濒临自杀的低潮与登峰造极的亢奋之间摆荡，他是否需要靠掏空情绪、使人筋疲力尽的躁郁症，才能创造杰作？研究舒曼的专家从他的信件与病历中发现，他大部分作品是在躁症发作期间完成。例如，1839 年他深感郁闷，创作了四首曲子；第二年，他乘躁症的狂澜，一口气创作了二十五首。他的天才的一大特征是两种状态下，他的作品都一样出色。虽然他在躁症阶段作品较多，但他完成的平庸之作与精彩杰作的比例，与郁症期间大致相同。唯一的差别是产量，躁郁症只带来更多精力，并非带来洞察力、激情、感觉的敏锐。

艺术天才需要高于一般的敏感、冒险意愿、冲动，以及世界正等着你提供你的展望、为世间万物增色的信心。凭着这份信念，你目光一转就能为柳树着色。并非每一个有创作力的人都有抑郁症、躁郁症或精神病。但三个国家对艺术家的研究显示，他们酗酒、精神分裂、抑郁症的发生率都远高于常人。究竟为什么像凡·高这样的一位艺术家，会在遗传里同时得到创造力与精神病的因子？它使人年纪轻轻就自杀，当然对生存没有帮助。中等的创造力或许有助于发现打猎与采集的新方法、组织同胞、预测危险、及早应变，对我们的祖先而言，这是一种有用甚至能救命的特质。太强的创造力虽能产生伟大的艺术作品，却不那么实用。所以导致酗酒与精神沮丧的倾向，或许只是创造力基因一种不良的副作用，不对只具有中等创造力的人造成损害，但会随着创造力增强，副作用造成的损害也会增强。即使如此，大多数艺术家没有这方面的毛病。

仔细观察一家人，往往发现每个人表现出的创造力都不一样。以我的家人为例，我母亲那边，外公是个业余发明家，自学学会五种语言，为吉卜赛人做翻译多年；两位舅舅是非常聪明的电子发明家；一位姨妈写歌曲，八十五岁还公开表演肚皮舞；我母亲一辈子的梦想是当建筑师，总是在制作和设计东西。我对外婆所知不多，只知道她靠绣背心和卖方糖给玩骨牌喝咖啡的人为生。我父亲那边的亲戚都非常务实，擅长计算，较少艺术天分。我做诗人，我弟弟则做生意。

与孤独相伴

另一方面，艺术家通常都有两三份工作，常遭到拒绝或漠视，生活贫困，不像大多数人那样生活规律；他们不适应天天上下班的生活，也比周围的人内向自省，靠提供不寻常的观念或观点谋生，把探索最深层的感觉当职业；成名之前没有人了解，也无人尊重，成名之后又要经常被人批判——每件作品都得跟前一件一样好，而且必须好在同样的方面。这种生活方式听起来就很不稳定。"从孤独诞生出我们的原创、诞生陌生而危险的美——那就是诗。"托马斯·曼在《威尼斯之死》中写道。艺术家或许必须孤独才能工作，但孤独何时结束而寂寞开始？再加以艺术家有时把意识的极端想得太浪漫。对某些人而言，创作是一种变化万千的艺术，仰赖愤世嫉俗和许多微妙的绝望仪式。在我看来，它往往是一种赞美、探索、祈祷的形式，但我相信我这种观点是少数。很多艺术家有个问题多端的童年，他们把创作当作个人的救赎行为。西默农（Georges Simenon）矢言："写作不是一种职业，而是不幸福的使命。"几乎没有艺术家不是因为受伤而投身艺术。所以我始终无法确定，在创作者的生命中，自然与哺育何者较有影响力。这或许是一种双人舞，有时自然带领，有时哺育接手。我设想两颗外围行星，海王星与冥王星，它们的轨道以某种方式重叠，所以它们不时交换位置。这时候是冥王星在远处，但不久以前，却是海王星在远处。根据人格与才华的素材，谁能断定它们会带领我们朝何方发展？围绕家庭生活的引力，谁能说它将如何塑造我们？

但我确信，艺术家会患抑郁、精神分裂、上瘾等心理疾病的那部分，跟创造的那部分是分离的。它在酒醉、悲伤、狂躁、幻觉中，等待恢复相对的清醒与稳定，那是一个可以从事创作的静止点，它就在精神沮丧之侧。其他人或许不同意，但我相信，即使最癫狂的艺术家的创作，也是基于健康与力量。福克纳虽然酗酒，还趁着部分清醒或偶有的完全清醒时刻写小说。当然，他酒喝得越来越多，写作的机会就越少，直到酒精终于取代墨水，成为他生命中最重要的液体。同样的情形也发生在尤金·奥尼尔、斯坦贝克、托马斯、赫尔曼、田纳西·威廉斯、海明威、雨果、劳瑞、费兹杰罗、克莱恩、杰克·伦敦、欧·亨利、卡波特，以及许多其他虽不以酒瓶为天才源泉，创作却在酒瓶周围流转的酗酒作家身上，而且他们没有酒精应该会写得更多、更好。害怕会被绝望麻痹，抑郁症患者常投入狂热的活动中。为了远离郁闷，他们拼命工作直到倒下为止，展现超人的精力，不停歇地创作艺术。他们不敢停止，只要放慢脚步，就会被沮丧的导弹追上。

追猎不停的黑狗

一边搅拌热乎乎、散发浓郁甜香的玉米汤，我一颠一颠回到辅导室，小心地在桌前坐下，一只脚搁在矮凳上，一只脚架在另一把椅子上。厨房里那张海报上的人名当中，丘吉尔也许是最大的意外。他大半生都被一再出现的抑郁症打击得倒地不起，它来得如此熟悉、强大、无法改变，他甚至为它取了个昵称，称之为他的"黑狗"——我猜他意指它不断追猎他。它有自己的生命与要求，残酷得不留余地，且是一个不容忽视的家庭成员。似乎丘吉尔不少祖先都有这种病，包括他的父亲。自幼身材矮小、瘦弱的丘吉尔，在学校常被大孩子欺侮，又遭到冷淡、迷人、周旋于上流社会的父母忽视，长成一个精力充沛的人，行事果决、态度强硬、雄心勃勃、足智多谋、刚愎自用、有时充满攻击性、有时又慈悲为怀、极具艺术品位、傲慢自大、勇于冒险。被剥夺的童年或许更助长他的野心，但因缺乏内在的价值感，他特别容易受制于缠绕他一辈子、气势汹汹的抑郁症。

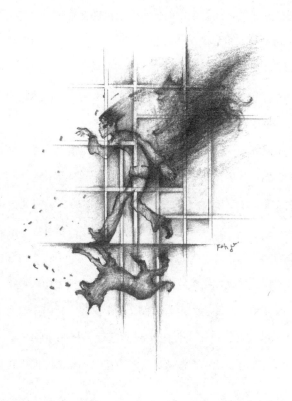

背负如此沉重、难以预测、令人害怕的担子，丘吉尔又如何抚养自己的子女、在政界扶摇直上、创作优美的绘画、在写作中流露出机智与自信、领导英国度过战争呢？心理医生斯托尔在引人入胜的丘吉尔人格研究中指出，1940 年，所有条件都对英国不利时，丘吉尔敦促全国同胞团结，固然需要大胆的信念，但"他因为跟绝望战斗了一辈子，所以能笃定地告诉别人，绝望是可以克服的"。斯托尔从丘吉尔的故事看到一组抑郁与敌意组成的典型的关系，情绪得不到满足的孩子，虽憎恨剥夺他的人，却不能冒险露出一丁点儿恨意，因为他同时也迫切地需要那些折磨他的人，抑郁症就来自他把那股敌意转而对付自己。有时这种人会把目标对准外在世界的敌人。根据斯托尔的观察，"找到可供正当发泄愤怒的对象，是非常大的解脱"。以丘吉尔为例，"跟敌人作战对他极具情绪上的吸引力……当他终于跟一个全然邪恶的敌人面对面时，他会从解脱感之中获得无比庞大的活力"。

丘吉尔漫长人生的最后五年，因中风而半身麻痹，他对抗抑郁症的斗志全失，只一味坐在椅子上凝望炉火。他不再阅读，也难得说话。黑狗终于追上他、扑到他身上、用它的重量把他压扁。但他曾经那么精力过人、富于创意、豪勇活泼，他是一个不畏艰难困苦、创造历史的伟人。是的，我想，每个人的人生都是如此，规模或许小一点，有时光彩，有时困顿，使我们接触到的许许多多人的生活发生改变。一只庞大的动物能改变另一头动物的生命历程，改变这只动物眼中自身的镜（或心灵之镜）中倒影，岂不奇怪吗？我们是什么样的生物，象征性地去"朝圣"，停留在心灵的小镇，遇见有能力在许多年的时间里转移或指引我们方向的同类？多么不可思议而神奇的生物。花一辈子也不可能了解他们。在我思考这些事时，铆钉打进我的骨髓，我觉得我获得了神的启发，所有的思维都化为赞美。

主动出击

还是没电话来。电话像用石膏糊在桌上一般，说不定我来打一个电话，另一部电话就会明白自己的职责所在。

卡西今晚会在家吗？这说不定是安排下次骑车出游的好时机。趁着天公作美，我们可以骑到索德斯角去——要沿安大略湖骑四十英里。《手指湖自行车路线二十种》说，这段路主要是平地，沿途香美的果园种有梅子、桃子、苹果、梨。拨了卡西的电话，占线。

我们从没有骑过四十英里这么远的距离。但平地骑车就如行云流水，轻而易举。嗯，也许是漫长而满身大汗，疲倦得恰到好处吧。我们可以先开车到那儿，然后骑四十英里路吗？我看不可能。我们得找一家供应早餐的民宿。笑容浮上我的脸。上回我们骑自行车在外过夜，是八月份的事：我们开车到库珀斯敦，下午骑了一段路，晚上住民宿，第二天骑车穿过古木参天的森林、肥美的农田、湖滨度假区、连绵不尽的各种天然美景，还骑了二十二英里崎岖的山路。我回顾那趟旅程的宁静神秘，让它慢慢流过记忆，任甘美的滋味在感官中溢流。

刚破晓的紫色时刻，太阳还没有跃上天空的蓝色舞台，灼烧灵魂、热力四射的轻歌剧尚未上演，我们就跨上自行车，环奥韦戈湖而行。

湖周围是蓊郁的森林，暗紫灰的湖面渐起一层薄雾，但澄澈得像一面古镜——印第安人就叫它"发光的镜子"（Glimmer glass）——我们用力踏上一段陡峭的斜坡，体温与气温一块儿升高。在茄色的树影间，树枝脆裂作响，缤纷的光影自叶间洒下，动作飞快的小生物在树干间穿梭，偶来一声脆响或脚步声，使我们的眼光回溯一百万年，穿过好几个直觉的隧道，自动把阴影解释为熊、山狮、拦路盗、战士。昆虫与鸟的混声合唱，无视我们路过，越发嘹亮。它们可能也好奇于我们笑语不断，或目睹一金发女子高踞灰绿色的自行车上，身穿有紫色的徽章的黑短裤，她身后那女子外观又不一样——黑发女子驾驭紫梅色的自行车——沿着满地碎石的小路①，在起伏不定、如款摆腰肢缓缓躺下的舞娘般的山峦间盘旋而行，阴影如八分音符蹒跚穿过林间。湖面逐渐静止如冷却的蜡液，但太阳膨胀转为黄色，脸上开始有汗迹，所以我们举瓶大口着喝清冽的温水，不喝那每当大片云朵飘过，色泽便加深如黑兰花的湖水，不喝前方阳光烘烤的碎石路上浮动的"海市蜃楼"的水，不喝支撑细胞、塑造形体与循环、经由灵魂的旅程激励心灵的咸水，而是喝从佛蒙特州一个我们从未见过的井中汲来的水。这水经石头过滤，就像被一路风景，尤其是湖水庄严的靛蓝、薰衣草色的微风，以及在林间休养生息的紫色过滤的我们。

---

① 冬季地面积雪，撒碎石可以增加轮胎阻力，防车辆打滑。——译者注

畅饮大自然

我们骑进一片旷地，茂盛的田野将一列列叶子服帖、穗儿摇动的秩序井然的玉米献给天空。这一幕我们有时不发一言，尽情品味，用心灵轻酌慢饮；有时则大口大口吞咽整片美景。我们都知道这趟介于寻欢和吃苦之间的旅行有着滋补的功效。当然，我们不是那种用痛苦来检测自己欢乐程度的人，我们只是沉醉于大自然的美景中。

我们用尽全力踩着踏板前行，从沟渠里的菊苣和野胡萝卜，到一棵一棵大树、一座一座农庄，我们一边骑行，一边观察它们。虽然我们已经浑身疲惫，但纯然的喜悦引领我们绕过了所有的消极情绪，融入一片温柔的心灵腹地。

我们知道库珀斯敦已被甩在遥远的后面，在那里，商家即将撑开凉棚做生意，博物馆也打开了大门，小镇的商业气氛仿佛被一柄汤勺缓缓搅动。太阳慢慢升高，小镇上百万种多姿多彩的算计"嘎啦嘎啦"开始启动……而我们，踩着脚踏板，喘着粗气，坚定地将这一天抛诸脑后。我们变换车速，在湖面上与炫目的太阳追逐。我们感觉不到潮湿，只觉得惊艳。

我们一路骑行，直到临近中午，但我们并不急于洗澡或者休息，又或者在餐厅临湖的回廊上品尝美食。惊诧地回望我们环游过的湖，在太阳下宛如水银的花洒。而我们，只是快活地迷失在淡紫色潮水的悠长小夜曲，以及下一个转弯后的柳暗花明中。

第十章

畅快的境界

倾吐能强化一个人的免疫系统

在把苦闷转为叙述，

赋予它足够的秩序，

以便与别人沟通的同时，

愁云惨雾会暂时消散，

世界会成为较好的所在。

今天早晨没有松鼠在喂食站出现，它们的粮仓装满了黑核桃、山胡桃、玉米、种子和其他珍馐——何必再求人施舍？它们似乎没注意到危险的老鹰，或是不以为意。我啜饮着早茶，看着它们在院子里腾跳活跃，特别注意到它们身体最大的特征——自然界很少有事物像松鼠尾巴那么神奇，或那么变化多端。它占松鼠身体将近一半的长度，是个万能配件：平衡杆、冷天的围巾、信号旗。松鼠可以坐在自己的影子底下，英文"squirrel"一词就源自拉丁文"影子尾巴"。为自己的领域做记号时，松鼠会像音乐家演奏连弹和音般快速抽搏尾巴，然后沿树干或树枝爬高数尺，再做同样的动作。有时风势太强，松鼠的尾巴被吹到额头上，看来活像头顶渐秃的男人，拼命梳向一侧的头发，却被风吹直了一般。松鼠用尾巴从背后拥抱自己、抚慰自己的本领，也令人叹为观止。人也会做这种事——在需要照顾却又没有人在旁时拥抱自己——有时有些人会以这种姿势前后摇晃，把自己的手臂当作另一个乐于搂抱他们、安慰他们的人。下雨的时候，松鼠会把尾巴反折到头顶上，充当雨伞。在定点吃东西的时候，它们会一屁股坐下，尾巴像围巾一样围在身后保暖。尾巴像毛衣般舒适——松鼠冷时把它裹在身上，热时把它甩在一旁，或用它做新生幼鼠的襁褓。

老鹰之歌

这天早晨骑车略显冷，所以我戴了手套和面罩，再在毛衣上罩一件挡风夹克。为了换换心情，我逆向骑我喜欢的自行车路线，先沿着玉米田爬一长段缓坡，有人在田里设了十来个鸟屋。接近弗里西路时，清晰听到"米、米、米、米"的叫声。声音不复杂，也不尖厉。老鹰，我心道。又一只老鹰！叫声再次传来。追随声音望向道路另一侧的林中，我看见一只胸羽为黄褐色的大老鹰坐在树枝上。它展翅向空，羽翼微侧像一把遮阳伞，随即拍翼远扬，它低低滑翔过玉米田时发出打招呼一般的声音，绕行一圈后才高飞而去。两只老鹰回应它的召唤。这么小的区域出现三只老鹰真是难得。但迁徙的季节已到，空中到处是红尾鹰。

我放慢车速下坡，风在我的头盔周围呼啸，时速显示为二十五英里。我喜欢速度与控制的结合。使用高速挡时，你行动加快，但仍踩着踏板，感觉自行车安稳握在掌中。玉米穗一片橙黄的金光，映着蓝天和囤积在地平线上的白云发亮。有些树已开始着上彩色，但大多数还是戈雅画中那种暗沉的苍绿。黄蝴蝶在田间逡巡，野外遍地是秋麒麟、豚草、菊苣、野萝卜等野花。我得记着帮妈妈摘一些乳草荚回去。我十来岁时，家住宾夕法尼亚州，每到秋天她就在屋里到处摆满带有丝状降落伞的乳草荚。现在我父母住在佛罗里达州，母亲怀念北方季节的变化，我把乳草荚和裹了蜡的秋叶装箱寄给她。虽然飞驰而过，我仍能闻到木头、苹果和新修剪的草的气味。阳光下很温暖，但一进入有树荫的隧道就觉得寒气逼人——这是个相当典型的秋晨。

今天我在玉米田旁边的路上发现一头鹿尸，在瓦尔纳桥看到一只死松鼠，金翅雀树林旁有只死鸟。亲眼看到一连串汽车碾毙的动物，使我不由得打个寒噤。一种凶手似的恐惧不时涌上心头：突如其来的重击——例如被汽车撞上——是什么感觉？不尽然是狂想，毋宁说是一种幻觉，感觉非常真实又令人害怕。我真的感觉到了那种力量。我急忙把这意象逐出心头，责备自己竟怀有如此变态和受虐狂的念头。

来自内心的嘲弄和责备多么奇怪啊，我们又多么羞于让别人知道，但在昨晚我的支援小组聚会中，不好意思的念头却自由流窜。"生命线"的主要骨干就是它的四个支援小组，每个小组都由本地的一位心理治疗专家负责。不强迫参加，但大家都受到鼓励而积极参与，大多数辅导员也都乐于有机会分享疑难，并且讨论机构的业务。昨晚的聚会有十三人出席，地点就在办公室，我们围会议桌而坐，桌上堆满新鲜的葡萄、苹果汁和点心。有人把脏兮兮的墙壁粉刷成鲜绿色，洒满类似茅草纤维的淡绿斑点，变成跟楼上搭配的另一片梦田。

"本月有人接到有趣的电话吗？"琵亚·戈德曼起个头说。她是位迷人的离婚妇女。她除了在附近一个城市的性虐待受害者救援机构工作，也在本镇开一家诊所。她在"生命线"辅导了很多年，并成为危机处理召集人，但又决定回高校攻读社会工作专业的硕士。她负责的支援小组充满活力和坦诚，颇受好评。每个小组都有自己的特性。加入某个小组都是随缘的。以我这个小组为例，每次到场的人数总在八到十五人之间，年龄从二十四到八十三岁不等，每个人的背景和禀赋各不相同。有人沉默寡言，有人心直口快，有人实际，有人好胜，有人很富裕，有人收入菲薄，有人刚受完训，有人担任辅导工作多年，有人只读完高中，有人名字后面有一大堆头衔，但没有人炫耀自己的学历。

对付爱操控人的来电者

乔伊斯先表示，她对跟一位常来电的求助者谈话感到很沮丧。对方是个很聪明的男性，但非常冲动，又喜欢操纵别人，自己经常受影响而致情绪大幅起落。玛吉紧跟着回应，她说她会限定跟这位来电者通话的时间，十五分钟后一定会坚决而有理地结束通话。乔伊斯气恼地承认，上次她跟这位来电者的通话是以争吵告终的。照例，对方要求乔伊斯用某些俏皮有趣的字眼称赞他，同意他的观念与感受，发誓做他的朋友。乔伊斯表示她不喜欢说这种话，对方就变得很难缠，一会儿责怪她，一会儿批评她。这个电话无可避免地越聊越僵，来电者怒气冲冲，辅导员也自觉愚蠢。乔伊斯叹气说："他真知道如何惹我生气。"坐她对面的资深辅导员维基也动气了，她说："要知道，我从不让他指挥我或恐吓我。他就这样操纵所有他认识的人。他们都跟我一样不愉快，最后就把他甩在一边。然后他就开始喝酒，感到沮丧。他这辈子就这么回事。我想如果我们鼓励这种行为，只会使情况更糟。他对于失去朋友总是觉得沮丧或痛苦。我们应该帮助他认清他的要求不合理，让他明白这种行为会把人赶跑。”

"没错，但那是心理医生的工作。"马蒂说。

维基信心十足地说："这还用你说，再说我不介意也做一点。"大家皱起了眉头。

对于操纵欲强、脾气暴躁的来电者，很难说如何处理他们最好。交换曾经发挥过作用的技巧，指出潜在的死胡同，总是有帮助的；但更重要的是，能知道别人也感到束手无策。在自疑的秘密洞窟里，不胜任的感觉会很快扩大，这时若知道别人也面临同样的困扰，就会很有帮助。我们从这位来电者谈到其他人，终于谈到辅导员的角色与限制。谈论某几位来电者时，我可以感觉到场中的紧张情绪，甚至可说是痛苦。有三位资深辅导员坦承一个"罪恶"的秘密。在马拉松长谈中，来电者经常唠唠叨叨、翻来覆去说个没完时，他们都很想用一条开放的线路打电话给"生命线"，让来电者听见第二条电话线响了，然后就可以顺理成章地说："我得挂电话了，请下次再打来吧。"我很高兴听他们透露这些，即使累积了那么多年的经验，保持主导的地位还是不容易。

一吐为快

这是一场很棒的聚会，因为有些辅导员可以借此一吐碰到难缠的电话时，那份心中不愉快的感觉——愤怒、沮丧、敌意。如果不发泄出来，他们的能量很快就会耗尽。有几位辅导员承认，他们在电话结束前就把记录写好了，来电者只是把老早听熟的故事重述一遍。罗伯特用友善的口吻建议，较好的办法或许是以鼓励的方式提醒来电者，他在钻牛角尖了，指出他一再重复叙述同样的事，不仅没有结论，也似乎没有帮助，然后把电话挂掉。罗伯特的语气很温和，但说的内容却有批评的意味，让人听得耳朵发热。他说得当然没错，辅导员不该偷懒或心不在焉，但某个经常打电话来的人，喋喋不休谈他的生活或责备辅导员，总是唠叨几个细节，讲了一个多小时还不肯挂断，一天打四个电话来，对我们的耐心和善意确实构成考验。到头来你会害怕接到某些人的电话，你会对自己本来承诺要帮助的人非常苛刻。这都是"可耻"的秘密，虽然我们从来不谈。辅导员在训练中学会长时间受苦、同情、挑出问题的症结、不裁断他人、设想来电者的处境、扮演慈悲的模范。把这些理想付诸实现殊非易事。有时我们每个人都会觉得其他辅导员都比自己更有能力、更有才华、更有道德、更诚恳，所以能倾吐这些负面的感受是好事。它们少有机会一见天日，我们只公开谈心力交瘁。

人性疲乏

来电有时会持续两三个小时，而且变得非常情绪化。你尽了一己之力，说不定在千钧一发之际派人驰援，能暂时救治了一桩心灵重创。夜已深，你还未能就寝，放下电话，只觉整个人被掏空了，筋疲力尽地倒在椅子上。电话铃又响了，拿起听筒，传来啜泣声，你想：不好！又来了！我没准备好！新进辅导员满腔热情，满怀悲天悯人之情，全神贯注，并怀着以奉献为己任的人生信条，但再怎么善意的出发点，迟早也会疲乏。一开始发出热力和光彩的慈悲火柴终于烧尽，只剩烟臭和黄磷味。我花了好几年才明白，从事压力这么大的工作，产生这种感觉其实很正常，这绝非软弱，也不是个性有问题，而是纯然出于人性。

心头涌现不安是可以预期的，尽管它出现时你还是会感到意外。比方说，我们一位最常来电、最让人头痛的来电者忽然消失了。我们一连六个月没有她的消息，虽然明知她也会打电话给距她住处较近的其他辅导中心，而且她计划从新泽西州搬到得克萨斯州去，但我还是不时为她担心。一直到最后，我都不喜欢接她的电话。她好争执，怀有种族偏见，总是诿过别人，说话绕圈子。她什么事都要跟人唱反调，使很多辅导员为之气结，而且还有个恶劣的习惯，总在辅导员要结束通话时，突然宣布她想自杀，其实根本没这回事，只为了不让辅导员挂电话。种种原因使她成为一个可悲的案例，我非常同情她，尽管我无法喜欢她的为人，可现在我很惊讶地发现自己在为她担忧。来电者放下电话后的遭遇常令我们牵挂，尤其那种问题特别严重，却只来电一次就没了下文的人。一件关心的事被拦腰切断，无法得到解决，而你除了接受现实就别无他法，这样的感觉，像发疯一般让人心头作痛——我们昨晚都进行了讨论。

那是一个很好的支援团体疗程，我们自身的消极情绪得到宣泄，学到一些诀窍，与人交往，分享一些不足为外人道的恐惧与担忧。运气好的话，这种每月一次的聚会可以帮助我们免于心力交瘁，但实际效果很难估计。虽然人手周转率相当高，平均每人服务时间约两年，但一般离开的理由很复杂。换新工作是个原因；学业结束；需要全身心投入家庭；疾病榨干了他们的精力；私人问题占据全部的空闲；个人的精神状态出了问题；觉得厌烦。

思绪回到此时此刻

最后我到了垦殖场，骑车通过垫高的木板道，来到长满莲叶的湖中央，一座藤萝覆盖的凉亭，上百只野鸭在岸边憩息。一只雄鸭把头弯在背上的羽毛枕里，身上紫色的回纹花样在阳光中闪烁。它眼睛上活像盖了一个盛鸡蛋的白色小杯；拉下窗帘，它要入睡了。一个穿溜冰鞋的人撑着越野滑雪杆滑过，喀拉喀拉的声响吵醒了这只雄鸭。另两只雄鸭跟它会合，三只鸭子站在池塘边，像并排站在男厕里的三名男子，面向前方，漫不经心地呱呱交谈。它们一个接一个把长嘴伸入水中，衔起一团肥沃的淤泥，仰起脖子吞了下去。它们不时理理羽毛，偶尔啄下几根胸羽，然后又蹲下去打瞌睡。

我喜欢看动物入睡。一只鸭子的呼吸忽然变得沉重，两脚后伸像小船的桨，它把喙藏进胸羽里，闭上眼睛，屁股抽两下，往后一靠，就变成一个长满羽毛的风箱，全身沉入浓重的呼吸中。如果旁边正在剔毛的邻居不小心惊醒了它，它会往后伸长一条腿，仿佛伸懒腰，闭着眼睛吞几口口水，然后又再次沉入睡乡。

今天的湖面有种油画的光泽，倒映着天空和树木，茂盛的荷叶、众多的野鸭，以及它们身后水波的重重涟漪。池塘是面活生生的宁静的镜子，只有偶尔的鸭鸣和几声雀啼划破阒寂。一只鸭子以橙色的单足站立，另一足上缩，一副打太极拳的姿势，然后两足互换。不时会有一只鸭子发出三到七个音符，响亮、狂烈似笛的鸣声，然后又恢复沉寂。我说是沉寂，其实空气中全是噪声，水面下正细致入微地搬演着生死活剧。

我的里程表示数是三百二十英里。以一个月而言，已相当不错。这些路程大多是周末我跟卡西骑自行车旅行累积而来的。这个周末我们该去哪儿？上星期六，我们开车到半小时车程外的沃特金斯谷，然后从州立公园出发，一路上坡，沿着辛尼卡湖，骑到产酒区。种植的葡萄连绵数英里，挂在绳上像殉难的烈士。葡萄藤上仍坠着累累果实——结实较晚却甜美的康考特种葡萄，它的芬芳飘散在风中，感觉就像在纯正的葡萄汁里骑车。从藤上摘下一粒葡萄，我闭上眼睛，吸入它浓郁的芬芳，然后将它投入口中，咬嚼那结实的果皮、浆汁、种子，后者仿佛跟果皮是分离的。如此之甜美。我们利用自行车旅游图，前行到洛根小村，接着是伯德特，最后骑下一道长长的陡坡，回到沃特金斯谷。路过酒厂时，我想起美感如何经常呈现在扭曲、乍看备受折磨的植物身上。这适用于葡萄藤和苹果树，也适用于天生东倒西歪、受尽风沙吹袭，而血脉里却流动着甜美香料的乳香灌木。某种原因使我想到凡·高，想到他乖戾的心灵和忧伤笼罩的一生。我们骑车经过十来个小瀑布和数不清的观景点，一路上，聊的就是这回事。问题丛生的肢体也可能是美的发源地。

我们也谈到卡西的工作，还有我的工作，以及她的童年，还有我的童年，以及她的感情关系，还有我的。她为这趟旅行准备了切达干酪、几片酵母面包、杏仁夹馅的牛角面包、万圣节吃剩的糖果、切成棒状的胡萝卜和两个苹果，我带的是果菜汁、葡萄、柴郡干酪、面包棒以及豆泥，所以我们照例享受了一顿盛宴。

想到食物使我感到饥饿，我急忙回家，趁值班之前吃些点心，冲个澡。

彼此调侃

我小心翼翼，慢慢上楼，来到辅导室。楼梯的色泽使我联想到初中时代抹在小提琴琴弦上的松香。我喜欢那股甜甜的味道、琥珀的光泽，还有那种厚重黏腻的感觉。木头吱呀作响，宣告我的到来，或许就为此，我看到鲍勃已开始收拾，准备打道回府。他抬手招呼说："嗨，丫头，混得怎样？"

我觉得这有逻辑上的问题。"女生不用这个字，你爸没教你吗？"我把书包搁在桌上。

"你又来了，老是挑眼儿。"他把一本叫《今日心理学》的书卷得紧紧的，以便塞进背包里。他有一双巨大的手掌，我一不看见它们拿东西，就会忘记它们多么大。我打赌他用双手兜住一个大甜瓜，指尖还可以互相碰触到。

"挑眼儿，你说的是鸡眼还是针眼？"我像个印第安人似的坐在长椅上，椅套因有人躺卧而皱成一团，使我想到奥登的一首诗，诗中的一段是这样的：

谁对谁好

床单说道

像我为你

吻去眼泪,

事实俱在,

心无挂碍……

"管他呢!"鲍勃敷衍地晃一下脑袋。"对了,我昨天新买了一条狗。"他从皮夹里抽出三张照片,以刚为人父母者的热情递给我。照片不但角度选得差,焦距也没对准,而且那只狗实在长得太丑了,我从未想到狗会丑到这种程度。它头颅四方而形状不正,短腿细得跟身体比例不称,看来倒像头猪。

"哦,它是什么品种?"我凑趣地问。

"是杂种狗,一部分贵宾狗,一部分斗牛犬。"

"这种组合很少见。"好在他把这句话当恭维。我把照片交还给他,他收起来。

"是啊。"他边说边背起背包走向门口,然后又探头进来补了一句:"看门不怎么样,跟别人家狗聊天时可厉害得很。"

渴望拥有魔杖

话毕,他就嘎吱嘎吱快步下楼,几秒钟就出了大门,门砰地关上,玻璃咔拉咔拉作响。今天的记录上，有位辅导员对如何应付最近一位来电者，提供了一些建议，此人只需要同情的倾听，没有亟待解决的难题。她的生活一团糟，辅导员常情不自禁想告诉她该怎么做，他们换在她的处境时会如何处理。记录建议："发出有支持意味的低哼即可……事实上，凡是感觉到劝导她做某事的冲动时，都要用一声带有支持意味的低哼取代。"好建议，不过很难遵守，因为你迫切地希望魔杖一挥，对方的困境就能消除，即使你根本不了解问题的症结何在，而对方也可能根本还不打算采取行动。

五点三十二分，一个十三岁男孩打电话来谈他的父亲，酗酒、失业、经常殴打他和他的妹妹。沉重的负罪感包裹着这孩子的每一句话，他不断提及自己必然做了什么糟糕的坏事，应该被打。遭虐待的受害者通常都有负罪感，好像他们悲惨的境遇是自己招来的。他们成长过程中一直以为自己有与生俱来的毛病——人格缺失，野蛮邪恶，绝对不可饶恕又无法赎清的罪——而不是虐待他们的人有问题。谈话中，他的伤痛在我的记忆中回响，但我没有在这种感觉中沉溺。我像拼命奔跑触垒的棒球选手般，努力搜索过去的经验，把精神集中于这孩子的困扰，直到我确知他安全，吐尽心中委屈，对未来有了计划。挂掉电话后，我花了几分钟在心中整理这次通话，接纳自己的无力感。

"老天，真希望他不会有事。"我对着墙壁说，然后开始填记录。

六点整，一位年长的男士来电讨论一个令他惶惑的状况。有位大学生似乎是在社团服务中与他结了对子，每隔几周就来陪他共进晚餐，而且经常问候他的起居。去年，这位学生带他去锡拉丘兹的赛会，玩得很愉快，今年这位学生又打电话来邀他再度同往，可是他摔伤了腿，无法成行。他担心这位学生已经帮他买了票，白白垫了钱。他不知道该如何表达。我请他拿好笔和纸，帮他用自己的话写下想说的句子："我打电话来因为我想到你。我很想跟你一块儿去看赛会，但我恐怕身体不是那么好。我很担心你已经买好票，我不需要你垫钱。如果你买了票，请告诉我该给你多少钱，我会还给你。请打电话来告诉我，好吗？我想下周可以挑一天，请你来吃晚饭。"

他觉得这么说不错，既表示关心，又不失慈祥。他很明显地放心了。我听得出他的呼吸节奏恢复正常，惊慌已经消散。他说他会马上打电话过去，把这番话留在那个大学生的电话答录机上。我知道有些上了年纪的人特别容易慌张，能够这么直截了当就帮得上忙，我也很欣慰。

继母难为

六点二十三分，一个勃然大怒的妇人来电诉说她的沮丧、失望和遭到背叛的愤慨。她的情绪就像大胆、浓重、饱和的色彩般容易辨认。她知道自己有哪些情绪，她能强烈地感觉到它们的存在。一年前，她嫁给一个有个十六岁女儿的鳏夫。这也是她的第二次婚姻，她热切地希望婚姻会美满，但新婚不久，她就发现他们父女二人早已建立角色分明、配合无间的生活秩序，没有她的容身之地。家里凡事由女儿做主，她处处跟新来的继母作对。当女儿表示她打算逃几天课，到邻州参加一个摇滚音乐节时，她坚决反对。那目无尊长的任性女孩大发脾气，还殴打她，然后跑去跟父亲哭诉，他却同意出面帮她向学校请病假。她向丈夫抱怨女儿的暴行，他却说一定是她先招惹那女孩的。那女孩在学校麻烦不断，逃学、打架、侮慢师长都是家常便饭。心理辅导室已要求家长严加管教，并陪同女儿接受家庭辅导，但女孩总说她什么坏事都没做，而父亲总是站在她那边。现在只要父亲上班，她就对继母颐指气使。她虐待成性，有暴力倾向，越来越危险。每次这位继母向丈夫告状，他都指责她出于嫉妒而捏造事实，对她大吼大叫，威胁若她再"惹是生非"，就要跟她离婚。她希望这次婚姻能白头到老，而且她的经济状况不佳，他们住的是她的房子，房子还在偿还高额房贷。她丈夫赚的钱不多，她的积蓄迅速地减少。没受过什么教育或职业训练，五十多岁的女人到哪儿去找工作？她悲愤地提出质问。

在很多方面，应付这个电话都很简单：一个在无可避免的离婚前夕还拼命想挽回婚姻的女人。她怒气填膺，话说得很快、很流利，大部分时间只要有个同情的聆听者就够了。我们甚至讨论了一些解决方案，想出几种她可用来驾驭继女的招数。她旁敲侧击地提起自杀时，我建议她考虑其他不那么极端的对策。我们讨论了离婚，"生活无依的家庭主妇扶持中心"可提供协助和建议，还有其他不那么有吸引力，但至少能给她多一点控制权的计划。

这个长达一个多小时的电话，进展很不错。挂电话时，这名妇人已经冷静下来，不再那么狂乱。但发生了一些奇怪的事，我对她的遭遇太过深入，以致她的怒火、不安、挫折感都转移到我身上。我接受了她的痛苦，它贯穿我全身。我像一根情绪的避雷针，愤慨得浑身颤抖。我有一种非理性的冲动，想要抓住金属物或把手指塞进电器插座，释放胀满全身的狂暴能量。虽然我设法逐走附在她身上的恶魔，却将它们吸收到了自己身上。分享她的沮丧，固然能减轻她的负担，我的担子却变重了。出于同情，我以慈悲与关怀接纳来电者。在深入的同时，我进入她情绪的居所。如果世上有所谓痛苦的漩涡，而你进入太深，就会失足而整个人坠入痛苦之中。我连续好几个小时，都在借来的悲伤里紧张得坐立难安。

最后我想到，可以试着原地跑步。或许我能消耗愤怒的能量，让它随汗水流走。这确实有帮助，但是效果还不够。坐在沙发上，我试着冥思。夏日火辣辣的骄阳，沙滩，灰色的阿拉伯牝马。我骑在光溜溜的马背上，越过海浪，缓步前行，嗅着海风。轻快的风中有浓浓的咸味、海藻和鱼腥味。听着蹄声激起浪花，海鸥在头顶悲鸣。感觉阳光照在肩上，牝马的心脏在我赤裸的腿旁跳动。

理出头绪

电话铃再度响起，我脉搏急跳，心灵恢复了清明。九点零二分。

"这里是'生命线'，"我说，"有什么我可以帮忙的吗？"

"我实在很困惑。"一个男人说。

"你为什么事困惑？"

他声音低得好像自言自语，说："这样没有用。情况很不好。我不知道该怎么办。"声音很年轻——可能是高中生或大学生。

"你听起来很困惑。"我说,"你为什么事困惑呢?"

"我就是不知道该怎么办?这是最后一个我要试的地方了。我受够了,我不知道还有什么别的我可以做的。"声音中透出的挫折与绝望使我担忧。

"你听起来很不高兴,很害怕。发生了什么事?"

"你是什么意思?"他的声音忽然变得老气而正式。或许我下错了结论。

我再次尝试:"你今晚为什么事打电话来?你听起来很焦虑。"

这次对上了。他叹口气:"没有别人可以依靠,没有人要听我说,每个人都说:'啊,你可以应付的,面对它就是了。'可是我实在没办法再面对它了。我翻遍了电话簿,只有这儿似乎还可以打来试试。"

"你要面对的是什么事?"

更长的一声叹息:"我不知道从哪儿开始,我就是糊涂了。"

试着帮他起个头,我说:"你有这种感觉很久了吗?"我在一张废纸上用签字笔随手乱画起来——不久,一栋茅草屋顶的北欧式农舍就漂浮在白色海洋中。

"我不知道,有些东西好像就这样断了。"我不喜欢他声音里的那份软弱,尤其他又说道:"我控制不了,我不知道该怎么办。"

我的笔悬在尚未完成的图画上空,还需要添上现世没有的花卉。我可以再谈谈他的困惑,但我开始担心他是否安全。我用平静、稳定的声音问:"你现在在哪儿?"有时这个问题会引起来电者惊慌。

但他回答得很自然,"在我的房间里。"

"你一个人吗？附近有谁在？"

"他刚走，所以我才能打电话给你。他在我就不能打电话。"

这个"他"是什么人？——是室友、情人、父亲？我画了一张男人的脸，肿大的眼泡。又一个跟家庭暴力有关的来电吗？

"你觉得安全吗？"

"安全呀，现在没问题，不过我不知道他什么时候回来。我不知道有多少时间，因为他随时会回来。"他声音变得很遥远，我猜他可能在观察走廊或门口，也可能他吃了什么。他的句子有股奇怪的懒洋洋的意味。他说他害怕，但他说话非常慢。这不合理。透过窗户，我看见一个男人把车停在长满橘色萱草的涵洞旁，从后车厢取出一块像是地毯的东西，走向旷地另一头。

"你听来像累坏了。请问你有没有喝酒或吃了什么？"

"我？我喝酒？"他因诧异而声音提高了一点："不，不会的，我不是那种人。要是我会喝，那倒好。"

心门大开

我放下笔，用空着的手捂住眼睛，望向茫茫的黑暗。我用亲切、温柔而不带魅惑的声音，试图传达我的关切："今晚什么事让你不高兴？"压抑的呼吸声。这对他一定很困难。忽然闸门开了，字句急涌而出。"我的室友，他喝酒，一向都喝的，可是今晚我想他发疯了。他把气都出在我身上，然后他气鼓鼓地离开，又嘟哝又尖叫的，还甩门。真是太可怕、太可怕了。"我心目中立刻出现一幅画面，狭窄的房间"漆着宽幅直条纹，像皮特·蒙德里安的画"一样，电话机装在墙上，室友（一个粗犷的大块头，体格像足球运动员）和来电者（有亚裔血统，身材瘦小）。

"你说你室友喝醉了，拿你当出气筒。是什么样的方式？"

"我坐在书桌前，他像野蛮人一样扑过来，抓住我的运动衫，把我扔到房间另一头，刚好扔到书架那边。天啊，吓死我了。"

听来真是可怕。现在我心目中的他穿的是运动衫了，头发往后梳，室友把他扔到家具上。

"你受伤了吗？"

"早上大概会全身又青又肿吧。"他有点尴尬地承认，"倒是都没断。"

"我明白了。常发生这种事吗？"

他急切地说："从来没这么糟过。他通常只是小小发点疯，冲出去一阵，回来就睡了，可是这一次，他……我不知道他什么时候会回来。他什么事都做得出。"

我张开眼睛，仍然看得见他，像海市蜃楼飘浮在档案柜前面。他安全吗？我说："听起来很可怕。你担心他回来的时候会真的伤害你？"

"要是情况还是这样，我确信他会有所行动，他会把气出在某个人身上。"

"你有没有跟他讲理，试着让他不要做这种事？"多蠢的问题。

他还是回答了。"他生活一塌糊涂，完全一塌糊涂。什么话都跟他说不通的，只会惹他生气。"

"上次你跟他讲理是什么时候？"

"就几分钟前。我说：'你干什么嘛，老大？冷静一点好不好？'他不肯谈。他就抓起我，扔到房间另一头，还把垃圾桶踢得老高，撞上天花板，还骂我'没腿的王八蛋'，把门摔上就出去了。"

尝试解决

他跟这位室友究竟是什么关系？"你说他是你室友；你们是一块儿租房子，还是住学校宿舍？"

"我住宿舍。"

"宿舍。你几年级？"

"大一。"

哇，第一年离开家，就碰到一个酗酒且凌虐成性的室友，想必很可怕。他可能不懂一般的社会规范，不过那也很平常，但他忍受这么多，更不要说连个求助的对象都没有。"有没有人，像是宿舍辅导员，你可以跟他谈的？也许该让你室友一个人住一间。"我拿起签字笔，为画面补上繁花朵朵。

"嗯，我跟宿舍辅导员谈过了，可是他就说：'这样吧，只要他没有危险的举动，应该没有关系的，你得学着跟他相处。'可是……这是他第一次碰我。通常他就踢踢椅子，摔摔抽屉什么的。闹起来真吓人，可是他没有动过我，所以我就说，好吧，他就是这种人，每个人待人处事都有自己的一套。我从来没有跟室友住过。我是想'得饶人处且饶人'，你知道吧？"

"所以今晚似乎真的失控了？"

"是啊，我想是这样。他太拼命了。他是美术系的，太过用功了。学校把他逼惨了。已经连续四天了，他在吃一种不需要睡觉的药，每四小时吃一粒，后来变成每小时吃一粒，然后是每半小时。现在还开始喝酒了。"

我用手指爬梳自己的马尾，不由自主地忙于解开每个打结的地方。"你想如果你去找宿舍辅导员，向他解释你室友的生活节奏变快了，他喝很多酒，吃很多药，动手打你，你很担心他会变得更暴力，会发生什么结果？你想辅导员会有什么反应？你想他会听吗？"

他不能确定，而且告室友的密，会让他有罪恶感，不能帮助他调适是一种罪过。

我说："过去几分钟，我们谈了几件事。一件事是你关心你的室友。你说你觉得有责任，你要帮助他。听起来你在这方面很感到挫折。还有一件事是他可能把你伤得更重，因为他已经很暴力了。"

"是啊。"他声音中带着颤抖。"连着五天不睡觉，还有那么大的压力……我是他的室友，也是他的朋友，帮助他是我的责任。我应该可以处理，但我做不到。"

"你很担心他。你要做个好朋友、好室友，你不知道该如何帮助他。"

"是啊，难道你不想帮助你的朋友吗？"

我不想联想到我的朋友。"你觉得挫折是因为靠你一个人的力量，要帮助他太难了。"

"我应该可以跟他相处的。"他挫败地再说一遍。

"嗯，我担心这对你太难了；功课的负担已经很沉重，你还要担心你的朋友，而且又不知道他会做出什么事。听来你的压力真是不小。我最担心的是他回来后，你的处境可能有危险。"

他忽然惊慌起来说："我该怎么办？不能再这样下去！"

再寻他法

"你去找宿舍辅导员，告诉他自从你上回跟他谈过，情况又恶化到什么程度，怎么样？"我再次建议他，"上次你跟他谈的时候，情况还不像今晚这么糟，所以他也许并不了解你室友的问题有多严重，而你面临什么样的威胁。如果有人跟你联手，或许有帮助。"

"如果你有朋友出了问题，难道你不想帮他，不去告他的密，而是帮助他？难道不是这样的吗？"他问道。

当然是这样的，但我们都被告知，不要把来电跟私事混为一谈，何况我对帮助朋友的观念，跟这位来电者也未必相同。

"听起来，你真是一个很不错的朋友，非常懂得关心别人。看着朋友有困难真的很不好过。你已经跟宿舍辅导员谈过了，他不是陌生人。你愿意再去找他，跟他谈谈吗？"我知道这么说等于在诱导他采取行动，但我担心他室友随时会回来。

停顿了一会儿，他说："我想我可以跟辅导员谈谈。他人很好。"

谢天谢地。"他现在人在吗？你可以马上去找他吗？"我祈祷自己的声音不至于泄露内心的忧虑。

"我不知道。已经很晚了。要是他睡了怎么办？我不想吵醒他。"难以置信。他关心每个人，除了他自己；我真的相信他会是个很棒的朋友。但愿上帝保佑我，能说服他离开房间，到一个安全的所在。他必须学会替自己着想，否则下次碰到相同的状况，他还是会手足无措，但他初来这个城镇，又刚进大学，对什么事都茫然无头绪是可想而知的。

"那就是他的工作。别人需要他的时候，他得出面。他住在宿舍里就是为了这个缘故。"我说。

"是啊，没错。"来电者说。我听得出他声音中有了点信心。

"你何不现在就去找他，要是他不在，或你跟他谈了还觉得不安心，可以再打电话来，我们再聊聊，看看还可以想什么别的办法。"

历劫后的小熊

"你还会在这儿吗？"他问。我的心碎了。他的声音第一次显露他的稚弱与恐惧。这使我想起昨晚在电视上看到的一部电影，关于阿拉斯加科迪亚克岛棕熊的纪录片。有一幕是一头母熊带两头小熊渡过激流，一头小熊被水流冲向下游，在水中翻腾扑跃，最后被冲到岸边一头陌生而狰狞的公熊身旁。母熊急忙赶来，挡住了危险，带小熊溯游而上。重获安全的小熊十分害怕，想扑到母亲胸前吃奶，尽管它一年前就已经断奶了。母熊把小熊一把推开时，旁白说，母亲虽呵护子女，却不纵容，但对于小熊受惊而退化的本能反应，却不置一词。

　　我真想向这位来电者保证，我会在这儿，可是我不知道他什么时候会打电话，届时又是谁轮值。"说不定不是我，但只要你愿意，这儿一直都有人，他们会知道这是怎么回事，我会交代清楚的。"

　　"好吧。你想我应该马上就去吗？"这种问话就像一个需要人家再推他一把的人。

　　"趁你室友还在外面，跟宿舍辅导员谈谈，可能比较好，你说呢？"

　　停顿了很长一段时间，他说："是啊，我想这样可能比较好，趁他回来之前。"

　　"好的。要是辅导员不在，你可以明天一早就去找他。你今晚不论什么时刻感到不安，都打电话给我们，好吗？"

　　"好。"他坚决地说，"我去看看他在不在。"

　　"很好，那就再见了。"我语气中隐含着预期不久就会再通话的意味。谁值大夜班？挂了电话我就去查。我在排班表上发现是康尼，一个可爱的年轻女孩，在市区的安养中心辅导残障的成年人。太完美了。我希望来电者下半夜能平安度过，但我觉得可能性不大。鼓励他去找宿舍辅导员是个好办法，他需要盟友，但是当那个嗑了药、喝醉酒、满腔怒火的室友回来时，又会发生什么事？但愿辅导员安排他到别处度过这一晚，明天等室友清醒时，再采取必要的措施。我猜测来电者会被分配到另一个房间。反正，我祈祷结局会是如此。我也为那个室友担忧，但打电话来的不是他。

处理"第三者来电"

所有的辅导员都会偏心。通话的中途，来电者希望我告诉他如何帮助他的室友。他以为只有室友有问题，他没问题。这就是所谓的"第三者来电"。他替另一个人求援。我们经常接到这种电话——为惹上麻烦的子女征询忠告的父母，试图帮配偶解决问题的丈夫或妻子，有自杀倾向的人的朋友或老师。问题是，我们对这些"第三者"一无所知，他们也未必是真人。我们不知道他们的习性、人格、长处、心理状态，来电者才是我们的辅导对象。即使是老师来电谈一个有自杀倾向的学生，我们的工作还是让话题环绕来电者的感觉展开，他如何因应，该怎么做他才会觉得尽了自己的职责。学生或许真的有问题，但促使老师打电话的却是他自身的焦虑。我们无法帮助学生，除非他亲自打电话给我们（我们会鼓励这一行动）。

来电者才是我们的辅导对象。

我们在训练中练习处理"第三者来电"的规范，一开始觉得束手束脚。事实上，所有的训练步骤都令人觉得很奇怪，因为我们必须学习新的聆听技巧。我还记得训练前半段，我有多么紧张，我当时还听不出许多希望与绝望的强弱起伏。甚至第一次值班时，我还学到了重要的一课：正常的范畴；就像头一遭走进更衣室，发现万花筒似的人体，每具都有不一样的魅力与美丽，每个人身体的构造都不一样，每个来电者都有不一样的故事。这使我忆起雷·布拉德伯里的未来幻想小说《四百五十一华氏度》，书末讲到在一个村落，每人负责背诵一部被禁绝的书。他们成对在村中漫步，急切地背书，风中洋溢着多彩多姿的故事。他们集合的声音就是一个民族的文学，但那都是以艺术技巧编造的故事。更令人意外的是，人一生中有多少时间花在某种形式的说故事上。以今天为例，我讲了几十个故事：讲给别人听别人的故事，讲给自己听自己的故事，讲给自己听别的人和别的事。比方说，我告诉保罗，我和卡西在奥沃斯科湖东边骑车时，有只狗追着我们好像永远不知疲倦似的。我如何记录那只狗的时速是二十五英里；它如何追着我们跑了好几英里路，不肯回家；它如何扑到我轮下，害我紧急调转车头，摔了一大跤。我们谈到日后应如何处理有危险性的狗，每一种假设都是一出小小的戏剧，那还不过是一天中最短暂的片刻。

在我们私人的心灵剧场中，我们不断跟自己说话、对老板怒吼、恳求情人、责骂工人、跟名人油腔滑调、排练不同版本的邂逅、讨论问题、倾吐心曲。三岁大的小孩就会自言自语，编造十分有趣的故事。孩子一出生就听大人讲故事，学习自己在家族史诗中的角色。有时故事很简单："爹爹在修剪草坪"或"有头小熊来看你啦"，有时故事是一首烦恼重重的痛苦诗章。孩子浸淫在叙述之中，然后他们讲自己的故事，把自己的故事加到全人类说故事的声音里去。

我们的故事帮助我们了解一个混乱而危险得令人害怕的世界，其中大部分都是谜。要从世界获得安全感，我们必须先赋予它意义，尤其当我们遇到摧毁信心的挫折与不幸时。跟朋友说八卦，展现我们真实的本性，我们不仅是提供生命中何时发生何事的信息而已。人家问，你这趟旅行如何？答案透露的不仅是地方与天气而已，还包括人际的遭遇、小小的胜利、意外、不好意思、调整过的态度。八卦使我们的朋友与心爱的人警觉到我们的基本价值观、偏见、特质、关心的事——还有这些人格的主要元素如何随着时间改变。我们了解自己越多，就越会调整事实，以配合不断演化的自我感。人生的词汇改变之中，我们需要记忆，才能说出得体而在世界新秩序中有意义的话。我们如何说故事影响我们对自我的感觉；改变故事，你就改变了自己的身份。

正因为如此，荣格派心理学家詹姆斯·希尔曼指出，心理治疗实际上就是"虚构的故事相辅相成"。一般人接受心理治疗，无非是为了寻找一段"可作为生活准绳的情节"，心理医生苏珊·鲍尔同意这论调，她认为"病人像要找职业传记作家似的"，他们要重新塑造过去，建构一套言之成理的历史。她在《倾心相告》一书中说：

> 客户和治疗者用小说家、历史学家甚或侦探的技巧，孜孜不倦地要使一个故事合情合理，而且感觉对劲。经过长时间的拉锯战，他们从旧事实与新梦境的混合物中，抽离出一个必然会被命名为"事实真相"的新故事。运气好的话，新故事会比最初拿来治疗的那个故事，更有智慧、更完善而有条理。它也可能更富想象力，能把叙述者导向一个他一直都还没有勇气探索的方向……扮演历史学家的治疗者，当发现所有与客户人生阅历有关的记述，都不过是与目击证人勾结之下，产生的数百种可能版本中的一种时，不由得在这种新的认识下变得谦卑起来。

倾吐之必要

南卫理公会大学的詹姆斯·彭尼贝克做的研究显示，倾吐能强化一个人的免疫系统，所以我们光是聆听来电者诉说心情，就已经是一种救人性命的行为。来电者有时称我们为朋友，我们提供真正的支持，使他们觉得不那么孤单。但把心中烦恼发泄出来，而不一味沉溺其中，还有一大好处：在把苦闷转为叙述，赋予它足够的秩序，以便与别人沟通的同时，愁云惨雾会暂时消散，世界会成为较好的所在，较容易理解，即使我们不尽然能享受生活其中的乐趣。写书也是一种倾吐的方式，一种继续自言自语，并公之于世的方法。彭尼贝克的研究中，从不向人倾吐心事的人容易患病、压力大、夭折。他们大部分体力都用于包藏消极的情绪，这会导致血压升高、削弱免疫系统。

为什么叙述一件事能改变我们对它的观感？因为说故事之中，我们同化了恐惧和不解之情，将它们转入有办法对症下药的世界，我们不再感到那么无助。忽然之间，出现许多逃离或舒缓压力的可能性，很多能为天翻地覆的大灾难找到适当人生定位的解释。

今晚打电话来的这名学生，从未预期会碰到一个酗酒嗑药、力大如牛的室友，发起脾气来可以断送他的性命。他唯有一再重述这番经历，赋予这种情况意义，直到它显得合理，然后才能把这意料之外的恐怖，整合到生活之中，然后我们才有办法讨论可能的对策，这时他的惊慌才会消散。但他还必须再三重述这故事，向宿舍管理员，以便要求采取行动；向自己，以便排练各种应对的方法；向别人，以便在心里重组和修订整个状况。他把这件事告诉朋友时，也可以让他们知道他是个什么样的人——检举室友的不端行径会令他不安，无力帮助室友他会有负罪感，遭逢恃强凌弱的待遇，他一开始会逆来顺受，但只忍耐到某种程度，等等。他也可以选择发愁，反正他一定会发愁，但这远不及向别人倾吐那么有建设性：使事件正常化，考虑该采取什么对策，对自己的处理方式感到满意，或反省处理上的缺失何在，下次可以在哪些方面改进。我想这就是很多来电者一再重述同样故事的原因。聆听自己的故事，让他们更能了解自己的某些部分。故事会随时间改变，来电者会修改它们，相信它们。借由来自不同辅导员的回馈，故事不同的部分会变得更重要，或更清晰。基本事实通常不会改变，但因之而起的情绪会改变，体会来电者的情绪，或新状况出现，或蒙上天垂悯，借由不断复诵恶魔的名字将它逐走。

第十一章

非常手段

我相信他有一天会自杀，

甚至明天就可能付诸实践，

但我的工作是趁今天做他的朋友，

在这个小时内给他安慰与关怀，

引导他找到可行的调适方法。

十二月是纽约州家家户户屋檐垂冰的梦幻时刻，田野白雪皑皑，马蹄上附着一层厚雪，活像马儿穿了厚底高跟鞋，冰风暴把铁丝网变成银色的星星。因为降雪太多，很多人在汽车天线上装了旗帜或彩球，警告铲雪车，积雪下埋着车子。街道像滑雪道。我最爱这种寒冻彻骨的冬天，但是说老实话，我爱所有的坏天气。酝酿中的暴风雪、飓风肆虐时泛着荧荧绿光的天空、炎热的八月午后湿漉漉的闷躁，无不让我联想到细胞里的变化，使我放心我的血液、内脏、骨骼，始终跟大气紧密相连。所以我不像很多东部人，总觉得被冬季囚禁，像刚得到假释的犯人般迫不及待奔向温暖地区，我从没有离家的冲动。冬季是一道我的身体已背得滚瓜烂熟的方程式。我爱它厚得无法攀越的积雪高墙，锋利得无法触摸的坚冰，火一般灼痛的酷寒。最好像其他动物般生活，尽情享受每一次意外的收获。

冬之美

爱情消逝的时候，我们哀悼欲望的对象"变得冷冰冰"，报以"冷峻的目光"，只剩一颗"冷酷的心"。冬季有很多怨毒的譬喻，但在深谷中，它显得美丽诱人。吃惯树根和淡水鲈鱼的熊，改吃坚韧的树皮。莓子冻成坚硬的坚果，覆雪的玫瑰多叶的手指向太阳，呈现覆盖着鳞片般的拱形。小山丘鬃毛竖立，像野猪的背部。夏日的豆荚在雪丘下仍依稀可见。虽然风的钢刀没什么好怕的，但纷乱的银桦叶片还是在阳光下颤抖着团团转。雪会掩藏，但也会强调和彰显。看地鼠在雪下掘地道好玩极了，满院子都是它线条狭长的图案。骑马穿过冬天的树林，行经高耸入云的松林，或沿着结了一层太妃糖壳般冰面的小溪，真是美不胜收。夏季，光线浸透开阔的田野，越往高处越明亮，但冬天的光线倒映在雪堆和水面上，以奇特的角度从地面投射。

纽约州，冬季的湖与河流变成绵延数英里、阳光照耀的白色水晶。波涛汹涌的萨斯奎汉纳河，好长一段河面，举目皆是纠结的冰湍，刺眼的闪光使人眩晕，除了强光什么都不复记忆，仿佛标枪碎在河上，散落在糖丝、冰晶簇、硕大的珍珠象牙之间，然后思绪像一窝蝇虫腾空而去，剩下的都是"冰"。大炮形状的冰，翻滚落下的冰，轻佻、透明、易碎的冰，固若金汤的冰墙，如僵硬肌肉那样的冰，肋状排列的冰，在冰上翻筋斗的特技演员，激动的新冰爬到旧冰之上，向上发展成瘦如柴、薄如纸的冰，口袋里有冰的冰大衣，酥饼冰，披盔戴甲冰，把冰夹进冰里的冰钳。经过这样一场冰浴，我热腾腾的心变得空白，满是远古冰南猿（australopithecine ice）的冰岩洞，我等族类在洞中烤火，暖它们冻僵的屁股，忙着缝缀、发明，被冰逼得创意无穷。

一个晴朗无风的十二月早晨，我大清早就把越野雪鞋扔进车内，出发去附近一家高尔夫球场的坡道。我花了一阵子才估计出该穿几层衣服，该做哪些御寒措施，什么样的外套比较宽松。我们在自然界是如此脆弱，却又那么渴望到户外去。我刚开始越野滑雪时，总穿好多层衣服——两件连体长内衣、一件高领衫、一条长裤、一件绒布长上衣、一件防水夹克、一副连指手套、两双袜子、一顶附耳罩的皮帽，还有一张皮制的面罩，穿戴简直就像一张活动的床，只不过裹在那么多层的弹性布料、毛皮、鸭绒里，我简直动弹不得。我不久就发现，这一切多么没有必要，不过是害怕单独面对自然的威力罢了。才不过几分钟，我就开始沁汗，然后满身汗如雨下，濡湿了头发，浸透了脊梁。

执念织就的茧

站在寒风中不动，踏出跨越雪地的僵硬的第一步前，无从得知人体的火炉在滑雪十分钟后，会燃起什么样的熊熊烈焰。这需要对能量的未来状态有清楚的掌握。我们很善于控制体内的气候。潜意识中，我们知道自己所能适应的温差有多么狭窄。虽说只是一趟越野滑雪，对身体而言，却是生死之搏。再穿双袜子？再添条长裤？我们把气温、风速、距离、出门的时刻、阳光与云层，以及回家时这些因素会有什么样的改变，都考虑在内。站着不动，就很难预测接下来开始全身运动后，身体变成一具火炉，并且产生能量与热能，会是什么情景。能够设想自己置身于与现况截然不同的未来处境，是我们这一物种的特征，但这一机制可能会出差错，大脑可能会短路，固执地假设一种发生机会微乎其微的可怕情况。"生命线"的来电者中有相当一部分人怀有这种执念，像爱啃鞋子的小狗般，反复挂念着某件已成过去或未来可能发生的事。很多人的执念会变化，想象同一出戏不同的版本，每个版本中，主要角色各有不同的反应，也有不同的情节与结局。时间过去，故事逐渐改变。但还有一小撮人的执念归于徒然，年复一年，他们苦恼的细节一成不变，每字每句都完全相同，没有丝毫变化。他们的心灵是个进不去也出不来的茧，但愿我能知道如何解开这个结，但愿我有办法改变他们线性的思考方式。有时真的好像有个转辙器在单一轨道上安排路线信号，这个比喻也使人联想到神经元的传递现象。忧虑促成我们排演、做准备，但分量太多时，它就变成一条缠绕我们的绳索，直到我们不能动弹，视线也受到局限为止。

今天我穿得很少，也有点为此担心——只有一件连身绒衣，一条宽松的薄踩脚裤，外加绒布罩衫、防水夹克、薄手套和一条宽头带，但等我到达高尔夫球场，即使这么一点儿衣服也开始觉得热，所以明天我会穿得少一点儿。要是捉摸自我也这么容易就好了：卸下一层层厚重的自我防御，直到恰到好处的基本保护为止。终于开始在雪地里滑行，我自然而然滑进一个滑雪者留下的轨迹。越野滑雪时，沿着前人的轨迹前进总会好走些。

滑雪途经之处，有时是一片滑溜的冰壳，有时是松软的雪粉，珍珠似的雪流在我身后飘洒。我奔向树林，冲过浅浅的沟渠，回程时我放慢了速度，滑雪杆在雪中留下马蹄形的印迹。这一趟下来提神醒脑，完美无比，不过我不能在外逗留太久，松鼠要饿了。

果不其然，我回家就发现它们等在靠近花园的那扇窗外，有的攀爬在山胡桃木的树枝上，有的在地面逡巡。尽管我研究它们也有两年的时间，还是很难说我最欣赏它们哪一点。所有其他动物，都不及靠后腿站立而起的松鼠那么活脱就是好奇心的化身，伸长身躯，东嗅西闻，竖起耳朵，双手捧心，眼睛圆睁，目光炯炯。盯着我把小片的苹果和葵花籽扔到雪地里，它整个身体都似乎在发问：那个人类刚扔下什么可吃的东西吗？放松的松鼠就像放松的西班牙猎犬：摊开四肢平躺着，尾巴搁在地面上，脑袋靠在前爪上。但这世间，松鼠绝少有放轻松的机会。暴风雨湿透了它们的毛，乌鸦和浣熊会偷它们的幼崽，觅食要瞻前顾后。遭到追逐的时候，松鼠通常会直接爬上一棵树，然后表演舞王阿斯泰尔的绝招——悬空一纵，借树使劲跳，不见了。松鼠受惊的时候，它们的脚掌会像人类的手掌一样出汗。面临侵略、长时间对峙之后，松鼠走开，往往可在石块上看见它们的小脚印。

与病魔抗争

下午的值班开始得很平静，有一个人要求转介，还有两个没说话就挂断了。后来萨克斯打电话来，他非常沮丧，谈到自杀。他研究过手头的药物，发现过量的胰岛素能帮他干净利落地达成心愿，他的父母或许会假设这是意外事故，也不至于震惊过度。他对沮丧的情绪向来没什么抵抗力，而昨晚他的伤心事又特别多。跟可能成为他女友的女孩大吵一架，因为他要求她去做艾滋病检查而激怒了她，然后俱乐部取消了他的演出，接着又在酒吧遇见他讨厌的一位表亲——曾经未得他许可，就把他搅进一场逃税骗局。他还得赶一个场。明天晚上在码头有一场演奏会，一整个星期，他都磨蹭着不肯排练，现在他还是完全没准备。我们谈到他的糖尿病：病发时会导致暂时失明、手掌麻痹、包皮和脚跟出现疼痛的裂纹，以及变成全盲和不得不截肢的强烈恐惧感。他的疾病会形成繁殖。这种病会成为一个人生活的核心，命运、朋友、家庭，都从这儿辐射出去。开始时很单纯，就是一种明确的病症，它的限制、症状和用药都很繁杂，接着就是一连串或大或小的考验，每次都带来新的不适、新的医生、不同的药物和副作用——直到患者生活在一个没有出口的医生、药物、生活规律的迷宫里。萨克斯十多岁就患糖尿病，可想而知，他已经受够了这场永远不会痊愈的病。注射使他自觉像个吸毒犯，他祷告吸入式的胰岛素快点上市，最好是发明基因疗法。我们谈到他的自杀计划。无助像一重雾笼罩着他的起居；迫在眉睫的限期；他觉得多么无用，缺乏机智，没有天分。我问他，如果奇迹出现，他把明天的演奏会准备好，会有什么感觉，当他承认这样压力就会减轻时，我们又讨论如何把事情分类。他可以从比较简单的曲子开始排练，把较难的曲子暂且丢在一旁，这样起码可以准备好演奏会一部分的曲目，不至于感到全然的无能；何况，如果他先把容易的练好，说不定也可以练一部分较难的曲子。

　　从他边想边说、经验丰富的声音里，我听见一颗心灵，在摸索与评估复杂的创造性问题，想从中测试剩余时间里确实能做到的事。他谈着将来，发现自己真的能控制这个问题，心情就改善了一点儿。通话将要结束时，他似乎坚强了一点儿，为免我的直觉可能弄错，所以我问他感觉如何，他认为可以好好过完这一天。我们做了约定，他答应如果再起结束生命的冲动，一定再打电话来，但他听来没什么把握。一个好征兆是，他几天前开始接受心理治疗；至少他有意向外界求助，为自己搭建了第二条"生命线"。他跟四位治疗师谈过，挑中其中一名颇具洞察力而诚恳的男性。这也是个好征兆。挑选治疗师，跟他们面谈，需要精力和自制，也必须相信康复的可能性。我们道别时，我对这个电话很满意，但对他长期沉溺于沮丧之中，被自杀的梦魇所困，也感到很难过。

　　不过我产生一个新想法。我没有因为他直接谈到自杀而慌了手脚，而是沉着应付。没错，我对警讯提高了警觉，但我一直保持相当的镇定，评估他处于何种程度的危险，试着了解他是马上就有危机，还是仍在跟有可能疏解的沮丧搏斗。我没有从一开始就假设这个电话是紧急事件。或许更重要的是，我让他表达想自杀的心情。我相信他或许有一天会自杀，甚至明天就可能付诸实践，但我的工作是趁今天做他的朋友，在这个小时内给他安慰与关怀，引导他找到可行的调适方法；即使做不到这一点，我也承认，他总有一天会死在某个地方。人人都一样；陪有自杀倾向的来电者活在紧张的现在，而不试着窥探未来，或鼓励他们面对预期的威胁，只单纯地接受来电当下的狭隘时空，这种事对谁都困难。做他们此时此刻的朋友，趁此时此刻救助他们，尽一切努力，然后抛开这一刻。

拒绝被摆布

　　我一边思索着这个刚跨过的新门槛，一边填好记录、归档，然后冲了一杯不含咖啡因的浓缩咖啡。电话铃再度响起，传来的是"无尽的爱"熟悉的声音，"谋杀灵魂的剧烈心痛"正在折磨他。我匆匆瞄一眼记录簿：他前一晚打来过三次，白天是四次，再前一天两次。我温和地问，什么事让他心痛，他怒火爆发，斩钉截铁地说："你不准提任何问题。"还指定我用若干特定的字句称赞他，并表达我对他无条件的爱，我得确认他"受了伤的纯真"，发誓我会用"充满信心的字眼""鼓励他，使他振作"，向他保证上帝会让他在世界上发挥以爱为出发点的才能。我没把他严格的规定放在心上，听了一会儿，无意间又问了一个同情的小问题。这次他简直气疯了——不是告诉我不准提问题的吗？难道我不知道自己的职责就是服从他的命令吗？我诧异地想，我们帮助他完全是出于一片好心，他却对我们大吼大叫，把我们当马戏班玩杂耍的动物。我也愤怒起来，我讨厌这种感觉，但我在内心隔离它，把它逐出我的身体，丢到房间另一头。不要做反应，观察，我这样辅导我自己。你觉得愤怒，而他待人就是这德行。也许维基说得对，这样对他真有好处吗？我冷静地对他解释，我不习惯照本宣科。如果他想谈他的问题，我很愿意听，正视他的困难，提出他认为有用的想法，但我跟大多数人一样，不喜欢人家告诉我该说什么话，可以或不可以用哪种修辞。这太像精神病院对病人治疗时采取强制措施所用的紧身衣。我建议我们以比较轻松的态度重新开始，但他对我严词责备，用各种污言秽语骂我，教训我说，我的工作就是听他要说的话，做他要求的事。我客气地解释说，不对，我的工作不是这样的。如果他只想控制我、用脏话骂我，这个电话就对我们两人都没有好处。

我温和地再次问他，是否愿意从头开始，谈谈他的"灵魂谋杀案"，但因为我的措辞有问题，他的火气越发高涨。"不是告诉你不准问问题的吗？"我毫无刺探的意图啊。不管，他说，我说什么话由他决定，我的工作就是迎合他的需要。所谓"需要"，就是命令。我无奈地摇头。我怎么帮助这个人？我们跟随"无尽的爱"起舞好几年了，如果能说有进展，就是他的状况越来越糟。我们的职责并非治疗来电者，而是缓和他们的痛苦，但我不认为他从与我们的接触之中获得了任何好处。他的批评和蛮横的要求使新来的辅导员不知所措，而他们因为真心想帮忙，所以往往会迎合他。我猜他持续打电话来，只因为这儿是极少数，甚至可能是绝无仅有的一个容许他操纵别人而不受报应的所在。我们放纵这种行为，是否使他的情况更加恶化？虽然他出身大家庭（八个兄弟姊妹，侄甥儿女可以组成一支大军，他自己有一个已成年的孩子），跟很多友善的人在一家餐厅工作，但他说每个人都对他避之唯恐不及。多年以来，他来电的主题一直是别人如何令他失望、抛弃他，而他对他们最迫切的需求，只不过是全世界最明显、最简单的一件东西——"做一个满怀喜乐奉献、无条件付出爱心的灵魂伴侣"，因为他是"被人出卖了的纯净爱心"的化身。如果他对家人与朋友提出像对我们这种要求，用恫吓要挟他们绝对地服从，就难怪他们都要躲开了。我希望能设法谈谈我对他来电的反应，是否跟他的亲友如出一辙，但还没来得及说，他就气冲冲地挂了电话。

维持立场之不易

是的，我无聊地用笔敲着记录簿，心想我们出发点是好的，但强化他这种自毁性的人际接触行为，说不定只是使他的问题更加恶化，而辅导员自身的利益何在？他们没有必要忍受来电者的辱骂。我刚开始从事辅导工作时，还不明白这一点，我因为一心想帮助他们，真诚地要使他们好过些，有时心甘情愿忍受各种轻侮、辱骂、操纵。我原以为，要是不让"剪刀手爱德华"诅咒我，或不在"无尽的爱"的破口大骂与无理要求之下屈服，就是个差劲的辅导员。我可以暂时设身处地深入来电者的心境，对于他们的批评，我有点信以为真。我知道某些来电者一贯的作风就是辱骂辅导员，就像其他人对我们感激莫名一样，但尽管如此，我还是觉得"通话失败"，因为我人格上的缺点，或专业技巧不够，辜负了一个陷于沮丧的人。很难接受有些人就是生活在远超出我们的想象、接触、援助之外的世界里。我听见他们的骚动、困惑、绝望、无法克服的痛苦，不论是多么可悲、可憎，它们仿佛有根滚烫的尖刺，不断刺戳我的腰窝。再试一下，一个小小的声音说，希望又往上蹿，再试一下，再试一下，只要再试一下。

五点二十五分，路易丝来电话，至少我以为那是路易丝：仿佛从井底升起的一股强烈的沉默，一个小小的女性声音——不是儿童，而是一个痛苦万分的女人——为了呼吸而吞咽下眼泪，哭泣着，同时试着说话，在清晰可闻的抽噎之间，发出碎裂的尼龙丝般细小的声音，偶尔一声呜咽，我知道是她用尽力量要说话。我听见她用声音当斧头，要劈开沮丧的厚玻璃墙。有一阵子，她让我联想到一只夏日早晨冲撞我卧室窗户的雌红雀。我把这一意象自心头挥开，但其他意象又乘虚而入。大脑坚持要破译每一个声音。我听见她喉头的每一次停顿，像极了珍珠项链上的挂钩，珠链以慢动作断裂，珠子洒落地面，高高弹起，滚向四面八方。我看看钟，分针根本没移动，我只能用字句平复她的剧痛，但此刻字句却显得微不足道。

语言虽好却有限

我喜欢语言看不见的墨迹，以揭示万物的光为所有人与事着色，喜欢字眼如匿入神秘、晦暗角落的狡猾鼠辈，喜欢对话如油膏的滋润，喜欢作家亲密的倾吐，喜欢文字告诉我们逝去时代日常生活的方式，喜欢文字爱抚倏忽即逝的时光、无微不至地照料和思虑仍未可及的琐事，喜欢用文字当货币偿还朋友，喜欢文字衔接内在与外在生活、自我与他人的方式，喜欢它一如夜总会那样的声名狼藉，供应笑话、赞叹和欢笑，喜欢药效神速的语言镇痛膏药，但我也恨透了在心灵的战区被语言局限。我但愿能改用纯粹的矿物油膏慰藉路易丝，使她暂时停止颤抖，把最起码的、有庇护的安全感注入她骨髓。

"最起码"这几个字对路易丝而言，已足以使她的情绪天旋地转。

"听来你今天过得很糟。"最后我以深受感动的声音静静地说，好像我知道她苦恼的细节似的；我只知道，细节并不重要。

"是这样没错。"她半呻吟地说，然后以小小的痛苦的断音哭着。有些人的哭声很含糊，也许还有潜在的力量和资源有待探讨，但像现在这种声音，一切都毫无疑问。我听见在她抽泣、喘息的过程中，希望的边缘正在快速被销蚀。她软弱的声音正在瓦解。生命在她的音节里如沙粒流逝。她的情绪已至生死关头。我确定这是路易丝，而且意外地发现，我对她的呼吸模式比对她的声音更熟悉。她的脸孔闪过我心头，但不是我在降灵会看到的那张平静的脸孔。

今晚他们来世的疗法也救不了她。我不知道她是否有时想象自己在"另一重世界"的样子，扮演圣灵导师，发讯息给生者。她的自杀狂想是否已超越死亡？我心中浮现出她站在厨房里的电话机旁的画面，她忽而靠在墙上，用一只手遮住眼睛，对着掌心里的黑暗哭泣，忽而捧住前额，好像不这么做头颅就会碎裂。我很快地退出她的厨房，像从望远镜前退却，回到辅导室，回到毫无粉饰的她的声音的轮廓。不知何故，我的手飘浮在桌面上方一英寸处，我把它放下。

我用热情而亲切的声音说："我听得出你心里很苦。今晚出了什么事？"

无声胜有声

一段很长的沉默，延伸成更长的沉默。保持冷静，我想。不能失去她，不要问她觉得好不好，不要因为沉默令人难过就开口说话。在交通、音乐、小家电、人群的喧闹世界里，往往沉默只是使环绕我们四周不间断的噪音暂时中断，所以令我们不安。我们经常不由自主地说话，把我们内心的字句向外抛撒以使内心腾空，把自己谈进未来，即使再孤单，也要千辛万苦地活下去。最初，来电者沉默时，我会紧张地用开放式的问题填补鸿沟，但我现在学会包容沉默，它很可能是一段对话中积极的部分。正如哲学家马克思·皮卡德（Max Picard）睿智地指出，沉默出现是因为话说完了，不是因为话中断了。人就生存在两段沉默之间，我们来自沉默，亦将回归沉默；我们说的话永远是在回应那两个世界；话语来自完整的沉默，死亡交织在语言本身的经纬里，沉默善于雄辩而内涵丰富。有时诗人使我们接触到这种沉默，包围在思考周遭的沉默，帮助它不受外事分心，赋予它前瞻与尊严；沉默可以极具创造性。

"你还在吗？"终于我说。

她发出一声危险的笑声，我完全懂得其中的意思。她说："现在还在吧。"

"我们来聊聊现在吧。"我把声音压得像在商讨密谋，希望借此唤起她的兴趣，吸引她。

"群山寂寂／山谷中悄无声息／鸟雀林中无语／不久你也可憩息。"她用类似灵魂出窍的声音吟诵。

我不知道这几句话典出何处。

她说："所有的热量都在消逝，那么冷、那么孤单。昨晚我在电视

242

上看到一部关于企鹅的纪录片。它们孤零零地站在世界的边缘，在人类社会之外。就是站在那儿，像寂寞美丽的灵魂，眺望着大海。"

我不能告诉她，我看过野生企鹅，了解她从这些伫望的动物身上感受到的那种寒冷、孤绝、凄厉。它们不像她，它们不孤单，而我拜访它们的世界时，也不同情它们。它们在环境中适应得很好，但在她心目中，它们象征一种强大的情绪气候，在冰冷的荒原上，承受日常生活的狂风蹂躏，就像她受接踵而来的情绪风暴煎熬。在她痛苦的南极洲，就如在已知世界的尽头，景观也是一片荒凉。有时隐喻可以充当使情绪稳定的锚；如果我改变她的措辞，是否也能改变她的情绪？或许我能使她的心思集中在某件事上，用一个意象拖住她。

"它们眺望什么？"我问。

"我不知道。一个答案吧。"

"目前这个阶段，人生的答案不多，是吧？"

"是啊。"她的声音又崩溃了。"只有一个……"

"听来你似乎跟企鹅一样又冷又孤单，在这世界里撞得头破血流。"

"是啊。"她重复我的话，"头破血流，鼻青脸肿。"

"受尽风吹雨打，没有遮掩……"

"是啊，在一个没有半点儿色彩的世界里。"

我微笑了。她想象企鹅生活在水晶冰宫，风吹雨打的巢穴只有一片单调的白，但它们的世界里到处是纤小的三棱镜在舞蹈。无尽的白包含所有的色彩，比雨林更丰富多彩，只不过你看不见罢了。极度寒冷之中，钢刀似的冷风凌厉，空气冷得连云都无法成形，雪花像钻石的微粒般纷飞。就我对路易丝的工作、嗜好、交友的了解，她的日常世界也是五颜六色的，只不过现在不觉得如此，而显得没有色彩、平坦、荒芜、寂寞、孤单、寒冷。

"我在考虑这个……万丈深渊……然后一切就结束了。"她悄声说，"痛苦终于没有了，我这辈子漫长而令人遗憾的错误也就告终了。"

自杀情结

又是桥梁。漫长的坠落。人类究竟怎么回事，怎么会有这股从高处跳下的冲动？设想底下那些使人脑浆迸裂、皮开肉绽、粉身碎骨的巉岩，我就不寒而栗。从极高处跳下，甚至深水都会变成铁板一般。1997 年，"生命线"的旧金山分会有个可怕的纪念活动：跳下金门大桥，落入两百五十英尺下的海湾急涛中丧身者，正好满一千人。在此自杀的第一人是个四十七岁的船夫，他走完大桥全程一点六英里，然后把背心和大衣扔给一个熟人说："我就在这儿到站了。"随即跳了下去。当时大桥才启用三个月。那是 1927 年 8 月的事。1972 年，有十四个人角逐成为第五百名自杀者，包括一名为这项"殊荣"特意打扮的男子，他穿了一件印有"500"字样的运动衫。跳金门桥最年长者是八十七岁，最年幼的是五岁。有人留下不寻常的遗书。一个人写道："完全没有原因，只除了我牙痛。"另一个人则写道："别通知我母亲，她心脏不好。"

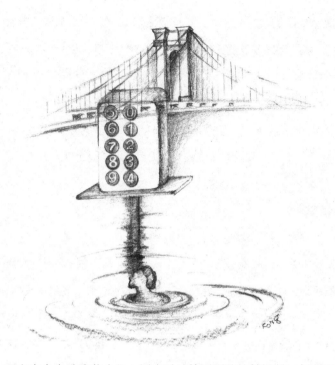

　　现在有个自杀防范小组，派出受过特别训练的辅导员，每天至少在桥上巡逻八小时。旧金山当局不断尝试化解这座桥的这种魔力，安装栅栏、颁布新法规，但什么也挡不住绝望的朝圣者前仆后继而来。它仙风道骨不胜寒的高度，具有无与伦比的吸引力，但没有人知道确切的原因。是它横跨两岸，凌越一片翻腾激荡的潜意识之水？是它兼具美国进步象征与自我毁灭圣殿的双重身份？是它已成为既定的通路？或只为它近在咫尺，不费力散步就可到致命的高处？大多数自杀的人情绪都非己有，被强大而变幻莫测的沮丧操纵，所以旧金山"生命线"才在桥上设了八部电话，让尚有迟疑的人有回头的机会。去年我访问旧金山"生命线"时，惊讶地发现他们的来电者跟我们的来电者并无不同。他们有相同的问题、相同的不快乐。我一直以为在不同地区，情绪各操不同的方言，大都会与小市镇章法迥异，但我错了。人住在哪儿不重要，需求与饥渴仍然一样，压力总是攻击我们最软弱之处，沮丧照常制造灾难，心以相同的方式破碎；我们的本质没有改变。

虽然我对路易丝所谓她人生的"错误"非常好奇，但我的角色不容我探听这件事。那是心理治疗要深耕慢掘的范畴。她的声音痛苦、软弱、悲伤，她的哭泣像受伤的动物般令人肠断，我要递一根救生索，拉紧她，拉她脱离断崖。

正视沮丧

"你在考虑跳万丈深渊自杀？"

她叹口气。通常有自杀倾向的人提到自杀，总不免要叹气，因为其他人都不相信他们。他们发现有人愿意聆听这么可怕的念头，心情就松弛了一些。朋友和家人会害怕，不知该如何应对或处理，所以干脆置之不理，或说："哎呀，你就会好起来的。"可是我们俩正视沮丧，直面此事。

"是的。"她说。

"你想过程会是怎样？"

"飞翔。我将扑向虚空，放手，就飞了。"

"下面很冷的。"我提醒她。自杀的人念念不忘的就是自杀的手段。

干扰他们提出的手段，有时可以打消自杀的意念。像路易丝这种非常明确易行的计划，风险会很高。

"是的。"她哭道。然后是沉默，我知道她心中已出现这一幕画面。

"你在想什么？"我问。

"想坠落后结冰的白色玻璃，谷底冰冷的岩石，好冷、好冷，是那么的冷。"她的声音在颤抖。

"今晚什么事让你那么难过？"

我紧张地开始把玩一支三棱形的铅笔，慢慢把它在桌上推来推去，但它平坦的侧边不会旋转。然后我把它插进笔筒，改用手指敲桌，轻轻地，像在敲摩斯电码。不知什么缘故，我心头老是浮现出今天稍早在崔法默路上看到的一辆市区公交车，它肆无忌惮地开得奇快，车前方的行程显示幕上却呈现"未定路线"四个大字。

第十二章

最后的最后一次

我不能再忍受这样的风险。

路易丝每个电话似乎都这么极端,

仿佛是最后一个求助的电话,

但她都活了下来。

但假设今晚是个例外,

这真的是最后的最后一次?

我害怕失去路易丝；"失去她"，天崩地裂似的伤心的简称，这话说得太轻描淡写，就像把钥匙或雨伞搁错了位置。正因为我相信每个人都独一无二，所以我格外珍惜不可取代的他们。路易丝多才多艺，思维活跃，有古灵精怪、与众不同的想法，还有一颗慷慨的心。我不愿人生失去她，我不愿社会失去她，我不愿无奇不有的全人类团队失去她。虽然我们只用到声音和耳朵，但心灵和思维相接的感觉，就像登山时有人失足，整个人悬在半空中，只靠我紧握住她的手。萨克斯非常沮丧，但还在可捉摸的范围里。而对路易丝我就不那么有把握，可是她真的想死吗？她不感到沮丧的时候，我们没有她的消息。在比较稳定的时刻，我想她不会选择死亡，但我尊重她选择的权利，我也这么告诉她。

打开选择之窗

"听着，你随时可以自杀，那是今晚一个可能的选择。我们何不暂时把它搁在一旁，谈谈还有哪些别的选择。"

因为她自觉被剥夺了选择的机会，我特别提出让她选择。选择是我们这个物种的特征。我们膜拜选择，往往基于某种目标做选择，但也有的时候，选择是为了运动的缘故——保留选择生存的空间。我们选择活下去，有时也选择自己死去，但大部分时间，我们做选择只为了证明选择的可能性。我们创造了一种提供各种选择，并把它们当生活必需品进行推销的文化，其实所谓的商品，通常只不过是更多选择的机会。选择使我们不同于蚂蚁，倒不是我对蚂蚁有反感。我们这些在"生命线"工作的人，总希望来电者会选择生，但他们有机会也有权利选择死。这是他们的选择。这也是为什么很多辅导员都真心诚意地肯定杰克·卡佛基恩医生帮助绝症末期病患自杀的努力。最重要的是，我们重视选择个人命运的权利。幼小的孩子和少数幸运者或许觉得，一天天来临就像打开一重重装饰美丽的门户，但大多数人每天早晨都下意识地立定决心，要熬过一整天的压力与操劳，不让自己被击倒，也不借死亡逃避。每个人都考虑过自杀，或有认识的人自杀，当时他们觉得："再被逼退一英寸，说不定就轮到我了。"法国文学家左拉曾说，有些早晨，你得先吞下恶心的癞蛤蟆，才能面对一天的生活。我们选择活下去，但自杀的人往往一叶障目——像置身于隧道之中，看不见外界还有其他可能的选择。辅导员的工作就是为他们的隧道装上门窗。

　　"选择？"她的口吻好像这两个字太大，她嘴巴容不下。这问题似乎跟她的感受完全脱节。

　　"你是说，比方去吃晚饭？"她辛辣地问。

　　"你今天吃过什么吗？"

　　她干笑两声："我买了羊排，可是没有心情做。我不想吃比我还容易神经紧张的东西。"

　　我也笑了，她说得真好。她又笑了，只是一声几乎听不见的低笑。

　　"冷……"这个字眼像一片乌云，没有附着在任何特定事物上，就只是漫天纯粹的痛苦。

　　"为什么你今晚特别冷，特别痛苦？"

　　"我一直都很寂寞，寂寞得活不下去。"她微弱地说，然后振作了一点儿，解释道："我在蒙特梭利工作时，常跟人接触，还有我孩子小的时候，我参加他们的活动。现在我不跟任何人打交道，在那个病态的办公室里上班根本做不到。我的工作很可怕；不是困难，你知道，就是每天那种无法脱身的老套，无聊而寂寞，但这是我唯一找得到的工作。中年妇女简直没有机会。人家一听说我进过精神病院，就不敢雇用我，好像我会炸掉他们的档案柜，或用强力胶把顾客的大拇指粘在柜台上似的。"

　　这念头她显然仔细考虑过不止一次了。

　　"我明白，你讨厌你的工作，你在办公室交不到朋友，又没办法换工作。每个工作日你都觉得空虚。"

　　"是压迫。"她纠正我。这是种没有人会喜欢的感觉。

　　"压迫。也许我们可以找找其他的工作……"

"没有用，我到处都试过了，毫无机会。"

我还没来得及答话，她又转了话题："而且我好几年没跟人约会了，不知道什么时候开始就没跟人上过床；还有我的孩子，我是说，他们已经十多岁了，忽然间，妈妈就变得讨人厌了。我们老是吵架，吵的都是莫名其妙的小事。有一半时间，我甚至不知道为什么吵。他们再也不要我抱，不要我亲。我能理解，可还是会伤心。"

她咽了口气，沉重而缓慢的语速并不足以道尽她的满腹心事。我逼她太紧了，她的哀痛还没有告一段落。她还需要别人聆听，所以我就静坐着听，听一颗从她那里借来的心。

耽溺于死亡的况味

"我的人生没有目标，我没有用它做出任何有价值的事。没有人会想念我，没有人在乎我是不是死了。嗯，也不尽然如此，也许一两个人会有感觉——让我的前夫失眠几个晚上，让我那个活像尼安德特人的老板反省反省，让我的孩子为他们的残酷而感到后悔……"

奇妙的想法——相信自杀能改变跟某些人的关系。这是一种警报。"我寂寞得活不下去。"她又说一遍。她喜欢这句话。"我怎么摆脱这一切？"她哀鸣道。主要是发泄，不是发问。

然后她声音低得几乎听不见："我只希望结束痛苦，我只想终止意识。"一阵沙沙声，她在椅子上或走廊的台阶上坐下了。

我在心里历数她的状况，不由得紧张起来。她感到痛苦已经难以忍受。她对爱情、友谊、成就感、归属感的需求，全都落空。她觉得无助又无望。虽然她迫切地寻觅出路，但因她太过沮丧，思维已萎缩到只剩极端——不是生就是死——生命已没有滋味。无怪她希望所有的感觉都完全停止。她在狭隘的世界里，对变通视而不见，以致只剩一个解决办法，隧道里只有一个方向。她公开谈论自杀。80%的自杀者都曾发出明确的讯息。她还在两难之间；一方面全心全意想活，另一方面又毫无保留地渴望了断此生。两种念头虽然各走极端，无法调和，却都是千真万确。我该报警吗？我们过去曾在同一个十字路口相逢，地形相同、情绪的风暴相同，但她还是老样子吗？有任何改变吗？

"这样的负担一定很沉重。我听得出你的心情，人生多么没有意义，情况多么悲惨。真遗憾你受这么多苦。"

"你要保证不报警。"她已读出我的心思。

"如果我答应不报警，你也保证不让我有报警的理由，好吗？"

她没有答话。

"这样要求太多？"我问。

"是啊。"她说。很和气，没有批评的意味。她的口吻似乎是：我们在同一条船上。"我现在不想孤单一人……只在这最后几分钟。"我想她说的是"分钟"。她抽泣几声，声音低了下去。每个电话都有它独特的节奏，这一次进展特别缓慢，眼泪与字句之间有宽阔的思考空间。

急匆匆的自杀行为，未曾探讨各种变通的可能就赴死，是最大的悲剧。我不想让路易丝错失从疾病中康复、过快乐生活的机会，更不愿她在对自我如此不满的心态下放弃生命。人生如此结束是场悲剧。

百变巨蛾

　　她对死亡的勇往直前，使我想起去年夏天悲喜交加的一天。走在早晨的清凉中，我惊喜地看到沟中开满萱草，成群的蜗牛攀附在草叶上，还有一只保护色绝佳的大月蛾，我乍看还以为是片树叶或纸团。那只有我巴掌那样大的大月蛾歇在路旁，翠绿的翅膀像斗篷般展开，上缘点缀一道薄薄的黄色皮草坎肩。它脖子呈金黄色，头顶有两根飘浮的金羽，酱紫色的腿，修长宛如舞蹈家，双腿各缀一只活像真人的眼睛。我伸手去触摸它的腿，它没有动弹。一颗露珠凝聚在潮湿的翅膀上。或许空气还太冷，它飞不起来。为了防止它轻易就会成为空中鸟儿的猎物，我静静陪在大月蛾身旁，坐了一小时，等它在阳光下晒干翅膀。露珠的棱镜在近处的叶片上颤抖。月神黛安娜也是动物的保护神，也许她会照顾所有与月亮有关的虚构情节与实际事物，包括疯子在内。我想我从研究动物，渐进发展为研究人这种动物，从自然研究到人性探索，再回归自然，这过程相当合理。

　　赞叹和汗珠一块儿涌出，我坐在路旁的沙土与虫虺间，在玻璃碎片与蚂蚁咬啮之间，视觉的焦点缩小到只有碎玻璃片那么大。月蛾，我怎么也看它不够；即使欣赏了一整个小时，还是每多看一眼就有新的惊奇。这只月蛾已换上了夏装（春装的坎肩是酱紫色的）。十点左右，我才觉悟，蛾的季节已近尾声，它的生命在我眼前逐渐流逝。这就构成我守护它的理由。我不会碰它，或用针刺穿它、保留它。我只要与它为伴，在它短暂生命仅剩的时光里赞美它，因为每只月蛾都有值得一次的生命。

今晚，我听见路易丝在瑟缩。我说："我担心你，我派人过去陪你好吗？"冰块撞击杯子的声音，抽泣之间小小的啜饮声。她听来不像喝醉，但酒精安抚不了她的情绪，甚至可能提供错误的勇气。

她说："我不在家里。反正现在也已经太迟了。我穿了大衣，但也没有必要，是吗，飞翔的时候不需要保暖。"她的声音苦涩极了，筋疲力尽，完全放弃。"至少不会太痛。"

"什么不会太痛？"

"我吞了一大堆泰诺……"

我的心剧跳，费了好大力气自制，我问："你吞了多少？"

她哀鸣道："我不知道。一大堆，够多的。"

追踪电话

我再度追问药丸的分量，她还是含糊以对，说她不确定吞了多少。也许不太多，她听起来没什么不对。她提到药丸时，毫无恐惧或不安。她的武器是悬崖，不是药丸，但她也许不知道泰诺的危险性——即使少量也会对肝脏造成永久的伤害，大量则可以致命。服药只是又一种准备工作，如此而已。我不能再忍受这样的风险。路易丝每次来电时似乎都这么极端，仿佛是最后一个求助的电话，但她每回都活了下来。但假设今晚是个例外，这真的是最后的最后一次？今晚有什么不一样？我不确定。然后我忽然明白了一件很小的事，她不断使用"只"这个字，这个像用绞刑绳索般紧勒着的字，吓着了我。我没让她听见，悄悄通知警方追查电话来源，并护送她前往医院，由医生给她开另一种药物。过去几年来，她尝试过八种不同的抗抑郁药物，在使用初期，都会引起思路混乱，加上种种不适的副作用，但最不幸的是，这些药对于她身体独特的化学结构都不起作用，不过至少她还愿意尝试。上帝帮助她，今晚她又打电话来，虽然她精神很差，对生命尚有渴望的那部分的她，打电话来求助。如果我们派出救援，而她也安然度过今晚，下次她会害怕打电话吗？这问题目前还不成立。追踪电话可能要花几小时，也不见得追踪得到。她说她不在家，偏远的湖滨小屋绝对找不到。原则上，为了保持来电者的匿名权，我们没有他们的身份资料。因此追踪是件特别费神的工作，需要多家电话公司配合。我们很少主导这种事。我已经把第二条电话线安排在忙线状态，以免被人打扰，因为我不敢确定，如果我接听其他人打来的电话，路易丝是否愿意等候。

"我会听你说。"该把焦点放在哪个问题上？该在隧道的哪个位置钻出一个窗户？她的工作？她的家庭问题？也许是她的疏离感。我指的是外在的那部分，可以靠朋友和熟人缓和的那部分。内心的疏离则是另一回事。往往寂寞源自跟自我的某些部分失去联系。我们到别人身上找寻那些部分，但感觉与其他人疏离，跟感觉与自我疏离，是不一样的。

"你说要是你死掉，没有人会在乎，可是我会在乎。"

"我打赌你跟所有来电者都说这种话。"她带点撒娇地说。

"不对；过去几个月来，你跟我有几次很愉快的交谈。"

我靠近桌面，两眼盯着木纹的线条与结节。如果涂上颜色，它就像纳瓦霍印第安人织的毯子。虽然我拼命集中精神聆听，视觉还是会被混淆，还有厨房里正在煮的咖啡、风的长啸、百叶窗与透风的窗框的对话，都在让我分神他顾。

平稳情绪

她说："你一直都很好。我只有你这么一个朋友，嗯，也不完全是朋友，我是说，我只是……"

"你会意外通过电话能认识一个人多深。我打赌你也对我，还有其他辅导员，都已经有相当的了解。"

她说："是啊，真的是这样。你说话总是那么冷静持平，我羡慕你把生活整顿得那么好。我的人生从我手里抛了出去，真希望我能到达你那种……精神的平衡。"

"我的精神也不见得一直都平衡。相信我，我的人生也有很多问题，但在别人有麻烦的时候，比较容易保持冷静。"

"哦，"她声音中混合着惊讶与宽慰。"反正你是好人：耐心、仁慈、坚强……"

"你也一样，这些特质你都有。"

"坚强吗？这倒不错。要是你能看到我有多软弱……"她的声音又渐渐远去。

"坚强得不可思议。"我想到，要小心，不可用过去式，她会把这种话解释成讣闻。"看你跟一拨拨的沮丧对抗——这么多年。这需要多大的勇气。这段时间你一直在工作，抚养两个孩子，度过离婚的丑恶梦魔。好吧，你失业了，可是你又打起精神，找到新工作。你甚至在水灾期间担任过义工——帮忙填沙袋、做三明治，我记得你提到过——你还有时间、精力和心情，义务加入汉格剧场和夏季庆祝会，还参加一个五重唱团体，还帮助其他有困难的人。你简直就是英雄。你今晚也很坚强，打电话给我们。以你目前的感受，这么做也要很大的勇气。我非常佩服你的勇气。”

“佩服？”她说，让这两个字眼悬在半空中良久，慢慢衡量它们。“你不会愿意过我这种生活。只有很坏的选择……只除了……”抽泣。

“死亡永远是一种可能，但不是最好的。”

“关于死亡，你知道什么我不知道的吗？”她带着一份扭曲的嘲讽说。

我温和地说：“也许。它是与生俱来的，它是不可逆转的，你也不需要为了欢迎它而特地请一天假。”

沉默，我可以感觉她在考虑我的话。

“你说‘寂寞得活不下去’，我们何不想几个能帮助你解决问题的办法。”我提出开阔视野的建议，这是沮丧的人最难面对的工作。

“根本没有办法了。”

转移注意力

“当然有。”我就思考所及，列出几个疏解她寂寞的方法——上课、做义工、运动、听音乐、加入自然观察中心、参加市政府的社会活动等。但这些对她都没有吸引力。我也知道不会有，但我还是要求她考虑这份清单，按照喜爱的程度排列顺序，"即使我们都同意，你太疲倦，也受够了，对它们毫无兴趣，而且它们听起来都很烂"。虽然她对每个项目都强烈抗拒，还是勉强列出了一个排行顺序，这稍微转移了一点她的注意力。她将这些活动依厌恶的程度排列，逐一指出其中的缺点，她为何无法参与，有多么不感兴趣。我记得自杀学专家施耐德曼曾指出："人生通常就是在许多不愉快的选择中间做抉择，目标是挑出不愉快程度最低的一项。"我跟路易丝做的就是这件事，翻检各种不受欢迎的选择，找寻最不那么让人厌恶的项目，至少这在她的隧道里开了几扇窗户，而且名单中绝不包括自杀。

"你等一下好吗？"她忽然问，"有人在敲门。"

该死，警察赶到了。动作真快——她一定还是在家里。也许我不该派他们过去。她一定会生气，她会觉得受骗、遭到背叛。果然如此。我听见她对我尖声叫骂，对电话，对全世界。她骂我是骗子；她没错，我是骗了她。不是关于真正重要的方面，只是关于追踪电话这件事，只因为她生命有危险，只因为我从她话中推论，一部分的她仍渴望生命，要不然她不会打电话来。"部分为伪，全部为伪"——法庭不是建议陪审团以这种方式考虑伪证者的供词吗？我既对她撒了谎，让她如何相信我诚挚的关怀呢？她的尖叫像重达一吨的厚帷幕压在我身上。我觉得可耻，我恨自己对她撒谎。接着我在电话里听到一个警察的声音，我问他关于泰诺的事。他在电话机旁找到一个空瓶，旁边还有个酒气扑鼻的玻璃杯。后面的发展很快。她对我非常生气，但还是跟他们去了医院。她气疯了，几乎要杀人，但态度又模棱两可而同意他们将她送往安全的处所。谢天谢地。但要是医院马上让她出院，而她直奔悬崖怎么办？认识来电者，却并非那么清楚地了解他们，这令我深感困惑。也许我本来可以让她冷静下来，说服她改变心意？也许换一个可以优雅迷人地跳完这支缓慢的生死探戈的人，就好办了。

我的胸腔觉得像船壳一般僵硬，每根肋骨都绷紧了。深吸一口气，慢慢吐出，我把撑开的手掌压在脸上，揉搓眉毛，接着是颧骨和下巴，然后笑一声。不是哈哈大笑，而是个小小的讽笑，我们保留给荒谬的那种笑，因为我察觉自己又落入熟悉的陷阱。我做得不错，我已经尽了力。也许任何人处于今晚的状况都不会做得更好。我是否猜错了她性命危急的程度？谁能评断？谨慎过度总比不及好。接下来我的职责就是打电话到医院，告知医生她即将抵达，向医生说明她的精神状态、过去的自杀企图、大略的精神病史。不需提及我们的谈话，或她一生经历的细节；她若愿意可以自行告诉医生，或将它留在这令人精疲力竭的夜里。

艰难的考验

我的肩膀感到刺痛，尤其右肩膀更是长期被一种难以忍受的彻骨疼痛所困扰。我缓缓转动头部，扭动肩膀，伸展手臂，躬起脊背，这才发觉过去两小时之中，我的背部没碰到过椅背——制造背痛的绝妙良方。她会恨我，恨我，我想着，一边僵硬地站起身，到厨房里去倒茶。是的，但她会活着恨我。直到下次，难免地，下个她渴望"飞翔"的低潮夜晚。帮助路易丝活下去永远是个艰苦的考验。今晚她寻死的意志显得

比平时更坚决。我的选择没有错，我想。也许。在记录簿上，来电者那
一栏，我写"路易丝"，在"自杀风险"那栏，我勾"高度"，并附一
张黄色的危机评估表，补充几点通话的细节。我没有提及企鹅，她个人
对于沮丧是令人不寒而栗的荒漠的隐喻。我靠着椅背，双腿伸长，架在
桌上，再度想到月蛾，那只以慢动作的挣扎，过完生命最后一刻的美丽
生物。我珍惜它，保护它，当情况很明显，一切都无济于事时，我就让
它留在坠落的地方，但有一阵子，我一直感到惊异与失落掺杂的矛盾情
绪。试想，即便是一只飞蛾的死都令人悲伤。我用手指捧着脸，再次搓
揉眉骨，好像我可以重组它们的位置似的，但痛楚来自一个手指触摸不
到的位置。

第十三章

黎明前

她挂上电话，

沉默像一床广大、笨重、令人窒息的毯子压在心头。

她会再打来吗？

男孩会活下来吗？

如果他死了，她会怎么样？

我感觉到一种彻底的无助。

积雪三英尺深的街道，像一条雪橇滑雪道，全城不折不扣地包围在沁衣透靴的暴风雪里。本月一连七次暴风雪来袭，加上零下的气温，家家户户屋顶上堆着厚厚的雪，大号冰柱瀑布般地从屋檐上流泻而下。到处的房屋都像成群龇着大牙的猛犸象。每家的屋顶都在漏水，我家自不例外。我的浴室里，挂墙式热水器滴下的冰水流速极快，天窗滴水速度较慢，门框两侧滑下的水滴落地时砰然有声，踢脚板底下渗出的水则悄无声息，沿窗台流下的水则形成弯弯曲曲的小河流。

为什么十五年来第一次，漏水像传染病般爆发？因为有那么多雪覆盖在屋顶上，暴风雪的日子里又没有足以使积雪融化的温暖天气。如果房子的绝缘不够好，屋顶会因暖气和室内的各种活动而生热。最底下一层雪融化后，反而因屋檐四周形成冰堤而流不出去。这么一来，很多房子的屋顶上都会出现一个池塘——有时积水有半英尺到一英尺高——但屋瓦当然不是湖底的防水材料。浴室天花板正上方，就形成了一个满腹雪水的鼓胀肚皮，保罗不得不刺穿天花板，以免酿成更大的损害。

活在当下

　　我骑车路经刚铲过雪的街道，想着，绝缘，就这么回事，找个方法保护自己免受风霜雨露侵害，同时又跟它们和谐相处。我今天在安全头盔下戴一顶包住脸孔的毛线帽，活像个幽灵忍者，逗得邻居小孩很开心。虽然我的腿伤还没全好，也就是说，暂时还不能去爬山，但我可以一连骑好几小时自行车，来到户外的感觉太好了。阳光对万物施了金色的魔法，尤其是种子荚、草叶和仍附在树上的枯叶等干燥物品。在阳光照耀下，它们就像涂了一层油膏，焕发光华。我经过一座红色的谷仓，太阳以强光为久经风雨的木板条上了釉，光秃秃的原色木板显得明净，上过漆的木板色泽变得更深沉。简直没有任何东西比被阳光洒上斑点的粗糙木头表面更引人入胜的了。阳光在所有罅隙间填入黄金，映着高处的木头毛边闪闪发光，还为仍泛红的部分染上亮丽的酒红色。所有光线的粉饰与踌躇辉耀着谷仓，像一篇伟大的文本，在剥蚀的木材间展示内在的深度与次第呈现的讯息。谷仓的墙壁树立在一片未敷混凝土、未涂抹灰泥，却砌得极稳的长石地基上。这一幕的美感使我满心沾染喜悦的色彩，我暂且停车，品味它的色调与造型。歌德说得对："现象之外的搜索都是徒然，现象本身就是启示。"佛家称之为"凝神"，禅学的极致，通往自由，摆脱生老病死之苦——不是逃避现世，而是完全的接纳。现象学家用"现象学还原"一词，但有趣的是，世界上不知多少宗教和哲学都鼓励我们，要活在清醒的每一刻，要抗拒草草了事或将万事万物视为理所当然的诱惑，也不可忽略赋予生命活力的当下感觉。这态度强调忘怀意义，磨炼现世的存在，但如果我们不那么急于赴死，卸脱感官的负荷，就没有必要锻炼感知的能力；七情六欲是一辈子寄寓人身的房客，使人陶醉，也使人苦恼。圣哲忠告，放慢脚步，慢到如木石和黑暗。你能盯着常绿树两根枝丫间结的蜘蛛网上闪烁的阳光看多久？多久以后，你会觉得满树绕满金丝？你能看得比这更久，持续地感到惊喜，却没有联想到圣诞节？也未盘算采购礼物、拜访亲友？这就是所谓的金丝测验。诗人生来有使注意力纯粹的禀赋，往往能以无比的专注关心世界的一个特定层面，正如威廉·布莱克丰富而深邃的意象："观世界自一粒沙，窥天堂于一朵花，你掌中紧握无垠，一小时蕴藏永恒。"

　　每逢浪游的美好时光，我骑车时的心情总是那么清澈而平静，毫不胡思乱想，所有感官都开放，看阳光斑驳洒在碎石路，天空的草原放牧马尾状的流云，不试着解读它们的形状，也不挂念私人的琐事。我知道拥有这份包容的天赋是多么幸运，所以从不把它视为理所当然。因此我也热爱骑车，这是一种能快速漫游的运动，但我也希望自己能用佛家的"止观"（controlled meditation）来处理人生的问题。也许今天下午我该打电话到佛寺去，问明白"止观"是怎么回事。你能延请狂喜？它总在出乎预料的时刻降临，而且往往不是我静坐不动的时刻。我为它腾出空间，然后消弭干扰注意的自我，聆听世界的声音，什么也不要，什么也不找寻，什么也不判断。我想，这就等于邀请，也是禅门修行的一种，修习虚怀若谷的"空观"（discipline of acceptance）。

尽弃前嫌

我们在"生命线"也力行有容乃大，承诺不对来电者做裁判，不论他们有什么样的人生观或价值观。这是一种理想，实行起来有其困难。附近监狱的男犯人有时打电话来，我从不询问他们以什么罪名被判处什么刑罚，最好不要知道他们曾偷窃、杀人、强奸、盗用公款、卖淫、吸毒、施暴。少知道一点儿细节，我才会尝试去了解他们受拘束的痛苦，多么厌烦而寂寞，多么愤怒。我想象他们在电话机旁或站或坐，设身处地考虑他们的处境，聆听他们的苦闷。来电的人若有偏见、是虐待狂且冥顽不灵，我们也试着不去对他们做裁判，但这当然不容易。每个人的心里都有些按钮，引爆埋藏在自信或道德观深处的地雷的引线。以我而言，我认为种族偏见绝对违反公正，我很不会应付有种族偏见的来电者，我会丧失中立。比我更圣贤的人会包容一切，甚至包括最可恶的宣扬种族仇恨的人在内，但我一听到种族主义就恶心，因为我打心底相信生命的神圣和人类臻于完美的可能，种族偏见却威胁到了我在所有生物身上看到的尊严。它吓不倒我，却危及我的世界观。恐惧代表身体濒于危险，恶心却是灵魂的危机。理想状态下，我应该能在执行辅导工作时，把感到恶心的灵魂搁在一旁。如果我能在跟来电者通话时，摒弃所有的偏见、过去的经验、个人的价值观，我想我很可能会感受到一种凡人中间罕见的宇宙一体感。我说不定可以脱离自己的躯壳，进入来电者体内，深入他的心灵，与他同行一段，真正分担他的负荷。不过我确实也曾尝试去做，可惜有时自我半路杀出，我就失败了。

不久，平岩就在望了，还有在阳光下翻腾金光的湖水。溪水在此有多少种不同面貌，实在令人叹为观止，溪流被岩床隔断、扭曲，流速不同，姿态各异，以千变万化的闪烁反映日光。这儿翻腾起一片鸡皮疙瘩，掀着波澜，唱着小曲奔流前进。那儿一汪水上涌、倒退，不见一丝涟漪。另一处，激流绕着巉岩打转，泼溅起强劲的白色浪花。再过去几码，水一波波向前冲。旁边是片凝注如布丁表面的止水。再旁边，白浪滚滚拍向一面岩壁。流水小小的纹路暗示水下的岩石轮廓，大块平坦的浮冰逐流而下。溪面宽不过二十英尺，水流已有十多种变化。水这么多的不同气质混合在一起，每种都是一出不同的戏码，却又都是溪流大运动的一部分。它们结合成一股奔流不息的整体，一个滔滔不绝、由不同长处与弱点组合成的有机体，它的过去贮藏在山里，它的未来流泻在想象之上。人生如何携我们同行，无视每个人的差异与怪癖，蔚为一道浩浩荡荡的生命之浪。我暂且停车，草草记下这些以及其他玄奥的诗思，然后继续骑向弗瑞西路，用力踏过鹰树林，此后回家的路就大半顺坡而下。

"夜鹰"出现

我们走进公共建筑就会丧失一部分的野性，以及私密生活中自在的癖性。尽管如此，我还是急急前往"生命线"，滑过平滑如丝绸的街道。拎着匆匆打点的午餐，圆圈面包夹瑞士干酪，配香菜和蛋黄酱，一个杏仁罐头，一罐可口可乐，外加一根吸管（电话里就听不见我喝它的声音）。我按下电子密码，开了大门，进门，上楼。大夜班辅导员弗雷德已经醒了，静静坐在桌前填记录。一大早，他显得紧张、睡眼惺忪和稚气。男人流露出这种模样，通常只给家人或恋人看到，因此这一幕特别有种温柔的气氛，好像我们一块儿在清晨醒来，随时可以再度入眠。弗雷德是同性恋，有个固定的长期伴侣，我们偶尔会谈到这方面。辅导暴露在外、容易受伤的来电者，会在辅导员之间产生一种亲密的联系，让他们很快就抛开伪装与面具。这个早晨，弗雷德和我友善地交谈，然后他回家补觉。记录簿显示，他前一晚工作可真够辛苦，四个未开口就挂断的电话，一个来自不愿透露名字的女性。挂断的电话固定两小时一个，刚好足够把他从梦中惊醒。"爱德华剪刀手"吗？有可能，但他到某个阶段，总会以熟悉的方式发泄胸中愤怒的啊。照例，我浏览布告栏，查看各种通知，一张新出现的明信片吸引了我的目光。其中一面印着爱德华·霍普的名画《夜鹰》，画里有三名天涯沦落人，在灯光过于明亮的小餐馆里喝咖啡。虽然这已是美国式疏离的老调，但亲眼看见还是令人深受吸引，正如我有次参观惠特尼美术馆的感受。虽然复制品看不出来，但我记得霍普画的眼眸使我大吃一惊。它们经过一笔笔上色、雕琢，呈现出一种掏空而不断撕咬、直钻进脑壳里去的寂寞的痛苦。翻过明信片，蓝墨水工整的字体，收信人是"生命线"。"我写信来向曾经跟我谈话的那位辅导员致谢……""生命线"接到的来函大多如此开头，但看到日期，我的思绪不由得飞快转动。那天是我当班。我瞥到署名，是路易丝寄来的，她签了真名。坐在沙发上，我仔细阅读这张明信片，得知她从急诊室转往宾夕法尼亚州一家精神科医院，她在那儿痛痛快快发疯三周。回到镇上，她遇到一位在"生活无依的家庭主妇扶持中心"当义工的朋友；路易丝在那儿遇到一群温暖热情的人，甚至还在这个中心找到一份有薪酬的工作。一个月后，她"终于安顿在一个好地方"。我知道这句话有几层意义，包括她的工作和她的情绪在内。我双手交握，交错的手指互相叩击。愿这张小小的明信片是真的，愿她终于找到平静。她为"那天晚上替我的人生做主"的人祈福，并谢谢我们大家良好的工作表现。这次写信来，只为了"让你们知道后来发生了什么事——打赌你们很少接到这种信"。说得一点都不错。

丧偶之痛

九点刚过，电话铃响了。一位年长的妇女，没有开场白，仿佛中途打断别人说话似的："我，我想我打电话来只是为了听听人声。"她听来很悲伤，很疲倦。声音在很短的时间里就能透露个人的年纪，真是意想不到。她的声音属于偏低的女高音，随岁月变得厚重而略带沙哑，但没有哮喘，也不显得衰弱。我会猜她是七十出头。

"你今天早上好吗？"

声音是破碎的，她说："不怎么好。我得付医院的账单……"她努力要在哭泣中保持声音的稳定，但这就像试图把龙卷风关在谷仓里一样。

我让声音尽量保持柔和，问道："医院的账单？"

她的声音停顿了几次，终于说："我先生死后，所有的账单都来了……电费、保险费、汽车、殡仪馆、医院，所有的。账单总是他在处理。我连保费单在哪儿都不知道，账单就来了，还有……"她的声音化成了眼泪，"我想起那么多事情。"

"那真是很难过。账单本身就够人头痛了，但更糟的是，它们让你想起他已经去世了。"

她松了一口气说："是啊。真是吓坏我了。"她的声音在颤抖，克制着不中断叙述："我们到购物中心采买，他心脏病发作。他倒下来就死了。就这样倒了。他摔得那么重。那种声音，我永远忘不了那种声音。"

购物中心？我想象他们携手走过霍尔马克卡片专卖店，她丈夫像一头大动物般倒地不起。"你一定觉得很害怕。"

"真的吓坏我了。"

"他什么时候过去的？"

"三个月前。"

新近的丧亲之痛。她的婚姻花园中，所有树木都生长了一辈子，她一向依赖、视为理所当然的情绪风景，被一场人生最大的地震摇撼得四分五裂。"所以他的死把你吓坏了，现在又来了这么多账单和文件的后续打击？"

"是啊，我从来没学会如何处理它们。"熟悉的老故事。

"你觉得快被它们淹没了？"

"那么多。车要修理，这事总是戴夫负责的。我拿到他的养老金，可是就只有这一样，而且因为他不在了，金额也减少了。"

"真是太糟了；你先生去世，他们还减少你的收入。"

"糟透了。我看这个月不够钱付电话费和电费，我打过电话给他们，他们答应宽限我一些时日，可是钱要从哪里来？而且好多事我都不懂。我都写纸条，以免忘记办某些事。"

"写纸条是很好的办法。"我有个舅舅常说，好记性不如烂笔头。"这样有帮助吗？"

"一点点。"她叹气说。

"你很容易糊涂。"

"是啊。"

亲友共伴渡难关

她现在最需要的是朋友和心爱的人。人在哀悼时不宜独处。"你有家人或亲近的朋友吗？也许他们可以帮助你渡过这段难关。有没有人可以提供精神上的支持？"

"没有，都没人了。过去我们吵架的时候，我先生总说，我走了你会想念我的！果然没错，我好想他。"她又呜呜咽咽哭了起来。

她这种原始的悲痛触动我喉咙里的一根神经，使我发出一种本能的同情的声音，然后说："他走了，真的很难适应，是吗？"

"好难啊。"

她的朋友都到哪儿去了？"有没有女性朋友你可以打电话去谈谈的？"

"不能算有。我先生讨厌我请客人来。戴夫完全不喜欢跟人交际——他只偶尔请几个同事来。他们从来都跟我不是什么朋友。我很笨。现在我什么人也没有了。"她听来很生气，生他的气，也生自己的气。

"你希望自己现在有几个朋友……"

"是的。我怎么那么笨！"

又一个熟悉的模式——男人不想家里有访客，阻挠妻子交朋友，然后留下了寡妇，当她们觉得与世隔绝、孤单无依时，没有社区关系，没有谈心的朋友，没有半个人可以依靠。

"也许这是个交新朋友的好时机，"我建议，不知道这是否有助于她找回合群的归属感，尤其她在整个婚姻生活中被迫放弃了社交。交朋友应该是种新尝试，或可提供一帖亲密关系的大补汤，发挥振奋她颓丧心神的奇效。

"也许吧。"

"你愿意参加妇女未亡人的支援团体吗？"我立刻后悔自己选错了字。"未亡人"？听来就很凄惨，多么茫然失措、迷乱绝望、脆弱无援。心爱的人去世时，世界的光彩顿时消失。我们变得贫乏，凛冽的风穿透每个房间，简单的器物唤起无穷的回忆，时间也消失了动力。其他人则仍把未亡人看作一个完整的人——痛苦、伤心、挣扎、哀悼，但也继续走她不可预测的人生旅程。"未亡人"，听来好像她已丧失本来的身份，甚至也丧失了清明的神智，或我心目中人生在世的理由。我一时想不出更好的措辞，但强调她的无助、没有出路、前途无望，绝对不是好办法。另一方面，也许我这位来电者对字眼并不像我这么敏感，也许具暗示性的用词对她没有影响。我该观察她的反应，使用她最能接受的称呼。

她说："我打过电话给'生活无依的家庭主妇扶持中心'，他们有个寡妇资源团体，周六有聚会，我正考虑去参加，但还没有下定决心。"

很好，她会主动寻求援助。不知是否路易丝跟她谈过话？我必须劝她前往。

"寡妇支援团体——听起来蛮好的。你会遇见其他了解你所受痛苦的妇女，她们也许能提供一些实用的建议，而且你还可能认识一些善心人，说不定交到几位新朋友。"

"是啊，这主意真是蛮好的，我会去参加。"

谢天谢地。"这次聚会离现在还有好几天。你今天打算怎么过呢？"

面对时间

人类以何等的固执界定、计算甚至出售时间啊，但时间的弹性又多么不可思议。用工作、杂务、决策、约会、电话、用餐、嗜好、陪伴家人补缀成的一天，根本不需要担心白天如何变成黑夜。事实上，光阴飞逝，我们还巴不得能用缰绳勒住它，但对于很多打电话来"生命线"的人而言，日子像一座只能一英寸一英寸地匍匐前进的大沙漠，费尽心血才能填满充满煎熬的每一刻。

"我不知道。"她哭着说，声音里有小小的恐惧，"我得办些事情。"

"有没有什么事你可以宠自己一下的，让自己觉得舒服一点？比方说在路上停下来，喝杯热可可或热茶？"这是一种茶疗法：喝茶的仪式、温暖的液体，都能带给人安适。

"我不知道是否负担得起；我知道只要几毛钱，可是我现在真的一贫如洗。我被迫放弃水彩课，我真的很喜欢水彩。一个月才二十五块钱，可是……这么多账单。我不知道要怎么处理。"

"听起来你有时真是不知如何是好。"

"是啊。有时吗？哈！哈！一直都这样啊，就是天崩地裂的感觉。我总是想着戴夫，想到他如何忽然地倒下。每件事都会提醒我。我好像没办法再过自己的生活了。我也不想要。我很迷惑，很疲倦。"

"我听得出，这个阶段你真难过。任何人都难免的。你会有这种感觉，其实很正常。需要时间。这种事真的很痛苦，可是这是没有办法的事。"

"这么严重也是正常的吗？"

大多数遭到悲伤打击的人，都会问这个问题。感受如此极端的痛苦与绝望正常吗？我是否就此落入地狱，永世不得翻身，没有出路，也毫无控制权了呢？把痛苦正常化能使他们重拾少许的信心。

"是啊，是这样的。"

"真高兴听到这件事。我还以为只有我一个人不会处理呢。有时我觉得很迷惑。"

"每个人处理悲伤的方式都不一样。没有所谓正确的方式，没有最好的方式，时间的长短也没有一定，但最后你必然会找到自己的时间表、自己的适应方式。不必着急。"

"打电话给你们对我很有帮助。"她带着哭音说。

抬眼望去，我的目光沿一条小小的裂缝，扫向灯具旁，那儿一张风筝形的蛛网上，蹲着一只大蜘蛛。同一只蜘蛛待在那儿已经一个多月了，没有人去杀它。忽然间，蜘蛛攀着一根蛛丝垂下到房间正中央，勘察了一会儿，就又急急攀回原位。除非是我特别获它青睐，破格造访，否则这种从天而降的巡视之举恐怕是很频繁的。虽然我喜欢蜘蛛，但想到随时会有一只降落在肩膀上，还是让人觉得浑身不对劲。那些害怕蜘蛛的辅导员又做何感想呢？他们发现头顶上倒挂着一只蜘蛛，而且随时可能悄无声息地转变为自由落体，应该会惴惴不安。我举手到额前，向蜘蛛敬个礼，过去一个月每位轮到班的辅导员，居然都饶过它一命。然后，我回过头望着桌面、电话、窗户，让思绪回到来电者身上。

独力闯天涯

我说："独自一个人度过这种危机，是很困难的。"

"确实是如此。我从没有这方面的准备，我甚至不知道该怎么做人了。"

"……做人？"

"现在我一切靠自己，没有我先生了。"

我不知道我是否能把她的恐惧用更积极的方式表达出来。"现在你的生活出现了改变，你面临新的责任……"

"是的。"

"根据你说的，似乎你已经在处理其中的一部分。"

我试着拟想这是多么令人害怕的一种感觉，出乎意料、不知所云的义务令你应接不暇。她得学习那么多东西，因为一直有丈夫替她抵挡账单、截止日期、法律程序、条文等杂七杂八的细节。虽然她尽责地照顾他、料理家务，但她一定也觉得有人保护和照顾，生活多么美好。现在她必须自己照顾自己，这种变化不如不要的好。

"喔，是啊。这至少让我一直有事做。"

"还学会一些新本领。"

她笑起来说："怎么说呢？从来没想到我要管理家中财务，负责修车……每件事。"

"发现自己能做这些事，是什么感觉？"

"很惊奇我做得到。说真的，我觉得简直不可思议，但以目前而言，实在太繁重了，一下子什么都来了，而且我还是无法相信他已经不在了，只除了所有的文件。天哪，这样我该就会想通了吧？"

"还是很难相信，不是吗？因为这是你人生一个很大的震撼，很大的转变？"

"就是这么回事。"她的声音仍不脱惧怕。

"我们何不一块儿深呼吸几下？"我建议。

她笑笑："好呀。"我听见她慢慢地深呼吸两次。

接下来怎么办？回头继续跨越生活的沙漠。

"你手头有任何一种茶叶吗？你也许可以听一会儿广播，或去看场电影，也不妨计划周末晚上如何前往支援团体的聚会。"

"好的，我会泡一点菊花茶，周六我会去。会址在格林街，我可以把车停在教堂的停车场。"

"要不要我们过几天打电话给你，看看你情况如何？"

"不用了，"她感激地说，"但谢谢你们有这份心。我想我暂时没事了。"

"好的，如果你还觉得有适应上的困难，一定再打电话给我们哦。随时你想找人讲讲话，我们都欢迎。"

向母亲献计

挂掉电话后，我立刻打电话问我母亲她是否熟悉家中的财务，会不会付账单，诸如此类。我父亲八十六岁，我母亲逐渐习惯把家中对外的大小事务，都交给他负责。他管理得不错，而且喜欢担这份责任，但万一他走了，她一定也会张皇失措。

"你不觉得偶尔也该开开车吗，只为了练习，免得忘掉？"我向她献计。

"噢，你父亲开着车到处跑。我不需要，而且这年头的交通状况真糟，我会怕！"

他们自成一国的小公寓，位于一条安静的街道上，街道另一头绵延半英里都是商店。"那你就开到街那头的购物中心，或杂货铺、药房什么的？我是说，万一父亲有时候身体不方便怎么办？你会觉得与世隔离的，不是吗？"

虽然她了解我的忧虑，也同意趁现在我父亲可以教她，多接触家中大小事务比较妥当，可是未来的阴影让她害怕，换了话题，不过至少我已经把这观念传递给她了。

十点零六分，一位男性来电者结结巴巴试着表达他严重的忧虑。虽然他迫切地渴望接近某人，却对于跨越亲密的门槛和信任别人，尤其对方又是个陌生人，感到非常恐惧。我慢慢诱导他说出故事的全貌。他刚失去做了十五年的工作，收入、食物、自信，甚至每天起床的理由，都随之而去。他对未来几乎一片茫然。他一向把自我定位建立在工作之上，现在觉得跟社会和生活都完全脱节。将近一个小时，我专心聆听这个人，听他的故事和他的痛苦。

终于挂断电话后，我一边做记录，一边不由得想到松鼠求求。最近几个月，它变得无精打采，意志消沉，只有偶尔一两次稍微振作一下。我不知道它冬季在哪棵树做窝，甚至不知道它是否还在这一带，是否还活着，但我还没来得及深入思考，值下一班的辅导员打电话来，说她自己身体出了问题——胸口疼痛。她自己认为充其量是岔气或肋间肌肉抽筋，但她的女儿坚持开车送她去医院，做一次心电图，以防万一。最后一分钟取消值班，根本不可能找到替代，所以我同意晚点儿离开。

难缠的家伙

十二点零五分，一位满怀情欲幻想的经常来电者打电话来。他每次都千方百计诱使辅导员说出不雅的字眼。比如，他劈头就说："我今天觉得好干①。"

我会问："你为什么会有这种感觉呢？"

"什么感觉……"他会问，巴望我用他用过的那个字眼，可是我从来不，这让他很生气。所以他会不断尝试新的圈套，如果再失败，他就会愤怒地指控我压抑、装腔作势，而这就是一切社会问题的根源。然后他会试另一套伎俩，他会问："女人谈不谈束袜带②？她们怎么谈束袜带？"

有时"袜带先生"来电时，我试着不想"干"这种字眼，不想袜带这种东西的形状（尤其我拥有的那些），但这方面的努力总收到反效果，反而使我不断想到它们。使心灵钳口是不可能的。曾经有一次，他在与我的谈话中承认，他放下电话就会开始手淫。我们有几位来电者，一心要听我们说与性有关的字眼，或提及有与之相关的物品或内衣。这

① 意有性冲动。——编者注
② 指内衣秀。——编者注

是一种奇怪而费解的执念。

我告诉他："听着，手淫没什么不对，市面上也有好些电话号码提供你要的服务，可是抱歉我们这儿无法配合，所以我现在要挂电话了。"

一点整，一名住奥韦戈的妇女打电话来，她自称喝了很多酒，可能喝醉了，不过说话很清醒。她有明确的自杀倾向，我得知她有两次自杀的记录，所以这次很可能已处于生死边缘，快要越过不能回头的临界点了。她的前任丈夫三年前死于矿坑意外。自从上次自杀未遂后，她的两名子女（四岁和六岁），就被送交住在霍斯黑兹的祖父母监护，但她可以定期去探望他们。问题是她的现任丈夫不准她去看孩子。她说他想要她全部的注意力，而且对孩子非常嫉妒。他真的认为他能赢得这场竞赛？也许吧。毕竟，到目前为止，她都服从他的命令，抛弃了他们。他也坚持她不论到何处去，都必须向他报备，并以各种手段监视她。我还没发问，她就特别强调，他没打过她，但她说话的方式似乎特别袒护他，反而令人起疑。不过，这一刻，唯一要杀害她的是她自己。我问她是否已有计划，她透露手中正有一瓶止痛镇静剂"安定"，打算吞下肚。她曾经借过量吞服这种药剂而自杀。虽然她谈吐中没有醉意，但酒精是项不可预测的变数。她恐怕明天就把我们的对话忘得一干二净——要是她活得到明天。我需要她的住址，最好是她主动给我，但她害怕丈夫发脾气。她必须服从的许多条家法中，有一条就是不得对外求助。他曾威胁要把她干掉，他自夸有办法割断她喉咙，而且不怕被定罪。她真怕万一被他发现打过这个电话，不知会发多大的火，她害怕到宁可死掉的程度。

尝试破解心结

　　有一段时间，我们在用文字进行一场温和的拔河赛，她坚持让自己陷入泥淖，我一再建议爬出泥淖的方法。她哀叹道，年幼的子女需要她，他们需要亲生母亲照顾，但她如何离得开现在这个男人？她啜饮了一口什么，酒精站在忧伤的巅峰发言，她在吞服药丸和接受援助之间摇摆不定。最后她终于同意到医院去。我提议派警察护送她去医院，她迟疑了非常久，我差点以为她终究还是把药丸吞下去了，但后来她说"好"，给了我她的名字——马乔里——地址、电话。但她立刻又反悔了。丈夫会大发雷霆的。我用另一部电话，通知了警察，做了有如电报文字般简单的说明："我是'生命线'的辅导员。现在有名妇人正跟我通话，她喝了很多酒，有很强烈的自杀倾向，必须马上送她去医院。请你们负责送她过去好吗？"他们很热心。然后我跟马乔里在等候警察的这段时间，继续保持通话。也许这样的演变，可以让她的丈夫警醒，多尊重她的需求。也许她会鼓起勇气离开他，重振自己的人生。警车抵达时，我祝她好运，道别后，我随即打电话到医院，通知急诊室和精神科，有这么一位病人即将入院。

　　我的肾上腺素分泌持续升高。酒精会破坏整个平衡，她随时都可能吞下药丸。公务电话响起，有位奥韦戈的兰德尔警官，根据我提供给警方调度员的辅导员编号要找我。马乔里就由他护送去医院的。因为镇子很小，他们有一位共同的朋友，对方说她丈夫经常殴打她——虽然她矢口否认——但他又无法从她外表看出殴辱的痕迹。我有什么看法？我认为很可能，但她没有告诉我丈夫会打她。这位警官仍在医院，丈夫来到时怒火冲天，十分难缠。显然兰德尔希望能逮着他的把柄。他问，我是否知道来电者的父亲自杀身亡？我不知道。是否知道她三十五岁，有四名子女，不止两名，而且都被送走了？我不知道。这一定很痛苦。难怪她要酗酒，不愿放弃家庭生活，即使受虐待也在所不惜。他觉得我的声音有点耳熟，问我是否曾参加过某一个自杀善后支援团体。我回答没有，然后问他为何参加那个团体。他解释说，他的岳母参加过一段时间，他开车送她去，但他没说为什么，我决定不再多问。奥韦戈……奥韦戈……我搜索记忆中奥韦戈的自杀事件。挂掉电话后，我才想起，那是一件可怕的死亡事件。一位年轻妇女，因遭男友遗弃，感到彻头彻尾的绝望，跑到男友家门前的车道上开枪自杀，轰掉了半边头颅。几个月前我在报上读到这条新闻。兰德尔警官是她的姐夫。

走到窗前，我把窗帘拉开，眺望寂静的夜空、田野、城市。死亡之后，寂静变得最可怕，因为事实上，世界并未停顿，天空也没有裂开。相反地，世界依着新鲜多变的方式运转，番红花和小婴儿照旧此起彼伏开放和出生。事物的先后次序会自动调整，日历会主动填满每一页。真正重要的事，像阳光中落下的一枚金币般闪闪发光。我一点也不惊讶蓝道警官会打电话来，不愿就此放过这件事，或把它当作雪中黄昏的例行勤务，一笔便可勾销。前一回，绝望的扫把星扫过他自己的亲人，他未能及时发现。现在他对马乔里人生可能采取的轨迹极度敏感，唯愿能在某些方面透过某些途径以某种方式做些什么，帮助她改变方向。这么做救不回他妻子的妹妹，但这种对抗内心的负罪感，甚至对抗命运的战争，往往持续到自杀事件结束后许多年。

抽丝剥茧

　　四点整，电话铃响了，我还没说完"生命线"三字，就有一名歇斯底里的年轻女子，滔滔不绝地说，一个有自杀倾向的男性朋友到她那儿度周末。

　　她喊道："我不知道要怎么办！他刚跑到外面去，我想他是要自杀，我想他会从桥上跳下去——我要怎么办呀！"说到后来，她几乎是在尖叫。

　　我坚定地问："到底发生了什么事？"

　　她很快地说明事情的大致情况：几天来，他一直郁闷颓丧、哭泣、激动，陷于一种寻死的恍惚状态，他坚持只有她救得了他——但不是透过谈话或关怀，而是让他把人生依附在她身上。他会缩在她宿舍房间的一角，一连哭上好几个小时，不吃也几乎不睡。她也一直没办法入睡，而且又担心他迷恋她，缠着她不放。他一再坚称，他的生命在她的掌握中，他若死掉，一切都该怪她，但他对所有的恳求一概不理会，也不让她带他去医院或心理保健中心。他在她老家佛蒙特州念高中，原本是趁周末开车过来，说是要了解一下这所学院，说是今天傍晚六点要回家。虽然这男孩听来像是有极大的痛苦，但我不认识他，也无法接触他。来电者才是我的客户，所以我就像处理所有代替别人求助的来电一样，先设法解决她的问题。

　　"听你的叙述，这对你简直就是一场噩梦。即使没有这种事，光应付学校功课就够难的了。"

　　跨越岁月的鸿沟，我忆起自己 20 世纪 60 年代末在波士顿当大一新生的时期，有个朋友因为嚼了太多牵牛花籽，引发具有自杀倾向的精神崩溃。吸毒、震耳欲聋的音乐、新近跟情人分手的沮丧、天降血雨的迷幻奇景，全都混合成一剂要人命的毒汁。花了半个晚上，哀求、谈话，总算把他从窗框上拉开。我永远忘不了他是多么强壮，我又是多么慌乱、害怕而手足无措。我觉得疲倦、受挫，受够了他的花招，恨他恨得牙痒痒，有一段时间真巴不得他当真跳下去。我深深吐出一口气。即使事过这么多年，我仍然对那稍纵即逝的恶念感到羞愧。多么纷乱的时刻。换作来电者的处境，跟她同样的年龄，我一定应付不来。

　　她的声音击败了我。不是字句，她坚持他在对她进行"感情勒索"，这一切"完全是场噩梦"。她的声音像肌肉般结实。虽然她不知道该采取什么对策，但她听起来却不想采纳我的建议。他留了一张字条，她很害怕他会到桥上去，但她不敢确定，她也怀疑他可能是在跟她斗智。我也不敢确定，而且毕竟打电话来的人是她。她激动得听不进任何话，把我的关怀撇在一旁。她把故事重述一遍时，声音因恐惧而举步维艰，这在来电者中间并非罕见，但这一回她添加了一个非常细微的事实。

　　"他留了一张字条，脱下手表，放在字条旁边，然后就跑到外面去了。我读了字条就追出去找，可是找不到他。我该怎么办？"

　　"他脱下手表？他留下了手表？"我问。

　　"是的。"她说。

　　手表像根槌子敲中我。他企图使时间停顿。我确信这男孩真的是要去自杀。情况整个改变了。

"好的。我要你马上打电话报警，说明他的长相，要求警方到每座桥上察看。现在就打电话！然后再打回来，我们再谈下一步该怎么办。"

沉重的心理包袱

她挂上电话，沉默像一床宽大、笨重、令人窒息的毯子压在心头。她会再打来吗？男孩会活下来吗？如果他死了，她会怎么样？我感觉到一种彻底的无助。我是否该替她打电话给警方。不行，我不知道男孩的长相，也不知道他可能去哪儿；而且若一切圆满结束，采取主导行动会有助她早日康复。但如果结局不圆满怎么办？"那就糟了，"我倒在躺椅上想道。我唯一能做的就是等。房间里空气不够，我又走到窗前，把窗子大开，盯着下面的街道看，雪在月光下闪着真丝般的光泽，然后眺望校园，几处塔楼刺入夜空。好一张布满雪堆、石头建筑和石板瓦屋顶的风景明信片。谁猜得出眼下世界藏着不可见的痛苦？那片风景里的某处，一个未满二十岁的男孩正要结束自己的生命，而一个同样未满二十岁的女孩正在尽力抢救他。他那么年轻，那么要命的年轻。我还记得十五岁那种百转回肠似的情绪上的困扰，受困的感觉多么强烈。

去年有一百多万青少年自杀未遂，这还只是有报道的部分，专家说实际数字可能是它的三倍。想想，有一百万个孩子在受苦。他们不见得都能及时被人发现，或意外地活下来。有些我们的辅导员，例如我，就是存活者，活着看到人生出现转机，且因曾经差点失去而更懂得享受人生的人。"我当初在想什么呀！"这些人可能会震惊地这么说。但他们了解死亡的另一面，令人窒息的逻辑，死亡未遂的恐怖，自杀者神圣的毁灭宣言；他们知道通往那座冰冷地牢的梦游者小径。有些辅导员跟方才这位来电者一样，有试图自杀的朋友或亲戚，他们在世时用担忧折磨自己的亲人，狂暴的死亡更不啻一场感情的大屠杀，但这些辅导员在环境的鞭策下，决心不再沉溺于自杀的梦魇，挺身帮助其他处于困境中的人。不论今晚这名男孩发生什么事，我的来电者都可能有朝一日加入类似"生命线"这样的机构。这种悲惨的经验是典型的激发人志愿加入社会服务的原动力。

过去了二十分钟，电话铃声大作，我蓦地跳了起来。那女孩，照她承诺的打回来了。她联络了警方，他们立刻派出一辆巡逻车和两名警员，他们找到了那男孩！虽然她还不知道细节，但她说他们送他到一家医院去做评估。是湖对岸的县立医院吗？她也不知道，警方只告诉她，他们找到他了，请她到警局去一下，提供各种细节信息。

谢天谢地。我伸手摁住额头，拇指叉开，托住脑部，只觉手掌冰凉。我用手指按摩眉毛两侧，却缓和不了紧张的情绪。我们继续交谈，这次谈的是这个周末带给她多大的困扰，眼看着她的朋友焦虑、疯狂、蜷缩成胚胎的姿势，不断对她提出要求，却无法跟她交心。他不肯跟她去心理保健室，说他的父母都恨他，从不听他说话，一连好几个星期无视他，也不在乎他的死活。她是他仅有的"生命线"，而她明天还有考试。她才十八岁，这是她第一次离开家。功课已经够沉重了，她还感觉到极度的负罪感，觉得自己让朋友失望了，以为若朋友死去，错都在她。我希望能让她了解，她没有这么大的影响力，他的生或死都不是她的责任。讽刺的是，我对她似乎也没有这么大的影响力。

采取迂回策略

我尽可能温和地鼓励她稍晚打电话给男孩的父母（他们现在还在上班），向他们解释，他今晚为什么不能照预定计划回家。她很迟疑，她想他们会生她的气。他们果真不关心他，是吗？我问她是否也这么以为，或他纯粹因为心情沮丧才有这种想法。如果是她的孩子有自杀倾向，她会担心吗？会担心到为他安排必要的辅导吗？她同意打电话。我建议她跟教授谈谈，请求把考试延后。接着是最困难的部分。我让她到心理保健室，为她自己承受的焦虑与压力去做一些心理治疗。她一口回绝，说她不会有事，不需要心理治疗。我知道我无法用她能理解的方式向她说明——如果她不接受帮助，就不可能会没事。需要采取迂回的策略，所以我建议她到保健室，找人谈谈未来如何面对这位朋友。我解释说，我不是心理医生，如果他再做这种事，我无法就如何应对提供最适当的忠告，事先拟个对策会很有帮助。她也同意了。结束通话前，我告诉她，她把这次紧急事故处理得非常好，她整整一个周末照顾这位朋友，努力帮助他，真的很体贴；当她发现自己无能为力时，打电话给我们也是明智之举；当她发现事态确有必要时，又及时通知了警方。她每件事都处理得很完美，很用心，她应该感到自豪。她低声承认，自己确实都做得不错。这让她很意外。她在宿舍里有可以谈心的朋友吗？有的。我猜她还会打电话来，但如果她有朋友可以依靠，加上接受心理保健室的辅导，我相信她应该不会有什么问题。

虽然紧急事件已经结束，我的心仍跳得飞快，肾上腺素继续大量分泌，我的身体似乎无法认同和平降临，一切恢复平静。亢奋的数小时过去，没有一个电话打来。我抬头忽然见面前一名理小平头、穿州警制服、携枪、戴警徽的男子。我没听见任何人进门的声音，也不知道何时开始有州警担任辅导员。他带来的消息更令我目瞪口呆。

他说："那个十五岁男孩是我找到的。他没事，已进了医院。他母亲要搭飞机过来，但我们找到他的时候，老天，真紧张啊！我们两个在巡逻车里，看见一个符合描述的男孩已经爬到桥栏上，可是我们在街的另一边，被红绿灯挡住了。我们担心万一打开蜂鸣器，他会马上往下跳，所以我们只能坐在那儿，像永恒那么久，然后我们急忙，从车里冲出来，奔过去。那时他已经一条腿跨过栏杆了，我们必须把他拖下来。天哪，他反抗得真厉害！他拼命想要往下跳。迟个三十秒，他就下去了。干得好！"他跟我握握手，指着我前胸心脏的位置，低声说："干得好！你办到了。你办到了。干得好。"

不完美但够正确

一条腿已跨过栏杆，三十秒以后他就下去了，一个十五岁的孩子。还有，不过早一个小时，奥韦戈那名三十五岁妇人。我热泪盈眶，既恐惧，又感到满足。跟这两位来电者交谈中，我照常是靠感觉摸索，没什么自信，没什么秩序，而是不断尝试，一点一点前进，从小径这边晃荡到那侧，没把握该怎么办才好。回想起来，我做的每件事都正确。不完美，还差得远，但足够正确。要是我知道救人的窗户三十秒不到就会关闭，怎么办？我从头到脚打了个寒噤。我会吓呆。但现在，两个烦恼纠缠不清、苦闷不堪的人，得到了第一时间的解放。运气好的话，他们都会找到人生的转机。我们很少有机会得知来电者后来发生了什么事，但今天却有两位警官从天而降，把无比珍贵的好消息带来给我。

州警本又说，他把那位女生找去，询问她朋友的父母状况、背景等资料时，利用这机会辅导了她一个小时。她不知道他也是"生命线"的辅导员。然后他联络一位也兼任我们支援团体负责人的心理治疗师。会有人照顾她，已经为她安排妥一个支援体系。这位警官送男孩去医院途中，以及在急诊室等候期间，跟他交谈并建立了良好的关系。那孩子已平静了一点，表示愿意活下去，而且感谢警官救了他的命。

"他们都只是孩子，孩子被要求救孩子的命。"他说，神情紧张而愤懑。

我们都对整个系统、我们所受的训练和所发挥的作用，感到既惊且喜。我们从一点一滴中学到辅导技巧，目睹所有的片段契合就能救人性命，仍感到不可思议。本离去时，我才大吃一惊地发现自己满身大汗。好几个小时，我一直坐着没动，但我的心灵不断奔跑冲刺，我的心脏猛烈地跳动、锲而不舍。漫长的一天里，无数动物与人类，以各自独特的方式，有时是以几乎完全相同的对策，面对环境赋予的严酷考验。这是特别扰乱不安的一天，但跟本握手意义深远——由半途抓住企图往桥下跳的男孩的人，肯定我干得好。

　　"你办到了。"他起身准备离开时，又说了一遍，坚定地跟我再握一次手，我欣喜地答道："我们都办到了。"

　　他挥挥手，离开去执行夜间巡逻。我以为大多数辅导员我都认识，但我还没见过本和他的佩枪与警徽，他是位秘密辅导员，人间悲伤的克星。

第十四章

今夜星光灿烂

户外，

夜晚是星辰的博览会。

暂且，

我坐下眺望那遥远的世界——

每一个都在默默颤动，美丽而充满戏剧性。

今晚它们显得比以往更接近，

黑暗似乎也在它们微小、热切的光芒里开始燃烧。

"要吃些什么吗？"身后一个声音问。我没发现巴巴拉已坐在沙发上，啃着一个圆圈面包，啜饮一杯热气腾腾的咖啡。她膝上搁着一个小小的蓝色硬壳皮箱。说什么倾听技巧——我甚至没听见她进门。瞄一眼钟，本是二十分钟前离开的。自此我就不知道自己想了些什么或做了些什么，时间就这样蒸发了。

"来半个月亮，配一点星星如何？"我疲倦地说，站起身，钻进一件长及脚踝的鸭绒大衣。

"我明白了，"她笑着说，"又在地球上度过一个忙碌的黄昏，是吧？"

"是啊，没错。"她读到我做的记录就会知道。

门外，我畅饮一大口冰冷的寒风，仿佛它是世界上最珍贵的东西。通过夜晚的隧道驾车回家，我刻意避开会经过桥梁的路线。我再没有情绪可资挥洒了。我眼中盈泪，仍感到紧张，随时可以拔腿飞奔。走进家门时，电话铃响起——马蒂听说发生的事，问我是否需要谈谈。

这是"生命线"的一大长处，密切关注工作本身的试炼和辅导员的需求。我的支援团体下周要聚会，到时我会把情绪倾倒出来；或今晚跟保罗吃饭时就这么做，虽然我不能跟他讲细节；或等到晚餐后，我跟卡西展开我们期待已久的月光滑雪的时候。

月下漫游

八点整，卡西和我带着越野雪鞋，在高尔夫球场碰面。一轮圆月高挂，火星和金星都在附近，但夜空中最明亮的一个光点，还是天狼星，只要你记得它紧跟着猎户星脚跟就不难找。今晚猎户星在天空中昂首阔步，它的腰带（阿拉伯人称之为"猎户星的金睾丸"）明显可见，他的长剑弯弯低垂。

高尔夫球场上的月色，像变硬而出现凹洞的蛋白糖霜。我带来一个手提收录音机和一卷贝多芬的《月光奏鸣曲》，滑雪的时候，我把手提收录音机搁在汽车引擎盖上，把音量放到最大，我们滑向冰的原野，让华美的旋律冲刷清冷的空气。月光洒遍万物，散发出一种诡异的荧光，投射下长长的阴影。不知什么缘故，我从来不曾注意月亮下的影子，但它们其实比阳光下的影子更精确。每一转弯，都有条影子跟着我盘旋滑翔，我无法摆脱它，但我可以影响它的轨迹。

冬季的林中，野生黑莓的枝叶最美，尤其在夜间。冬季，树枝显得纤细，垂成拱形，鲜红色树皮上那星星点点的粉紫色碎花，像桃子上的斑点。到春天它们会开花，长出一种本地人称为"黑帽子"的花。高尔夫球场这片平地的边缘，到处是黑莓藤蔓，我在心中默记它们的位置，以备明年夏季我来这儿旅行，趁它们果实成熟时先来大快朵颐。

过了大约一个小时，我们冷得无法再滑下去，回到停车处，发现音响声音变得模糊，电池快没了。没关系，我们上了卡西的车，打开暖气，把录音带塞进卡座，一边继续我们的满月演奏会，一边喝着热巧克力、吃着巧克力饼干。她的一位客户昨晚自动登记住院，入了精神病房，她很欣慰他终于决定掌控自己的生活。我也告诉她，我暂时对路易丝放心了，也告诉她下午的两次紧急救援，还有我到现在仍感到多么心神不宁。

大家都以为情绪没有肌肉组织可言，但根据我亲身的体验，情绪也会抽筋，让它们衰弱得无法发挥全力。虽然我们的辅导员这么多年来救了不少人，但一次值班救两条人命毕竟还很罕见。那三十秒钟非常特殊，那么脆弱的一根绳索，那么窄小的一段时间，确是生死所系。巴巴拉说得没错，这是地球上极为忙碌的一天，极为忙碌的一年。过去一年来，几乎人世间每一件危险重重或令人伤心肠断的事，都有人打电话来跟"生命线"谈。自杀、谋杀、吸毒、用药过量、性虐待、肉体虐待、抑郁、家庭争吵、性别认同混淆、战争记忆、坐牢受的折磨、学业压力、贫穷、孤单、疯狂、子女监护权大战、可怕的寂寞、各种层次的悲伤、所有考验、不确定、爱的冲突。我等于加入了一场包括人类一切希望、恐惧、困境在内的大游行，就像坐在战场中央的一把椅子上。两百多个"生命线"分支机构，每年接获数百万人来电。来电者倾吐他们人生最私密的细节、最绝望的时刻、最不堪的行为。辅导员聆听他们的故事，肯定他们的痛苦，尝试帮助他们以最得体的方式活下去——或纯粹就是活下去。镇上居民对这些事大多一无所知，婴儿继续诞生，园中继续种植花草，一般人继续诅咒或赞美他们的老板，每个家庭里的小孩牙牙学语或上大学。想到小镇的人格，我们想的总是它容光焕发、面对全世界的风度，却不把它的挣扎、挫折、黑暗面、不可告人的网络包括在内，但正如我现在所了解的，我在街上擦身而过的许多人，暗地里都与"生命线"有关，或曾在那儿做过辅导员，或曾利用过我们的危机热线及其他服务。

爱与被爱

我的手臂疼痛，好像一整年打的电话都累积在骨头里。我觉得被所有层次的疲倦击中，但也觉得满足。这座星球上到处是受伤的人、愤怒的人、迷失的人、困惑的人、曾经在广大的烦恼地图上探险过的人，还有被突如其来的忧伤震撼而呆若木鸡的人。必须有人帮助他们，纵使不能照顾周全，也应该成为他们的左膀右臂。我们滋养他们，他们也在不经意间滋养了我们。只要是设身处地为受害者着想，采取救助他们的行动，就构成爱自己的行动。户外，夜晚是星辰的博览会。我暂且坐下眺望那遥远的世界——每一个都在默默颤动，美丽而充满戏剧性。今晚它们显得比以往更接近，黑暗似乎也在它们微小、热切的光芒里开始燃烧。